ATAQUE HELICOIDAL

ESQUADRÃO SEVER
LIVRO 2

A.R. KNIGHT

UM

TERRITÓRIO INIMIGO

Aurora quebrou a barra ao meio, desencadeando uma explosão de sabor enquanto deslizava os pedaços para sua boca. Um gosto de chocolate carregado de elementos artificiais percorreu sua língua e desceu por sua garganta, fornecendo todos os nutrientes eficazes, além de cafeína, que um soldado experiente em batalha poderia precisar ao acordar no meio de uma missão.

O esquadrão Sever estava em Dynas há quase dois dias agora, uma aventura que começou com um pedido de socorro de um planeta supostamente desabitado, mas que na verdade era lar de... bem, Aurora ainda não tinha certeza do quê.

Os cinco soldados enviados pela DefenseCorp para atender ao chamado haviam recebido um objetivo claro: encontrar o VIP que pedira o resgate, e nenhuma saída clara: encontrar seu próprio caminho para fora do planeta com o objetivo em mãos.

Quando Aurora acreditava que Dynas era desabitado, esse arranjo não fazia sentido. Agora que ela, Gregor e Rovo estavam sentados em uma estação de bonde abandonada sob o que parecia, cheirava e soava como uma cidade movimentada, o briefing da missão da DefenseCorp parecia uma mentira.

Como todas as outras corporações galácticas, a DefenseCorp existia para gerar lucros para seus proprietários, funcionários e vários investidores. Como ela pretendia ganhar dinheiro enviando Sever em um ataque equivocado e enganoso para lugar nenhum não estava claro para Aurora, mas ela sabia como obteria as respostas: empurrando o Almirante Deepak contra a parede e fazendo-o falar com seu rifle.

Rovo e Gregor não compartilhavam seu fervor. Pelo menos, não o suficiente para acordá-los na hora certa. Cada um havia pegado um banco no bonde como cama, e Aurora lhes dera cinco horas para descansar. Após um primeiro dia encharcado de sangue e repleto de explosões, a adrenalina em declínio os deixara a todos se sentindo confusos, inseguros. Esgotados.

Aurora se danaria se deixasse seu esquadrão morrer devido aos efeitos nocivos da exaustão.

Não que Aurora tivesse todo o seu esquadrão. Ela deixara o canal do esquadrão aberto, configurara uma mensagem para se repetir a cada poucos minutos pedindo que Eponi e Sai, os dois membros desaparecidos, se apresentassem. Se o tivessem feito, o fone de ouvido de Aurora a teria acordado com um alarme estridente.

Nada havia chegado, o que significava que Aurora beliscava a barra nutritiva e observava a luz azul-branca de plástico desfilar pela estação de bonde em silêncio. Silêncio relativo, de qualquer forma; acima, ela podia ouvir motores roncando, passos ressoando e gritos distantes chamando por isso e aquilo.

Quando Sever chegou à estação, Aurora e Gregor

fizeram uma inspeção superficial que revelou que a única entrada da estação estava selada por um portão trancado, bloqueando não apenas sua plataforma de chegada, mas várias outras que se conectavam a outros lugares da cidade. Outras opções de manutenção também estavam trancadas e, embora o túnel do bonde continuasse, uma frágil barreira de metal atravessando o túnel com as letras FECHADO pintadas em vermelho ecoava o sentimento da porta da superfície: ninguém viria por aqui.

O porquê não era difícil de descobrir. A primeira coisa que Sever encontrou ao chegar a Dynas foi um posto avançado invadido por estranhas criaturas meio humanas, meio fúngicas. Felix, liderando essas coisas, havia tentado infectar o esquadrão Sever. Ele falhou, miseravelmente, e Aurora se apegava à ideia de que um dia voltaria para terminar o trabalho. Mutantes genéticos como ele eram contra a lei Galáctica. Mais importante, Felix havia tentado ferir Sever, e pessoas que atacavam Aurora não costumavam viver muito.

Dinheiro. Vingança. Princípios para se viver.

Rovo foi o próximo a se levantar. Aurora ficara com o último turno de vigia - o novato ficara com o do meio, Gregor com o primeiro. E embora desistir daquelas horas extras de sono significasse se sentir ainda mais lenta, estar cansada era melhor do que estar morta. Muitos produtos químicos poderiam ajudar no primeiro caso, nada poderia ajudar no segundo.

O novato não parecia tão mal após seu primeiro dia como membro pleno do Sever. Simuladores podiam fazer maravilhas para treinar táticas de equipe, para praticar seus tiros, mas estar em um planeta imundo com mercenários armados para o combate era bem diferente das telas e dos óculos. Rovo se saíra bem. Até mesmo saíra sozinho por um tempo, e embora tivesse seguido Felix para uma armadilha, isso podia ser perdoado.

Como todos os novatos, ele aprenderia ou morreria cedo. Até agora, Aurora se sentia bem em relação ao garoto. Não que ela tivesse muitas opções se não gostasse - Sever tinha apenas cinco membros. Você tinha que confiar que cada um faria seu trabalho.

— Nenhuma visita? — Rovo perguntou enquanto andava em direção a Aurora, sentada fora do bonde e no chão da estação.

— Quieto, em todos os níveis — Aurora respondeu, entregando a Rovo uma barra de proteína.

Rovo cruzou as pernas, juntando-se a Aurora no piso duro e sujo de azulejo cinza. Seus olhos se voltaram para as escadas que subiam, atrás de Aurora e à sua direita. Largas o suficiente, com um corrimão de metal dividindo os degraus, pareciam projetadas para lidar com uma grande multidão.

— Não dá pra imaginar alguém construindo um metrô assim para um pequeno posto avançado — disse Rovo depois de engolir metade do café da manhã carregado de nutrientes. — Toda essa missão tem sido uma grande surpresa, ou sou só eu?

— Não é só você. — Aurora acenou com a cabeça em direção ao túnel, onde o bonde poderia, se não fosse pela barreira, continuar indo mais fundo na cidade. — Não há como Dynas ter tido a mão de obra e os materiais aqui naturalmente para fazer algo assim. Quem quer que tenha construído este lugar teve ajuda, e essa ajuda veio de fora do mundo.

— O que significa que a DefenseCorp deveria ter sabido disso.

— Deepak pode não ter sabido, mas não confio nisso — disse Aurora. — Então, ou fomos enganados, ou...

Aurora e Deepak, o comandante da *Nautilus* e almirante da DefenseCorp que enviara Sever para onde precisavam ir, não tinham o que ela chamaria de um bom relacionamento. Ele se mantinha firme na necessidade de jogar o jogo político, de receber ordens de cima e executá-las sem questionar. Aurora, bem, Aurora não dava a mínima para autoridade até e a menos que obedecê-la significasse o máximo de dinheiro em sua conta.

Mesmo assim, ela tinha dificuldade em acreditar que Deepak enviaria um de seus melhores e mais moralmente flexíveis esquadrões em uma missão suicida sem sentido. Onde estaria o lucro nisso? Se a DefenseCorp apenas quisesse fazer um show de responder ao pedido de socorro, Deepak poderia ter enviado recrutas. Reunido recrutas com desempenho ruim e os enviado para uma morte certa nas profundezas pantanosas de Dynas.

— Ou o Deepak espera que possamos sair dessa — disse Aurora enquanto Rovo comia vorazmente. — Ou expor um segredo, ou destruí-lo.

— Mandar cinco pessoas para incendiar uma cidade não parece uma decisão inteligente — disse Rovo. — Por que não trazer o *Nautilus* e deixá-lo torrar este lugar da órbita?

— Barulho demais — anunciou Gregor, aproximando-se do bonde e esfregando as olheiras. — Explodir um planeta, você tem perguntas. Uma pequena equipe derrota o inimigo? Sucesso sutil.

— Você vai esmagar todo este lugar com esse martelo? — perguntou Rovo.

— Posso esmagar você — respondeu Gregor — se continuar fazendo perguntas.

Aurora deixou que eles continuassem com suas provocações. Era bom ver que os dois tinham desenvolvido um vínculo, embora isso tendesse a acontecer rapidamente em missões mortais. Salvar a vida um do outro aproximava as pessoas.

Suas armaduras e o martelo de Gregor estavam de volta no bonde. Eles deveriam voltar lá, vesti-las e então subir marchando até a cidade, prontos para cuspir fogo e causar destruição até encontrarem Sai e Eponi. Exceto que os sons vindos de cima não pareciam tão ameaçadores.

Caminhando até a rampa e subindo por ela, Aurora foi dar mais uma olhada no portão de correntes que selava as plataformas. Ela sentiu os olhos de Gregor e Rovo seguindo-a, provavelmente se perguntando o que sua comandante planejava fazer com seu traje fino e pronto para a missão. Feito para deslizar para dentro das poderosas armaduras, os Sever não saíam para o combate vestindo roupas comuns. O que tornaria sua ideia complicada.

Aurora não se considerava uma especialista em furtividade. Ela preferia o soldado ao espião, mas sair daqui atirando para todos os lados colocaria três contra o que poderia ser uma cidade inteira. Não exatamente boas chances.

— Precisamos de roupas — Aurora gritou de volta, parando sua subida antes de perder de vista os outros dois. — Ideias?

— Roupas? — Gregor respondeu. — Temos as armaduras!

— Vamos deixá-las, pelo menos por enquanto — replicou Aurora. — Não vou declarar guerra a todo este planeta a menos que seja necessário. Nossa missão é pegar o VIP e sair.

— Achei que estávamos nos saindo muito bem — disse Rovo. — Eles mandaram muitos atrás de nós naquele posto avançado, mas aqui estamos, não é?

— Perdemos duas pessoas lá — disse Aurora. — Contra

alguns esquadrões de soldados. Não podemos nos dar ao luxo disso de novo.

— E você acha que roupas comuns vão... — Rovo parou quando Gregor colocou uma mão firme em seu ombro.

— Questionar a comandante? Você faz isso aqui em cima — Gregor bateu na própria cabeça com a outra mão. — Não com essa sua boca grande.

Embora Aurora não pudesse dizer que Rovo parecia satisfeito com o conselho de Gregor, e ela mesma não achasse que a obediência cega funcionasse frequentemente como o mandamento principal dos Sever, ela apreciou a interrupção do grandalhão mesmo assim. Rovo não tinha a experiência, e nenhum deles tinha sono suficiente, para questionar as decisões de Aurora aqui.

Seu plano, de se afastar da estação do bonde e descobrir alguma ideia sobre onde estavam, onde Sai, Eponi e o VIP poderiam estar, sem atrair todas as armas da cidade, não teria muito sucesso se não conseguissem roupas.

Depois que Aurora explicou a ideia, e depois que Gregor terminou seu próprio café da manhã, o trio entrou em ação. Primeiro, vasculharam a própria estação do bonde, procurando por equipamentos de manutenção que pudessem servir. O martelo de Gregor quebrou cadeados, mas não encontraram nada: os armários de suprimentos só tinham algumas ferramentas velhas e equipamentos aleatórios projetados para marcar pisos molhados e isolar áreas fechadas.

O que significava que as coisas teriam que ficar complicadas.

Aurora, Gregor e Rovo subiram até a porta selada que levava à rua. Trancada pelo lado de fora, a grande porta bloqueava toda a escadaria com sua estrutura de correntes e metal.

— Martelo? — disse Gregor.

— Barulhento demais — respondeu Aurora. — Estamos tentando ser discretos aqui, não assustar todo mundo.

— Muito mais difícil.

— Lasers de baixa potência devem resolver. — Aurora apontou para o local no portão onde um painel inativo esperava para ser acordado por alguém com a autorização adequada. — Vamos cortar bem através desta parte e ficaremos bem.

Gregor assentiu, mas Rovo tinha uma expressão estranha no rosto. Ele se aproximou da porta, com Aurora recuando para dar espaço ao novato. Rovo inspecionou o painel, murmurando para si mesmo o tempo todo.

Em uma língua que Aurora não conhecia.

— Rovo, o que você está dizendo? — perguntou Gregor.

O novato parou, levantou a cabeça rapidamente e teve a decência de corar um pouco. — Desculpe, às vezes eu falo enquanto penso. Minhas irmãs costumavam me provocar se eu errasse quando fazia isso, então aprendi a não fazer em Comum.

— Você é um cara estranho. — Gregor sorriu. — Mas tudo bem! Nós gostamos de esquisitos.

— Rovo — interrompeu Aurora. — A porta? Você tem uma ideia melhor?

— Ah, sim, eu acho que sim. Lá com minha armadura, eu peguei um cartão de acesso de um guarda lá no posto avançado. Parece que pode funcionar aqui.

— E você ainda está aí parado, por quê?

A inspiração de Rovo provou-se frutífera: ele escaneou o cartão de acesso do guarda e a barreira piscou, então se destrancou. Eles poderiam ter arrancado a coisa toda, mas por que convidar qualquer um para descer e olhar suas armaduras?

— Agora, como vamos conseguir roupas? — disse Rovo enquanto estavam do outro lado da barreira, olhando para as multidões agitadas que passavam na manhã de céu amarelado.

— Isca — disse Gregor, então olhou para Aurora. — Desculpe, comandante.

— Gregor, por que eu deveria me desculpar? — Aurora saboreou a confusão no rosto do grandalhão. — É a sua vez.

Para deixar a estação do bonde, encontrar seus amigos e resgatar o VIP, o esquadrão Sever não poderia entrar em guerra com uma cidade inteira. Eles precisariam ficar disfarçados, e a melhor maneira de fazer isso?

Mandar Gregor para o espaço aberto, sem proteção, para bancar o tolo.

DOIS

AQUELE DIA

Em meio às nuvens vermelhas alongadas e rodopiantes, uma nova linha crescia à medida que a nave descia em direção à plataforma de pouso do edifício. No telhado, cem andares acima do nível do solo e dos tumultos, a plataforma deveria ter sido um refúgio seguro para os ricos do mundo esperarem por seu resgate.

Sai estava perto da borda, observando a fumaça subir até aquela altura, vendo as nuvens negras se contorcerem ao subir pelos edifícios em sua direção e além. Bem abaixo, ele podia ver os clarões à medida que o fogo de laser e os estampidos das armas de fogo irrompiam entre as forças de segurança contratadas e o público do planeta. Uma batalha que começara nos arredores do mundo e que progredira cada vez mais à medida que as pessoas, nas palavras da mãe de Sai, se rebelavam contra seus criadores.

A política do momento se confundia, bem, no momento. Sai, com quase dezoito anos, permaneceu perto de sua mãe enquanto a nave se aproximava: um ônibus espacial armado de passageiros destinado a levá-los todos acima da atmosfera até uma estação de espera. Uma vez que tivessem partido, a mãe de Sai havia prometido, a DefenseCorp desembarcaria suas forças pesadas e suprimiria a rebelião.

Às vezes o público podia ser coagido, às vezes tinha que ser derrotado. Saber qual método usar era uma característica essencial em qualquer líder. O pai de Sai, supostamente, sabia disso. Assim como Sai sabia o suficiente para não perguntar como, se seus pais e seus amigos eram líderes tão bons, seu planeta estava se despedaçando.

Ser um líder, no entanto, tinha algumas vantagens claras: o pai de Sai havia deixado a fila normal e tomado seu lugar perto da frente dos grupos de espera. Ele havia ido à frente para garantir a sua família um lugar neste ônibus espacial, e ouvindo os crescentes estrondos e tiros vindos de baixo, esse plano fazia sentido.

O ônibus espacial, quase grande demais para a plataforma, pousou com estrondos e silvos, como alguma criatura mítica e gigante. Um cilindro elegante e pontiagudo com motores projetando-se para fora da parte traseira, Sai achou o ônibus espacial bonito, embora carente de armamento mais pesado.

Eles estavam evacuando, não lutando. Eles haviam perdido, e isso era uma retirada.

Sai tinha que se lembrar disso.

Uma porta recuada apareceu e se ergueu ao longo da lateral do ônibus espacial, uma escada desceu, e o pânico no telhado avançou. Várias pessoas de aparência oficial saltaram daquela porta aberta, acenando para que qualquer bagagem fosse jogada de lado. Sem espaço para grandes posses. Cada centímetro seria reservado para corpos.

— E a katana? — Sai perguntou à sua mãe enquanto os primeiros passageiros embarcavam.

— Nós a levaremos — sua mãe, sempre calma, sempre estoica, não deixou dúvida em sua voz.

Ela segurava a katana em sua mão direita e Sai na esquerda. A espada atraía alguns olhares, mas ninguém ali, naquele momento, se importava nem um pouco com uma lâmina, desde que não fosse usada contra eles.

Sai deu uma última olhada para as ruas que ele havia percorrido durante toda a sua vida, para a escola, para eventos, para apenas explorar os bairros da cidade massiva. Quantas pessoas com quem ele havia conversado, comprado ou brincado no parque estavam lá embaixo, voltando armas rudimentares e fúria justa contra os pares de Sai?

Um clarão laranja floresceu, o som estridente de vidro quebrando chegou até o telhado e a multidão se encolheu enquanto se apressava em direção ao ônibus espacial. Sai e sua mãe estavam entre eles, pressionando-se adiante.

— Acha que voltaremos algum dia? — Sai perguntou.

— Este é o nosso lar — sua mãe respondeu. — Claro que voltaremos. Quando estiver pronto.

Sai tentou encontrar seu pai, mas parecia que o homem já havia embarcado no ônibus espacial. Mais ruídos raivosos vindos de baixo e ao redor da torre transformaram o embarque em uma corrida desenfreada. Ninguém parecia estar prestando atenção à hierarquia.

Ao redor deles, sobre a cidade, mais ônibus espaciais cortavam as nuvens vermelhas, dirigindo-se a outras torres, outras evacuações. Uma fuga em massa. Todas essas pessoas deixando todos os seus pertences. O próprio Sai carregava uma pequena mochila, cheia das poucas coisas absolutas que ele não deixaria para trás.

Incluindo, sem o conhecimento de sua mãe, uma pequena pistola laser que ele havia comprado no início daquele ano, quando os rumores começaram. Quando um garoto como Sai poderia descobrir que a posição de sua família o tornava um alvo principal para assaltos. Mesmo que mal soubesse como disparar aquilo, ter a arma fazia Sai se sentir um pouco mais seguro.

Um ruído estrondoso desviou os olhos de Sai da multidão para outra torre do outro lado, onde outro ônibus espacial de resgate, aparentemente cheio e com muitos deixados para trás, recolhia seus suportes e se preparava para decolar. Seus motores aceleraram enquanto os jatos frontais do ônibus espacial empurravam o cilindro na vertical. Fogo quente jorrou dos motores, e o cilindro começou sua subida.

A luz do ônibus espacial ficou tão brilhante que Sai não percebeu de imediato, mas ele captou o milissegundo de clarão quando, de outra torre, um foguete flamejou. O tiro disparou em direção ao ônibus espacial em ascensão, atingindo a nave logo abaixo do centro. Um estrondo ondulante deu lugar a uma subida crepitante e faiscante enquanto o ônibus espacial continuava a impulsionar.

O foguete, no entanto, havia tirado o ônibus espacial de seu curso, inclinando a nave em direção a... eles.

A mãe de Sai reagiu primeiro, agarrando a mão de Sai e puxando-o para longe da borda, de volta para o acesso ao telhado da torre, as escadas que levavam para baixo, mesmo enquanto a multidão avançava em direção ao seu próprio ônibus espacial.

Sai não teve chance de gritar, de perguntar sobre seu pai, antes que sua mãe os jogasse ambos no chão e o ônibus espacial danificado atingisse o deles. Sai não pôde ver o que aconteceu então, mas mais tarde, assistindo às gravações históricas, ele viu o nariz do ônibus espacial danificado atingir o ponto médio do deles. O nariz perfurou e então empurrou seu ônibus espacial para fora de sua base, virando-o e lançando-o completamente para fora da lateral da torre.

Os motores da nave danificada começaram a se desintegrar quando a colisão se somou ao estresse do ataque com foguetes, enviando as naceles em chamas girando em direção ao teto da torre, diretamente para a multidão que se dispersava.

— Não olhe — disse a mãe de Sai. — Rasteje. Continue se movendo. Comigo agora.

Sai se manteve abaixado com sua mãe enquanto voltavam em direção à escadaria. O calor roçava suas costas, queimava suas roupas, mas os tremendos ruídos de rasgo, esmagamento e chiado vindos do desastre bloqueavam os gritos. A fumaça feria os olhos de Sai, queimava sua garganta, e o teto da torre arranhava suas mãos enquanto ele se arrastava, seguindo sua mãe, em direção a um lar que não era mais seu.

— Você sempre fala tanto enquanto dorme? — perguntou a mulher a Sai, arrancando-o do terraço para uma sala pequena, clara e vazia.

Uma mulher sorridente de olhos gélidos estava em pé sobre ele, com um dedo no queixo e o outro segurando uma longa seringa com algo esbranquiçado dentro.

Sai podia sentir seus braços e pernas, podia sentir as amarras que os prendiam firmemente. Nada cobria seu rosto e, embora Sai pudesse sentir dores residuais da queda do esquife, da luta com os infectados, em geral ele se sentia bem. Muito, muito bem.

— Onde estou? — Sai conseguiu dizer.

— Essa não foi minha pergunta. — A mulher se inclinou, puxou a manga fina do braço direito de Sai. Parecia e sentia-se como algum tipo de camisola barata. — Mais uma vez. Você sempre fala tanto enquanto dorme?

— O quê? Por que isso importa? — disse Sai, esforçando-se para se sentar, para ver o que ela ia fazer. — O que tem aí? O que você está fazendo?

A mulher parou, pressionou a mão contra o antebraço de Sai e voltou um sorriso ainda mais rígido para ele. — Responda à pergunta, por favor.

— O quê, se eu falo dormindo? — disse Sai. — Como eu deveria saber? Estou dormindo!

A mulher assentiu, seus olhos se desviando para o teto. — Claro. Faz sentido. Vamos observar nos próximos dias e ver se o vírus causa alguma mudança nesse comportamento.

— O vírus?

Sai sentiu a picada quando a mulher enfiou a agulha em seu braço, logo acima do cotovelo. Sentiu a estranha onda enquanto o líquido estranho entrava em seu corpo, percorria suas veias e vasos.

— Sim — a mulher retirou a seringa. — Passamos as últimas horas fortalecendo você. Agora você está saudável o suficiente para vermos se um soldado da DefenseCorp pode lidar com nossa última geração. — Aquele sorriso gélido ameaçou vacilar, mas a mulher o escondeu atrás de um olhar em direção ao que Sai presumiu ser a entrada de sua cela, uma porta de vidro que se estendia de parede a parede. — Se não, então meu trabalho se torna muito mais difícil.

Sai queria dizer que não entendia, queria obter mais informações dessa mulher, mas ele sabia contra o que havia lutado naquela sala. Conhecia as estranhas criaturas presentes nesta torre, e podia adivinhar de onde elas tinham vindo, para onde ele poderia estar indo.

E o que seus filhos poderiam ter acabado de perder.

— Sai — a mulher continuou. — Meu nome é Dra. Anaskya. Eu estarei observando você e ouvindo. Se não se importar, depois que eu sair, por favor, continue falando. Eu adoraria ouvir o final da sua história, e se pudermos entender como o vírus afeta sua fala durante o sono, melhor ainda.

Sai, no entanto, mal a ouviu. Ele se deitou no travesseiro fino, olhou para o teto e sentiu a infecção se espalhar como fogo ardente.

TRÊS

PASSEIO DE COMPRAS

Se Gregor calculasse o tempo de sua vida passado com ou sem armadura, uma estimativa instintiva sugeriria que seria desproporcional a favor da armadura. Passar sua juventude minerando rochas frias de cometas com potencial exposição ao vácuo, e sua vida adulta em várias zonas de combate, significava que vagar pelas ruas da cidade com nada além de uma fina roupa esportiva parecia muito estranho.

Pelo menos Dynas, com seu clima úmido e pantanoso, o mantinha aquecido. E Gregor há muito tempo se tornara incapaz de corar, devido a tantos passos em falso e declarações desajeitadas, então quando os rostos se voltavam para ele, ele exibia um grande sorriso. Um homem confiante, forte e seminu aparecendo de uma estação de bonde fechada - o que havia de tão incomum nisso?

Aparentemente, tudo.

Emergir da estação de bonde, especialmente vindo dos pântanos e periferias infestadas de monstros, colocou o sorriso falso de Gregor à prova. Ele já havia servido em planetas urbanos antes, passado tempo em remotos rincões em missões da DefenseCorp, mas este lugar parecia não saber o que era ou queria ser.

Saindo do bonde, lá embaixo na estação, todo o grupo havia confirmado o quão úmido tudo parecia ser aqui. A alta umidade envidraçava azulejos, paredes, corrimãos e escadas. As coisas eram ainda piores na superfície; deixar a estação significava pisar em uma calçada molhada, ligeiramente inclinada para escoar a umidade para grandes calhas amareladas que margeavam as estreitas ruas.

Os edifícios pretos manchados adotavam filosofias semelhantes, organizando-se em declives e funis para que a umidade perene pingasse e caísse em pontos projetados e mantivesse as pessoas que passavam secas. Em vez de telhados planos e quadrados, tudo terminava em ângulos, como se alguém tivesse construído uma cidade a partir de lanças.

As ruas também inclinavam-se do meio para as calhas, e em um ângulo tão íngreme que Gregor se perguntou que tipo de veículos poderiam dirigir aqui, até que notou as linhas estendidas entre os edifícios. Bondes aéreos, então. Balançando acima do molhado.

A estação de bonde se abria para uma interseção, com um emaranhado de cabos diretamente acima para os bondes de alguma forma navegarem. As faixas de pedestres, para as poucas pessoas que Gregor via, eram de metal gradeado e cravejado, cobrindo as vias inclinadas. No geral, uma maravilha e uma bagunça.

Dynas não parecia propícia à vida civilizada, e ainda assim este lugar existia. Dobrando todas as regras, apenas para bagunçar o código genético da galáxia.

Gregor ergueu a mão em direção à pessoa mais próxima, uma entre meia dúzia à vista. Esta acabara de atravessar a interseção e parou quando Gregor saiu. Um homem mais velho, embora Gregor não pudesse ter certeza, dado o respirador que o homem usava sobre o rosto. O dispositivo se conectava a um tanque nas costas do homem, ligado ao que parecia ser uma roupa de mergulho.

— Vai mergulhar? — disse Gregor, e o homem inclinou a cabeça, então caminhou na direção de Gregor.

— Você está doente ou algo assim? — respondeu o homem, o respirador distorcendo a voz. — Onde está sua máscara?

— Perdi — disse Gregor. — Lá embaixo. — Ele apontou de volta para a estação de bonde. — Pode me ajudar a recuperá-la?

No que se refere a histórias convincentes, Gregor estava bem ciente de que não sabia contá-las nem um pouco. Ele não era um mentiroso, não era um contador de histórias. O homem parecia concordar.

— Perdeu? — Agora o homem recuou um passo. — O que você está fazendo lá embaixo, afinal? Aquela estação está fechada.

— Trabalho. As coisas deram errado.

— Então vá para um hospital — o homem examinou Gregor com sua máscara. — Antes que você acabe se matando.

Bem, isso não deu certo. O homem virou as costas para Gregor, começou a se afastar. Sever precisava de uma roupa, pelo menos uma, então Gregor estendeu o braço, agarrou o braço do homem e o puxou de volta para a entrada da estação.

O homem resistiu, um leve puxão contra a força esmagadora de Gregor. Água morna espirrando enquanto o homem tentava recuar, tentava se libertar, mas Gregor sabia como segurar. Pegue aquele aperto bem acima do cotovelo, aperte com força e continue se movendo.

O que não aconteceu, o que Gregor esperava mas nunca veio, foi um grito por ajuda. Além de murmúrios de maldições, reclamações, o homem não gritou nem berrou. E assim que Gregor puxou o homem para trás da entrada, perto da porta de metal que selava o próprio bonde, Aurora atingiu o cidadão azarado com um disparo atordoante de nervos de seu rifle.

— Isso não foi muito elegante — disse Rovo enquanto eles removiam o traje do homem, revelando roupas íntimas esfarrapadas manchadas de mofo. — Quantas pessoas viram você?

— Algumas, mas não acho que se importaram — respondeu Gregor, arrancando a máscara e revelando, de fato, um rosto enrugado e desgastado por baixo. — Este é um lugar estranho, e eu não gosto dele.

— Somos dois — respondeu Rovo. — Olhe para esta máscara. É um respirador completo. Oxigênio filtrado, bloqueio total do ar que entra. Você viu mais alguém com estes?

— Máscaras, sim — disse Gregor. — Todo mundo. Não os tanques completos.

— As pessoas com quem lutamos no posto avançado também usavam trajes — respondeu Aurora, tirando as botas do homem. — Mas nossa armadura disse que a atmosfera aqui era segura. Então, o que estamos perdendo?

— Segura com base em nossa inteligência lixo — disse Rovo. — Novo planeta, novas regras. Não sabemos o que há no ar aqui, mas aparentemente vale a pena evitar.

O traje de mergulho do homem poderia servir tanto em Gregor quanto em Rovo. Obviamente, eles precisavam de mais dois trajes e, após a alegria de contrabandear um cidadão infeliz das ruas, o trio concordou com uma abordagem mais suave: dois esperariam na estação do bonde com suas armaduras, filtrando-se, enquanto o terceiro iria em busca de um lugar para comprar trajes para os outros.

— Você é menor — disse Gregor a Rovo. — Menos ameaçador, deveria ser você. Ninguém nota um rato.

— É, exceto que estou ocupado — respondeu Rovo. — Tenho invadido as comunicações que circulam por aqui e estou chegando perto. — Ele bateu no respirador do homem. — A menos que você possa fazer isso, acho que sou mais útil dessa forma.

— Está me chamando de inútil, novato?

— Não, estou dizendo que confio em você para comprar roupas em uma loja.

— Ah.

— Vamos — interveio Aurora. — Rovo, me ajude a arrastar esse cara para o armário de utilidades. Vamos trancá-lo lá. Gregor, vista-se e vá. Estou cansada de ficar aqui embaixo, e estamos perdendo tempo.

Minutos depois, sentindo-se apertado em um traje de mergulho pequeno demais e com o respirador no rosto, Gregor voltou às ruas. Eles haviam encontrado outras coisas no homem, incluindo, em um bolso fino e selável no peito do traje de mergulho, o que parecia ser um cartão de identificação corporativo. A foto do homem e vários números de conta estavam gravados nele, junto com informações de contato caso o cartão fosse encontrado.

Gregor já tinha visto cartões como esse antes - a empresa do cometa os havia emitido. Destinados a conter toda a sua identidade, incluindo seu dinheiro. As pessoas que possuíam esses cartões deveriam gastar tudo o que ganhavam nas lojas da empresa, uma economia fechada. O cartão respondeu a outra questão sobre a cidade: não era uma sociedade livre, mas uma funcional, cativa de seus mestres corporativos.

De volta à superfície, Gregor caminhou pela rua, fazendo uma linha reta para longe da estação do bonde para manter qualquer busca de rota fácil. Agora que não estava apenas procurando por vítimas, Gregor viu a cidade ganhando uma espécie de vida.

As lojas estavam abrindo à medida que a manhã avançava para horários úteis. Aqueles bondes, construídos como ovais, mas com guias gotejantes que canalizavam a água para longe, passavam por Gregor enquanto ele caminhava, carregados de pessoas em vários trajes de mergulho e capas de chuva.

As lojas tinham seus próprios nomes, mas todas elas também tinham o mesmo logotipo logo atrás de suas etiquetas, um símbolo do infinito desenhado com a dupla hélice do DNA. Dentro, as mercadorias eram variadas, embora o estoque parecesse escasso. Preços altos.

Um planeta secreto, uma sociedade secreta equivalia a altos custos de envio.

A primeira loja que ele encontrou que vendia trajes de mergulho e capas de chuva oferecia, de forma mais proeminente, reparos. Outro movimento sensato com suprimentos limitados; manter seu equipamento em bom estado em vez de comprar novo. De volta à Bola de Neve, você mantinha a mesma armadura até crescer demais para ela ou morrer.

Gregor passou por uma porta dupla para entrar na loja, uma simples câmara de vidro entre elas servindo para soprar a umidade. Dentro, ar fresco e filtrado atingiu o rosto de Gregor quando ele tirou a máscara e olhou para os cabides de capas de chuva à direita e os trajes de mergulho à esquerda.

— Você está cedo — disse uma voz que, quando ela se levantou de trás de um balcão coberto com equipamentos de costura e selagem, pertencia a uma garota mais jovem. — Não deveria estar no trabalho?

— Eu sou um cliente? — disse Gregor. Deveria estar no trabalho? Ele não conhecia essa garota.

A atendente apontou para o traje de mergulho de Gregor. — Seu turno começou há uma hora.

— Começou?

Agora o rosto da garota mudou, da curiosidade para um medo de olhos arregalados. Ela se virou, alcançou algo embaixo da mesa, mas antes que chegasse lá, Gregor atravessou a loja e, pela segunda vez em tantas horas, agarrou um braço e o segurou imóvel.

— Não toque em nada — Gregor sussurrou, então deu uma olhada rápida para o fundo da loja. Uma porta lá, mas ninguém mais à vista. — Isso não precisa ser difícil.

Gregor sentiu a garota tremer, sentiu-a tentar se afastar dele.

— Você é um deles, não é? — ela disse. — Eles disseram que alguns haviam escapado da quarentena.

— Que quarentena? — disse Gregor. — Eu só quero algumas roupas.

— Quer dizer que você não está infectado?

Ah. Isso faria sentido. Se esta cidade soubesse sobre Felix e seu covil doente lá fora no pântano, não era de admirar que estivessem com medo. Quem gostaria de acabar assim?

— Eu sou apenas um visitante, nada mais — disse Gregor. — Não pretendo fazer mal.

— Então solte meu pulso?

— Você não me fará me arrepender disso?

A garota balançou a cabeça, olhou para a mão de Gregor e soltou um meio-soluço. — Você está aqui. Isso já é punição suficiente.

QUATRO

A MARCA DO TRAIDOR

O traidor dormia na torre. Em um quarto amarelo lamacento decorado com arte de toda a galáxia, com luzes lineares serpenteando pelo teto em padrões que sugeriam um presente mais brilhante e caprichoso do que aquele em que Eponi vivia. Sonhava.

Desesperava-se.

Ela não achava que seria tão ruim. Sever nunca tinha sido uma família, não de verdade, não formalmente. Suas missões eram muito afiadas, seus membros muito quebrados e estilhaçados para se darem bem fora dos briefings tensos e linhas de batalha. Pelo menos, Eponi sempre pensou assim: ela pilotava os outros quatro para dentro, deixava que eles causassem o caos, depois os pegava e voava de volta às estrelas.

Até que ela viu Sai, com todas aquelas armas apontadas para ele, e seu rosto blindado olhando diretamente para ela. Através daquele metal, daquele vidro, a decepção de Sai a queimou, e Eponi passou o resto da noite bebendo até cair, isolada neste quarto com uma garrafa de esgoto puro que, ainda assim, cumpriu seu papel. O destilado próprio de

Dynas, uma variante marrom de bourbon, encarava Eponi da mesa de cabeceira, um copo meio cheio descansando sobre a mesa de metal amarelada.

Sem sua armadura, com seus outros gadgets há muito confiscados, Eponi recorreu ao relógio real do quarto em uma pequenina tela parafusada na parede que também lhe dizia a temperatura (quente), umidade (encharcada) e clima (nebuloso). A hora, já passando das oito da manhã, dizia que Eponi precisava se levantar. Precisava descobrir o que poderia fazer com sua vida.

Como pilota de corrida, girando pelos circuitos da galáxia, ela havia tomado incontáveis decisões em frações de segundo. Não apenas se deveria ir para a esquerda ou direita, por cima ou por baixo, mas qual marca apoiar, com quem assinar, se poderia confiar que uma pista de corrida realmente entregaria o prêmio do vencedor quando Eponi cruzasse aquela linha.

Eponi olhou pelo armário, cheio de uniformes padrão no esquema de cores preto e cinza da empresa, e escolheu um aleatoriamente. Ela poderia vestir este uniforme, abraçar seu novo papel como informante infiltrada e ajudar as pessoas que comandavam este planeta a capturar Sever, ou ela poderia...

O quê? O que mais ela poderia fazer? Eponi não tinha nenhuma arma, não tinha nenhum conhecimento secreto de uma super bomba que pudesse usar contra seus criadores. Nenhum contato que pudesse chamar por rádio para pedir apoio - dado o que ela havia visto aqui, Eponi já achava que o briefing de não-conhecimento da DefenseCorp fedia a mentira.

O uniforme provou ser folgado, mas funcional o suficiente. Limpar-se no banheiro distraiu Eponi por alguns minutos, embora ela continuasse evitando seus próprios olhos no espelho que cobria toda a parede. Sem xampu, sem escova de cabelo, ou qualquer coisa além de uma torneira e algumas toalhas para o chuveiro tornaram o ritual curto.

A missão de Sever era resgatar um VIP, depois tirar todo o esquadrão do planeta e levá-los para... algum lugar. Pelo que Eponi tinha visto quando ela e Sai colidiram com um esquife neste edifício gigantesco, a única coisa que este lugar poderia ter que ela pudesse usar seria uma nave. Ela poderia tentar algum truque como nos filmes, roubar a nave debaixo do nariz dos malfeitores e correr para o resgate.

Mais provável, ela chegaria aos controles, alguma segurança desabilitaria a nave, e então Eponi seria sumariamente executada com um tiro na cabeça segundos depois. Dificilmente uma morte heroica, e Eponi não queria morte de nenhum tipo.

Seu quarto tinha uma porta principal, uma única entrada que, pela lembrança de Eponi, levava a um corredor estilo apartamento cheio de outras portas. Eponi não podia testar essa lembrança porque, quando tentou, a porta não abriu. O botão de pressão destinado a liberá-la não respondeu. Depois de tentar algumas vezes, Eponi vagou em direção à janela, que mostrava apenas a interminável névoa amarela de Dynas.

Presa. Sozinha com seus pensamentos. Não ideal, porque ficar sozinha com seu tumulto levaria Eponi a-

A porta se abriu de repente. Um homem que ela nunca tinha visto estava lá, uniformizado como ela - embora o dele servisse melhor - e segurando dois pequenos copos com marca.

— Café? — disse o homem, estendendo um copo para ela.

Eponi tentou ler a marca, mas o logotipo obscurecia quaisquer palavras. Uma espiral de algum tipo, com linhas gêmeas e sinuosas que se entrelaçavam. Como DNA, talvez?

Seus olhos subiram para o teto, confirmando que as luzes combinavam. Ok. Então havia algum método no design aqui, mesmo que Eponi não soubesse o que as formas significavam.

— Obrigada — Eponi ofereceu enquanto levava o copo ao nariz, cheirando-o. Definitivamente café. Morno, mas não muito quente.

Poderia ser veneno, mas Eponi descartou essa ideia com uma risada, atraindo um olhar intrigado do homem. Por que eles a envenenariam quando poderiam tê-la matado a tiros já? Por que colocar Eponi em um quarto quando poderiam tê-la jogado da varanda, trancado junto com Sai?

Ela tomou um longo gole. Desfrutou, pela primeira vez em muito tempo, de um café que vinha de algo melhor que o produto produzido em massa da DefenseCorp. Na verdade, o café terroso e amendoado parecia bom demais para Dynas. Mais evidências de que este lugar tinha apoiadores além de seu status de mundo atrasado.

— Gostou? — disse o homem.

— Claro — respondeu Eponi. — Então, o que você deveria ser? Meu cuidador?

— Não exatamente — respondeu o homem, então estendeu seu copo de café, batendo-o contra o dela. — Meu nome é Ben Taigo, e me voluntariei para isso.

— E o que é "isso"?

— É isso que estou tentando descobrir — disse Ben. Eponi notou que Ben havia sido muito cuidadoso para não entrar mais do que um passo em seu quarto, como se seguisse algum código estrito. — A maioria de nós sabe que um grupo nos atacou ontem em um local periférico. Há muitas pessoas feridas e com raiva agora.

Eponi bebeu seu café. Observou Ben. Ele não tinha nenhuma arma visível. A porta tinha ficado aberta. Se quisesse, Eponi poderia jogar o café no rosto dele, atacar com um golpe e então correr para a liberdade. Talvez pegar o cartão de identificação de Ben com ela, usá-lo para subir-

— Está me ouvindo? — disse Ben, com mais rispidez. — Estou dizendo que não é muito seguro para você aqui, mesmo com os grandões oferecendo proteção.

— Isso deveria me assustar? — Eponi cruzou os braços.

— Uma pilota como você? Acho que não, né?

— Espera, você sabe que sou pilota?

— Claro que sei! É por isso que estou aqui! — Ben quebrou seu código, entrou no quarto, gesticulando freneticamente. — Eu me lembro de você, aquela pilota promissora, subindo nas paradas e depois nada! Os rumores correram pelas ondas por muito tempo, todos achavam que você tinha batido, ou simplesmente decidido que não queria mais fazer isso, e de repente você está aqui?

— Não acho que foi tão repentino assim.

Eponi olhou para seu café para esconder o rubor. Ela não estava acostumada a lidar com fãs há um tempo, estava um pouco fora de prática.

— Talvez não para você — Ben virou-se de volta para ela. — O negócio é o seguinte, Eponi, quando você está num planeta como este, onde eles mantêm as ondas restritas, tudo é uma surpresa. Então, aqui está você, chegando como... uma mercenária ou algo assim?

— Uma pilota. O pagamento é mais regular.

— Mas bem menos empolgante, certo?

— Não sei quanto a isso — disse Eponi. — Então, Ben, obrigada pelo café, mas você acha que pode ter alguma comida por aí para acompanhar?

— Claro, certo — Ben riu. — Vou te avisar, porém. A

comida não está muito boa aqui agora. Tem havido um bloqueio na maioria dos carregamentos, então estamos recorrendo às rações baratas.

— Um bloqueio? Por quê?

— Não é por isso que você está aqui? Com qualquer gangue que você tenha vindo? — disse Ben, conduzindo Eponi para fora do quarto, pelo corredor, como se fossem os melhores amigos do mundo. — Estamos tendo problemas com alguns dos nossos tratamentos. Eles não estão ficando contidos, então os grandões não querem muito tráfego agora.

— E você acha que eu tenho algo a ver com isso?

— Por que não teria? Algum tipo de equipe de inspeção vindo ver o que está rolando em Dynas? Sair com as evidências e então sermos queimados até as cinzas da órbita. Esse é o plano, certo?

Eponi tentou acompanhar o entusiasmo de Ben. O homem tinha passado de fã a atrevido muito rápido. Pelo que Eponi sabia, como Aurora tinha dito, o briefing começava e terminava com o VIP e tirá-lo do planeta. Nada sobre um bombardeio. Por outro lado, pelo que ela tinha visto com as coisas doentes que Sai havia enfrentado, talvez Dynas merecesse uma boa limpeza a laser.

— Olha, Ben, talvez eu precise de mais café para te acompanhar — disse Eponi quando chegaram aos elevadores. — Eu piloto naves e faço isso bem. Não estou em nenhum esquema e não quero estar.

As portas circulares do elevador se abriram segundos depois e Ben conduziu Eponi para dentro. Passou seu cartão em um painel ao lado da porta. A tela mostrou uma lista de seus destinos comuns, indicados por um título laranja-fogo no topo da tela, e Ben tocou no que mostrava um garfo e uma faca.

— Certo, apenas uma pilota — disse Ben. — O negócio é

o seguinte, Eponi, e é grande, então escute com atenção. Este lugar tem muitos problemas, e eles só estão piorando. Precisamos de ajuda. Eu preciso de ajuda. E eu acho, eu espero, e cara, Eponi, eu *acredito* que você é quem pode fornecer.

— Tem algo de errado com você? — Eponi recuou para o lado oposto do elevador.

— Como assim? Que talvez estejamos todos um pouco loucos, presos neste mundo por anos com doenças que ficam mais mortais a cada dia? Como isso afetaria alguém? — Ben mergulhou em uma risada trêmula, então balançou a cabeça. Respirou fundo. — Desculpe, desculpe. Às vezes tudo isso me afeta, sabe?

— Claro. — Eponi não sabia. Não queria saber. — Como é que eu deveria ajudar?

— Você é pilota, Eponi. Preciso que você me tire daqui, antes que Dynas mate nós dois.

CINCO

ATRAVESSANDO A CIDADE

Existem empregos e existem carreiras e existem decisões inteligentes e existem decisões estúpidas. Rovo, segundo seu pai, não tinha escolhido nenhuma dessas opções ao decidir se mudar para o braço mais ativo da DefenseCorp. Um burocrata que tinha uma vida estável flutuando sobre sua terra natal transferindo comunicações interestelares para suas devidas partes, Rovo tinha feito o impensável:

Rovo havia desistido de uma vida segura e decente em uma galáxia que não oferecia muitas.

Caminhar em uma roupa de mergulho por uma cidade doente em um mundo atrasado com poucos amigos e muitos inimigos fez Rovo dar razão ao seu pai. Embora a emoção fosse o objetivo, Rovo descobriu que chegar perto da morte não acrescentava muito à vida.

As coisas não eram mais brilhantes ou gratificantes só porque lasers tinham marcado o metal perto do crânio de Rovo. Em vez disso, Rovo se viu tremendo mais, olhando ao redor o tempo todo, certo de que algum atirador oculto ou figura doente espreitava atrás da próxima sombra, esperando para atacar.

Gregor havia retornado com duas roupas de mergulho e uma expressão perturbada no rosto, uma visão ameaçadora para um homem tão grande. Ele falou sobre a lojista, como ela se recompôs o suficiente para vender as roupas antes de pedir, no final, que Sever a levasse para fora do planeta quando eles partissem.

— Eu disse a ela que levaríamos — disse Gregor —, mas me senti mal por mentir para alguém tão desesperado.

— Se conseguirmos tirar o VIP do planeta, ela pode ter seu desejo realizado de qualquer forma — disse Aurora. — Há lixo ilegal suficiente aqui para justificar uma intervenção de limpeza.

Rovo ficou quieto durante essa conversa. Ele tinha visto essas ordens passarem por seu terminal; quando planetas ficavam muito incontroláveis, quando populações apresentavam um perigo muito grande para a ordem galáctica estabelecida, sistemas vizinhos pagavam à DefenseCorp para resolver o problema. A DefenseCorp aparecia com uma frota furiosa, exigia concessões ridículas com armas ameaçadoras para apoiá-las.

Metade das vezes, as pessoas recuperavam o juízo, aceitavam o golpe e rastejavam de volta para seus esconderijos, geralmente com a DefenseCorp garantindo outro grande contrato para trazer uma força policial brutal até que os antigos proprietários do planeta colocassem todos de volta em suas correntes econômicas.

A outra metade... A DefenseCorp cobrava muito dinheiro por limpezas populacionais, mas os lucros pareciam bons no balanço. Rovo não se importaria em reprimir esses documentos de sua memória.

Talvez ele os substituísse pelo que via agora, uma cidade encharcada com pessoas sombrias se amontoando pelas ruas, parecendo derrotadas, assombradas ou, raramente, resolutos. Como se o Destino tivesse chegado e todos o tivessem aceitado.

Aurora os guiava pelas calçadas, dirigindo-se para a posição do sinal do VIP. Ela tinha removido o computador de pulso de sua armadura, cortado uma fenda ao longo de sua roupa de mergulho para poder levantar a cobertura e olhar as direções a cada poucos quarteirões. Não que a coisa tivesse um mapa verdadeiro, mas Sever tinha norte, sul, leste e oeste. Em uma cidade quadriculada e rígida como esta, isso era suficiente.

Rovo seguia atrás, dando espaço entre ele e Gregor, e Gregor fazia o mesmo com Aurora para tornar plausível que fossem cidadãos separados caminhando em direção a qualquer fim. Depois que os primeiros quarteirões se mostraram monótonos - Rovo não conseguia manter o interesse nos prédios escuros, suas infinitas calhas e bicas gotejantes - ele voltou ao projeto pessoal: quebrar a criptografia da cidade.

As transmissões voavam em um ritmo frenético, cada uma zumbindo em seu ouvido, enquanto o Bug de Rovo, um pequeno transmissor em seu ouvido que se sincronizava com o próprio computador de pulso de Rovo, as captava e tentava analisar sua codificação. Às vezes, uma usava o mesmo esquema que os guardas da escuna no posto avançado e Rovo recebia uma explosão clara, algum comentário sobre uma patrulha em andamento ou um problema potencial aqui ou ali.

Muitas outras, no entanto, tocavam em uma banda diferente, em uma frequência mais alta além da maioria das faixas de receptores tradicionais. A DefenseCorp usava esse nível para comunicações mais sensíveis, para operações em andamento. Os próprios sinais de Sever saíam aqui, embora Aurora os tivesse cortado depois que deixaram a estação do bonde.

Se Sai ou Eponi finalmente decidissem chamar, agora encontrariam silêncio.

Rovo, esfregando o programa do Bug, ajustava os parâmetros da máquina enquanto caminhava. Destinado a ser usado sem visão, em situações furtivas, o Bug dependia de uma interface direta através de sua armadura ou através de um processo mais manual, mas mais divertido. Usando seus dedos, Rovo podia ajustar as frequências específicas que o Bug ouvia e a cifra que o dispositivo usava para quebrar a criptografia de qualquer mensagem que captasse.

Como resolver um quebra-cabeça girando uma bola de gude, tentando encontrar o ponto áspero em uma esfera lisa.

Resolver este levou toda a manhã mais seis quarteirões caminhando em roupas de mergulho, mas quando Rovo captou a primeira explosão clara, uma instrução nítida para colocar mais jogadores em campo, a onda de endorfina fez todo o esforço valer a pena. Ele queria correr até Aurora, até Gregor, dizer a eles que agora podiam ouvir tudo.

Em vez disso, ele usou o sinal que haviam discutido e espirrou em uma poça à beira da rua, como alguém que tivesse tropeçado e perdido o equilíbrio.

Aurora não se virou, mas fez uma curva brusca à direita, entrando em um pequeno restaurante na esquina. Gregor, olhando para trás na direção de Rovo, a seguiu. E Rovo seguiu Gregor. Não era exatamente uma espionagem de alto nível - qualquer um que estivesse observando, sem dúvida, acharia estranho que três pessoas em sequência tivessem entrado no mesmo lugar. A equipe do restaurante, a julgar pelos seus olhares, certamente não os esperava.

Quando ele passou pela porta, uma coisa de vidro sob uma marquise côncava que desviava a água para os lados, Rovo viu Aurora e Gregor compartilhando uma mesa com espaço para mais pessoas. Um pouco surpreendente, mas

Aurora capturou seu olhar e acenou para o lugar ao lado dela.

Quebrando totalmente o jogo de furtividade, então.

— Você decifrou o código? — disse Aurora, sem nem um traço de agradecimento.

— Sim — disse Rovo, deslizando a cadeira de metal contra o piso selado e tomando seu lugar. — Alguma coisa os deixou agitados.

— Nós. — Gregor pegou o cardápio.

Um cardápio impresso de verdade. Rovo não via um fora dos filmes. Em todos os lugares onde ele estivera, incluindo as naves da DefenseCorp, apenas projetavam coisas em mesas ou tablets. Mais fácil de mudar, menos manufatura. Exceto, ele supôs, em um planeta tão divorciado das cadeias de suprimentos que papel e plástico para laminação eram mais fáceis de obter.

— Alguma coisa chegando? — perguntou Aurora.

Na verdade, tinha chegado. Durante o curto tempo entre o tropeço e a entrada no restaurante, Rovo ouvira mais comentários nas ondas. Após o chamado por mais jogadores, houve um aviso geral para manter as coisas sob controle, que as pessoas responsáveis pelo acidente lá no posto avançado vinte e três não haviam sido encontradas.

— Não é difícil adivinhar que era onde estávamos — disse Rovo.

— Esperávamos por isso — disse Aurora. — Estamos perto do sinal do VIP agora. Nos movemos rápido, eles não terão tempo de nos pegar.

Tão rápido, que nem se preocuparam em comer. Levantaram-se ao sinal de Aurora, saíram do restaurante, atravessaram a calçada encharcada e entraram direto em um dos bondes que tinha acabado de parar para deixar algumas pessoas ensopadas descerem.

Ninguém se preocupou em cobrar pela viagem, e Rovo não viu um motorista. Tudo automatizado. O interior do bonde estava cheio, e ventiladores de teto sopravam sobre todos. O calor do dia tinha ficado forte, e as janelas abertas significavam que os ventiladores não faziam muito para refrescar o ambiente. Mas Sever estava se movendo.

E eles tinham sido notados.

O Bug de Rovo captou mais transmissões. Um café relatando um estranho trio que entrou separadamente e saiu rapidamente junto. Embarcaram em um bonde, todos em trajes de mergulho baratos.

Baratos? Rovo olhou para si mesmo, comparou o seu com os dos outros no bonde. Claro, alguns trajes tinham estojos para pulseiras e outros computadores, tinham emblemas ou insígnias brilhando nos peitos e mangas, ou serviam melhor do que sua coisa apertada e encharcada, mas baratos?

— Eles estão nos rastreando — Rovo sussurrou para Aurora, que não parecia tão intimidante em seu próprio traje, até que olhou em sua direção.

— Eu sei — respondeu Aurora. — Tem um neste bonde. Três pessoas atrás.

— Posso olhar?

— Não.

Rovo manteve os olhos para frente. A multidão mantinha o trio de Sever em direção à frente do bonde, e na próxima parada, dois quarteirões depois do restaurante, Aurora os arrastou para fora novamente. Ela os manteve em movimento quando atingiram a calçada, murmurando novamente para Rovo manter os olhos para frente.

Quando o bonde partiu, seus respingos foram substituídos por outros menores, seguindo os deles. Poderia ser um pedestre normal. Um cidadão seguindo seu dia, talvez indo almoçar mais cedo. Ou...

— Cortando — disse Gregor, à direita de Rovo, e o homem se agachou, como se tivesse tropeçado.

Rovo olhou para o lado, curioso, a tempo de ver um homem uniformizado que os seguia parar bruscamente na calçada. Diferente dos guardas lá no posto avançado, cujo equipamento de nível militar não se preocupava com logotipos corporativos, este cara tinha uma capa de chuva grossa azul-escura e calças combinando. Uma grande e estranha hélice branca brilhava em seu peito.

— Rovo, corre — sibilou Aurora, e ela disparou enquanto Gregor se erguia de seu agachamento, girando para trás e desferindo um longo soco direto no rosto do homem que os seguia.

Rovo ficou boquiaberto quando o homem atingiu o chão, membros espalhados e completamente inconsciente. Então Aurora agarrou o braço de Rovo e o puxou, correndo através das poças enquanto o Bug interceptava um desastre iminente após o outro.

SEIS

O VIP

A primeira missão de Aurora com Sever, como a mais nova recruta do esquadrão, foi na superfície escaldante de Pledea Quatro. Ela pousou junto com todo um contingente da DefenseCorp, pago por interesses corporativos de mineração que queriam Pledea Quatro limpa para suas máquinas.

E o que eles queriam que fosse removido?

Os prospectores, as espécies e humanos que haviam chegado antes e encontrado os diamantes e gemas mais duras sob os rios de lava azul. Aqueles que haviam declarado as reivindicações como suas e que, legalmente falando, tinham todo o direito de mantê-las. O que essa mesma ralé não tinha, entretanto, era o direito de declarar todo o planeta fora dos limites para os interesses corporativos. Quando os prospectores começaram a sabotar as grandes máquinas e envenenar quaisquer representantes que viessem visitar, seus dias estavam contados.

Aurora ouvira dizer que os prospectores haviam oferecido à DefenseCorp uma parte dos metais que mineravam, supostamente valendo mais do que a DefenseCorp ganharia com essa limpeza. Mas não valia mais do que os relacionamentos, do que uma galáxia cheia de contratos.

Então Aurora, Sever e outros esquadrões invadiram as vilas dos prospectores e, ameaçando usar força letal, pediram que os prospectores saíssem. Exceto que não encontraram ninguém. Aurora, com o rifle de assalto erguido e pronto, escudos térmicos ativos enquanto vagava pelo acampamento mecânico improvisado designado por Sever, só via restos. Terminais abandonados, alguns suprimentos, mas nenhum sinal de pânico.

Os prospectores não tinham fugido. Ou, tinham, mas sem pressa. As refeições não haviam sido deixadas pela metade para assar na superfície de rocha negra de Pledea Quatro, sob seu céu cinzento, brilhando em um azul fantasmagórico das linhas de lava que marcavam sua superfície.

Correu a notícia de que todos os acampamentos estavam vazios. A DefenseCorp tinha o planeta bloqueado, então os prospectores só poderiam ter ido para baixo. Para o subsolo, em todo aquele calor, até a fonte do conflito. O comandante de Aurora não hesitou: com suas armaduras, Sever poderia suportar o calor, então eles marcharam, entrando na mina e descendo.

Com rocha espessa em todos os lados, sustentada por vigas cruzadas de aço fabricado e luzes amarelas alimentadas por energia geotérmica, os túneis da mina não eram de todo desagradáveis. Embora, comparados aos esforços corporativos, Aurora achasse os fios soltos ocasionais e os suportes manchados inquietantes, o esforço geral parecia desacreditar a ideia de que esses mineradores eram desleixados, sujos e desorganizados.

À medida que iam mais fundo, Sever passava por pontos de parada organizados, câmaras escavadas cheias de suprimentos e prontas para proteger os mineradores caso a lava vazasse ou algum gás rompesse. Profissional, de qualidade. A visão fez Aurora se sentir um pouco enjoada, um pouco assustada.

Mas os novatos, como seu comandante havia dito, precisavam ficar quietos e aprender. Então Aurora não disse nada, seguiu o grupo com seu rifle erguido, procurando alguém para atirar.

As comunicações pela superfície chiaram e desapareceram conforme Sever foi mais fundo, assim como os outros esquadrões desceram em suas próprias minas. Isolados e fora de contato, o comandante de Sever finalmente reconheceu, profundo e cercado por rochas, que a missão não estava indo de acordo com o plano.

Manter a cautela, permanecer vivo.

O objetivo continuava o mesmo.

Seis metros separavam Aurora e o líder de Sever, um cara grande como Gregor que preferia lançadores de explosivos. Eles se aproximavam de outro alargamento no túnel quando o líder parou, ergueu a mão para que o esquadrão fizesse o mesmo. Aurora desempenhou seu papel de retaguarda e se virou, iluminando o túnel com a luz de seu rifle.

As luzes montadas dos prospectores se apagaram, e as armaduras de Sever compensaram, as luzes dos ombros e joelhos acendendo para dar uma visão clara e refinada em branco. Bem a tempo de ver e ouvir estrondos vindos de cima. Explosões de bolso, detonando rochas e desmoronando túneis.

Aurora mergulhou no chão enquanto os estrondos e explosões continuavam, enquanto seu esquadrão gritava pelo canal de comunicação e as rochas os atingiam. Um bilhão de toneladas ia cair sobre suas costas.

Corra.

O comando veio claro, embora mais tarde Aurora não

tivesse certeza, não pudesse ter certeza se alguém em Sever realmente o tinha dito. Talvez tivesse sido seu corpo, sua mente dizendo que ficar parada na mina em colapso levaria a uma morte rápida. Que ela tinha que se mover.

Ela pressionou os pés contra o chão instável e empurrou, levantou-se e correu para cima enquanto as rochas batiam e caíam sobre ela, empurrando-a para o lado ou fazendo-a tropeçar. Em algum momento no caminho, ela largou seu rifle para poder usar ambas as mãos, escalando seu caminho através da escuridão e das rochas em queda.

À frente, no que antes era um trecho monótono, o túnel parecia ter desaparecido. Um brilho azul intenso subia, cintilando com o calor. Aurora se arrastou até a borda, olhou para baixo em um largo rio de lava azul. Belo, morte instantânea.

Olhando para o vão, o capacete de Aurora calculou três metros. Seus propulsores tiraram a energia cinética apropriada das baterias de sua armadura, e Aurora saltou enquanto sua borda desmoronava. Um soldado equipado como ela não era feito para voar, mas aqui, nas profundezas da superfície, ela voou. Alto e longe o suficiente para se chocar contra o teto do túnel, raspando nele e ricocheteando de volta ao chão.

Aurora cavou os últimos metros até a superfície, seguindo a trilha improvisada de vigas desmoronadas e o cálculo de profundidade de seu capacete para voltar, para escapar. Ela pensou que estava sozinha, mas momentos depois, do mesmo buraco, outros dois membros de Sever conseguiram sair, os três ficando sozinhos ao redor da mina desmoronada, com a lava azul subindo ao seu redor.

A DefenseCorp limpou o planeta da órbita depois disso. Apagou os assentamentos, queimou as minas e entregou Pledea Quatro às corporações limpa e pronta.

Aurora começava a esperar que a mesma coisa acontecesse aqui. Ela escorregava e deslizava pela calçada escorregadia enquanto corria com Rovo atrás dela. Na próxima interseção, Aurora fez uma curva fechada à direita, cada respiração parecendo inalar um pântano na umidade infernal de Dynas. Novamente, a água escorria de seus pés e esparramava-se ao redor.

Como Dynas podia ser tão úmida sem nenhuma chuva - o dia parecia nublado, embora longe da névoa sufocante que encobria Dynas fora da cidade - deixava Aurora incrédula. Ela entendia, agora, por que todos que passavam por essas ruas pareciam deprimidos; mesmo sem armas biológicas descontroladas como Felix, Dynas era miserável.

Um caminho para longe dessa miséria surgiu à direita de Aurora enquanto ela continuava correndo pelo quarteirão. Uma placa iluminada exibia uma garrafa, um prato e algo parecido com um hambúrguer. Com um rápido olhar para trás para confirmar que Rovo ainda a seguia, e que ninguém o seguia, Aurora se esquivou pela entrada refrigerada e anti-umidade e então entrou no bar propriamente dito.

— Por que aqui? — Rovo perguntou assim que alcançou Aurora, que havia parado logo após a entrada, recuperando o fôlego. — Este não pode ser o melhor esconderijo.

— É onde precisamos estar — disse Aurora.

Alguns outros compartilhavam essa ideia, ocupando mesas ou lugares no balcão em um estabelecimento que abraçava a localização remota de Dynas com aproximadamente zero decorações. Telas às dúzias cobriam todas as paredes, sintonizadas em tudo. O suficiente para enlouquecer alguém não acostumado ao caos. Pelo menos todas estavam mudas, então o único barulho vinha das conversas, dos chamados da cozinha dizendo que isso ou aquilo estava pronto. Café da manhã tardio em pleno vapor.

Aurora focou em um único homem na extremidade do bar. Um cara baixo e magro, vestindo um poncho e bebericando o que parecia ser suco de frutas com algo mais forte, o homem ainda não tinha virado a cabeça na direção deles.

— É ele? — Rovo seguiu o olhar de Aurora.

— Esse é o nosso cara — Aurora respondeu. — Parece bem desesperado, não é?

— Na verdade, não.

Exatamente, e Aurora odiava missões sem sentido. Se esse cara tivesse chamado Sever apenas porque ficou entediado com suas escolhas de vida, se ele decidiu que Dynas não era onde queria estar e, porque tinha o dinheiro, queria uma passagem ardente para fora, então Aurora teria algumas palavras duras para compartilhar. Alguns punhos duros também.

— Vocês são eles, não são? — o homem disse, olhando para eles enquanto Aurora e Rovo se sentavam ao lado dele. — Recebi a confirmação de que vocês estavam vindo. Quando todos começaram a entrar em pânico, presumi que tinham chegado.

— Eles já estão atrás de nós — disse Aurora — e sabem que estamos aqui.

— Claro que sabem — o homem respondeu. — A cidade inteira ouviu sobre a entrada de vocês.

— Não fazemos nada quieto — disse Aurora. — A DefenseCorp nos enviou porque você pediu uma extração, e que haveria resistência.

— E houve resistência — Rovo acrescentou.

— Ei — o homem chamou passando por Aurora e Rovo, para o bartender. — Podemos ter outra rodada? Mais três do que estou bebendo.

O bartender respondeu com um aceno de cabeça que tinha ouvido.

— O que você está bebendo, e podemos tê-lo em algum lugar mais seguro? — disse Aurora. — Eles vão nos encontrar aqui.

— Claro — o homem respondeu. — Talvez sua nave? A caminho de sair do planeta?

— Não temos uma nave — disse Aurora. — Precisamos roubar uma.

O homem riu, um som amargo e desesperado, então virou seu primeiro drink de uma vez.

— Se vocês não têm uma nave, então estamos todos mortos. — O homem alcançou e deu um tapinha em uma maleta coberta por um pano que Aurora não tinha notado que ele estava sentado em cima. — Veja, as pessoas que comandam este lugar querem isto, e elas vão matar vocês para consegui-lo. Me matar também, quando descobrirem que eu o tenho.

— Não me importo com o porquê — disse Aurora. — Nosso trabalho é tirar você daqui. Para fazer isso, preciso saber duas coisas: você tem um lugar mais seguro para onde podemos ir, e você tem um nome?

— Um nome? Claro, é Kashmal. — O bartender deixou as três bebidas ao lado deles, e Kashmal pegou a sua. — Quanto a um lugar seguro, meu apartamento serve. Ninguém se importa comigo.

— Então vamos — disse Aurora, levantando-se.

— Opa, espere. — Kashmal gesticulou em direção às bebidas. — Bebam. Depois eu deixo vocês entrarem antes de eu ir.

— Ir para onde? — Rovo perguntou.

— Para o trabalho, obviamente. — Os dentes de

Kashmal brilharam enquanto ele sorria. — Preciso manter as aparências quando se está roubando dos chefes.

Aurora tentou pensar no que dizer. Tentou conciliar por que Sever tinha sido enviado para este planeta infernal, colocado em perigo, tudo para ajudar um ladrão bêbado. O que Deepak, a DefenseCorp estavam pensando ao aceitar isso?

Em vez disso, Aurora pegou sua bebida, levou-a aos lábios e a engoliu.

SETE

CAPITÃO FELIZ

Sai havia subido essas escadas incontáveis vezes durante sua infância, sempre mirando o terraço e sua vista sobre a cidade natal, as montanhas verdes ao longe e o vasto céu acima. Agora ele descia correndo, com sua mãe logo atrás, escapando de uma multidão desesperada e das chamas famintas que os seguiam.

As próprias escadas, degraus pesados verde-esmeralda, tremiam conforme as explosões continuavam acima e ataques distantes atingiam lá embaixo. Uma revolta e rebelião em plena força, arrastando a civilização para as profundezas consigo.

Não que Sai se importasse muito com essas coisas quando colocar um pé na frente do outro significava sobrevivência. Ele pulava vários degraus de uma vez, atingia o próximo patamar e ricocheteava na parede, descendo o próximo lance de escadas com agilidade impulsionada pelo pânico.

— Sai! — A voz de sua mãe perfurou aquele véu de concentração, arrancando-o de sua acrobacia zen e causando um tropeço quando Sai atingiu o próximo patamar.

Encostado na parede, olhando para cima e respirando com dificuldade, Sai viu sua mãe, ainda carregando aquela maldita katana, contornar o patamar acima dele, seu cabelo preto curto esvoaçando enquanto a luz laranja se projetava. Cinzas caíam ao redor deles, pontuadas por ocasionais pedaços maiores em queda. Outras famílias empurravam e se acotovelavam atrás da mãe de Sai, tropeçando e caindo ou mantendo-se de pé e desesperadas. Gritos, brados, tudo se misturava.

Conforme sua mãe descia a próxima escada, a multidão a alcançou. Pessoas mais rápidas e frenéticas a empurraram para o lado, e Sai observou enquanto sua mãe erguia a katana, segurando-a como um farol para evitar que as pessoas esbarrassem nela.

— Pegue! — gritou a mãe de Sai, uma voz que não era mais alta que as outras, mas que Sai ouviu mesmo assim, clara e forte.

E mesmo se não tivesse ouvido, quando ela jogou a katana para o lado, descendo outro lance de escadas à frente das pessoas, Sai teria entendido: Pegue a espada e continue.

Ele desceu os degraus rapidamente, pegou a espada embainhada e continuou correndo, usando o treinamento de sua mãe para manter seus pés ágeis enquanto as pessoas atrás dele colidiam e se derrubavam umas nas outras.

Sai esperaria por sua mãe uma dúzia de andares abaixo, de volta ao apartamento deles. Aquele do qual ele já havia se despedido uma hora antes, quando o universo parecia apenas parcialmente insano. Antes de seu pai ter sido explodido em um ataque com foguetes à sua carona para a segurança.

Não havia tempo para memórias agora.

Sai continuou, sugando o ar, mantendo a espada equilibrada e saltando de um degrau para o outro. Quando chegou ao andar deles, Sai irrompeu pelo corredor que levava ao apartamento. Atrás dele, a multidão continuava passando, seguindo em direção ao térreo e à guerra que os aguardava lá.

Sai parou no corredor e observou as pessoas passando em fluxo, a espada em seus braços. Esperando, observando sua mãe chegar. Medo, excitação e os primeiros toques do luto inundando cada nervo.

Sua mãe sobreviveria àquela multidão. Ela tinha que sobreviver.

O tempo passava devagar quando você tinha fogo queimando por dentro. Sai não se movia, mal respirava enquanto o vírus que Anaskya injetou se espalhava. Em uma maca plana, sem lençóis e com o mínimo de travesseiro, Sai alternava entre fechar os olhos e abri-los quando sonhos terríveis, desespero e tudo o que os acompanhava ameaçavam roubar sua mente.

Sai fitava o azulejo cinza de aço e afastava a torre em queda, a multidão, a katana e tudo que vinha com isso. Agora não era hora para memórias, para se perder nelas. Ele precisava se concentrar, entender o que essa coisa estava fazendo com seu corpo e tentar encontrar alguma maneira de contra-atacar, ou, pelo menos, ver o que poderia fazer com isso. Se conseguiria sair.

— Hora de se mexer — disse uma voz alegre, e o rosto de um homem em forma de lua apareceu sobre a cabeça de Sai. — Você já está sentindo por todo o corpo?

— Dói.

— Bom, vai doer mesmo. Por um tempo. Depois talvez não doa mais! — O homem sorriu e então franziu a testa. — Vamos, levante-se. Hora de ir.

— Para onde? — Sai testou suas pernas, seu abdômen,

seus braços. Os músculos não estavam muito satisfeitos, mas podiam se mover. Podiam se contrair. — Por quê?

— Nós fazemos as perguntas, você fornece as respostas — o homem replicou, como se Sai tivesse perguntado o que ganharia de aniversário. — Mova-se, por favor. Ou eu vou movê-lo, e você não vai gostar disso.

— Estou indo — Sai grunhiu, então se empurrou para a beira da maca, o homem grande abrindo espaço.

Mover-se era como deslizar um sólido em uma piscina, com o sólido sendo o vírus e o corpo de Sai a água ondulando ao redor. Não de uma maneira nauseante, mas mais como um grande raio quente deslizando por todo o sangue de Sai. Ficar de pé enviou o efeito para suas pernas e abaixo, enquanto seu peito e braços tremiam, suando com a súbita ausência do calor.

— O que está acontecendo comigo? — disse Sai. — A mulher não explicou.

O homem-lua deu um tapa em Sai antes que ele pudesse reagir, um golpe forte no rosto, seguido por um tapinha na bochecha de Sai, uma lição dada a uma criança.

— Sem perguntas! — o homem-lua cantarolou. — Agora vamos. Para fora da cela.

Sair da cela significava entrar em um amplo corredor com curvas circulares à distância. Por toda parte, a cada poucos metros, a parede mudava para vidro sólido com ícones projetados mostrando os sinais vitais do prisioneiro, a temperatura da cela e a porcentagem de oxigênio, além de outras siglas e abreviações com gráficos vermelhos e verdes que Sai não entendia.

As celas também eram escalonadas, então Sai não conseguia ver diretamente para outra. Enquanto caminhava atrás do homem da lua, cada passo misturando estranheza ao redor de seu corpo, Sai começou a entender o porquê:

todo esse processo poderia ser mais fácil de suportar se você não tivesse que ver outra pessoa se degradar.

Algumas celas pelas quais passavam estavam vazias, outras nem tanto. Sai viu mulheres e homens, adultos, parecidos com ele, deitados em seus catres olhando para o teto em óbvia dor. Outros andavam de um lado para o outro, com movimentos hesitantes enquanto olhavam para o chão. Estes eram piores; frequentemente tinham manchas de pele em cores diferentes, ou estranhos crescimentos escondidos por grandes batas.

Nenhum olhou para cima quando eles passaram.

Sai começou a fazer outra pergunta, mas se conteve. O homem da lua cantarolava uma melodia, algo leve que se repetia como um jingle publicitário. Além disso, os únicos ruídos no corredor vinham de máquinas distantes funcionando.

Sem janelas. Sem obras de arte. Sem emoção na pedra escura e no aço.

Após duas curvas arredondadas, o homem da lua conduziu Sai a um elevador, maior que a cela de Sai. Seu guia apontou para um ponto mais claro no chão, onde o piso havia sido pintado com um branco áspero.

— Fique bem aí e não mova um músculo — disse o homem da lua. — Vamos dar um passeio e não quero que você se machuque.

Sai conseguiu arquear uma sobrancelha, mas ficou quieto e ouviu seu captor. Suas mãos coçavam pela katana. Algo para segurar, dar-lhe apoio nesse inferno surreal em que havia entrado.

Seu guia digitou algo em um computador de mão, e o chão sob Sai vibrou muito levemente. Como se caísse na areia mais leve, Sai afundou um centímetro ou dois, antes que o branco - aparentemente não apenas tinta - se reformasse. Sai tentou levantar os pés, apenas para ver, e os encontrou presos.

— É só por segurança — disse o Capitão Feliz. Sai decidiu que precisava dar um nome ao homem ou enlouqueceria, e a voz do homem da lua o lembrava de um programa que seus filhos assistiam quando eram mais novos, antes de Sai ter começado essa vida de pular de planeta em planeta. — Segure-se!

O elevador sacudiu e eles desceram, suave e rapidamente. O Capitão Feliz retomou sua canção durante a viagem, que pode ter levado cinco minutos ou cinco horas pelo que Sai sabia. O calor viral se espalhou para seu rosto, e ele se viu numa batalha para manter suas pálpebras repentinamente pesadas de cair, sua boca de ficar aberta.

O elevador parou e o Capitão Feliz conduziu Sai para fora e para uma sala ampla, uma antecâmara com outras portas de vidro levando a sabe-se lá onde. Espalhados pelo chão, em intervalos regulares, havia mais azulejos brancos como aquele em que Sai havia sido preso e, com os esforços do Capitão Feliz, libertado no elevador.

Pessoas já estavam em pé em vários destes, parecendo tão delirantes quanto Sai se sentia. Suas mãos repousavam em pequenos suportes, envoltas em fios e braçadeiras. Os suportes, de vidro puro menos uma coluna embutida, projetavam sinais vitais no topo para cada sujeito.

— Obrigada — disse Anaskya, aproximando-se de um cativo, ao Capitão Feliz. — Traga o resto, por favor. Está indo bem.

— Um de cada vez?

— Um de cada vez. — Anaskya deu a Sai seu sorriso paciente ensaiado. — Precisaremos preparar cada um, e é mais seguro assim. Para todos nós.

O Capitão Feliz não objetou, girou nos calcanhares e

vagou de volta para seu elevador. Sai observou o homem grande ir embora até sentir a mão de Anaskya em seu ombro guiando-o em direção às manchas brancas, os suportes, o próximo passo.

— Você está com uma aparência muito boa — disse Anaskya.

— Não me sinto assim.

— Tenho certeza, mas fique confiante — Anaskya guiou Sai para frente. — Você está em condição muito melhor que a maioria dos nossos sujeitos. Considere este aqui. — Anaskya, segurando o braço de Sai agora, acenou com a cabeça em direção a um homem mais velho, coberto de suor, que parecia perdido para o mundo. — Ele trabalhou conosco por anos. Deveres de escritório, nada como o treinamento duro a que você está acostumado. Seu corpo não pode aceitar a mudança.

— O que — Sai se concentrou nas palavras que queria dizer, como se falasse através de cola — há de errado com você?

Anaskya assentiu, retomou o movimento, — Você deveria ter sido informado de que não são permitidas perguntas. Isso perturba o humor. Meu humor, o humor deles. Todo o experimento está em risco se os sujeitos questionarem os motivos. Por favor, tome seu lugar.

Eles haviam parado perto de um local vazio, embora um suporte de vidro já tivesse sido colocado à frente, esperando que alguém vestisse suas braçadeiras, colocasse seus dedos em suas ranhuras de medição. Se Sai subisse naquele pódio, ele estaria preso. Encaixado na próxima fase sem nenhuma resposta.

Ele tentou. Sai colocou todo o esforço que tinha em suas mãos, suas pernas para se virar e alcançar Anaskya, para derrubá-la e talvez arrancar um crachá, algo que pudesse tirá-lo dali.

Exceto que seus músculos não respondiam como costumavam. Sai não entrou em ação rapidamente, como havia feito centenas, milhares de vezes antes. Ele meio que se virou em vez disso, e fez isso com tanta lentidão que Anaskya teve tempo de rir e dar um passo para trás. Ela deixou Sai completar sua rotação, então estendeu a mão e o guiou, enquanto Sai tentava e tentava e lutava para resistir, para a posição.

— Não se preocupe — disse Anaskya enquanto tirava seu pequeno computador. — Sua força voltará. O vírus tem que fazer sua mágica primeiro.

Sai sentiu Anaskya prender seus dedos, seus braços nas braçadeiras. Ela fez cada movimento gentilmente, como se Sai fosse uma escultura de porcelana propensa a se quebrar. E quando ela terminou, com a febre queimando-o, Sai não pôde fazer nada além de cair em seus pesadelos tumultuados.

OITO

NÃO ESTOU SOZINHO

Aurora deu o sinal na saída do bondinho. Três toques com um único dedo na coxa de sua roupa de mergulho e Gregor soube o que fazer. Sever tinha esses sinais silenciosos prontos para emboscadas, para missões onde os vocais podiam ser interceptados. Este, o corte, havia sido projetado para uso com suas armaduras, para uma virada rápida e um golpe com o martelo ou um tiro com o rifle.

Sem nenhum dos dois, úmido dentro da roupa de mergulho apertada, Gregor usou as armas que sempre tinha disponíveis. Embora tenha escorregado um pouco ao girar na calçada molhada, seu alvo atrás não conseguiu nenhuma tração para se esquivar, então Gregor derrubou o pobre homem com seu potente gancho.

E agora Gregor corria. Atravessou a rua inclinada — um desafio por si só com a superfície escorregadia — para a esquerda e longe de Rovo e Aurora. Todo o propósito do corte era desviar a atenção dos outros membros de Sever, permitindo que eles preparassem uma emboscada reversa. Pelo menos, era isso que Gregor esperava que estivesse acontecendo; sem suas armaduras, Gregor, Aurora e Rovo não tinham como se comunicar à distância.

Ao dobrar a esquina, a mesma onde haviam abandonado o bondinho, Gregor virou à direita e continuou, desviando-se das pessoas e notando a mudança gradual nos edifícios, de residenciais concentrados, restaurantes e áreas de recreação para entidades corporativas. Diferentemente da maioria das cidades, porém, todas essas janelas tinham o mesmo logotipo no canto, aquela hélice giratória.

Correr pelo centro do inimigo não parecia inteligente, então Gregor diminuiu o ritmo, atraindo olhares das pessoas que passavam, mas sem consequências. Típico de um lugar temeroso e desesperado; todos tinham problemas demais para assumir mais um. Andando e enxugando o suor, Gregor tentou continuar em linha reta. Idealmente, qualquer perseguição ficaria atrás dele, então Rovo e Aurora cairiam atrás *deles* e lidariam com o inimigo.

Só que Gregor não via seus companheiros de esquadrão. Também não via nenhum inimigo. As ruas molhadas não estavam repletas de multidões, mas a hora devia estar se aproximando do almoço, porque todas essas portas de escritórios estavam se abrindo e despejando pessoas tagarelas e sérias.

Duas opções, então. Ou voltar, tentar refazer os passos de Aurora e descobrir para onde ela tinha ido, ou continuar e esperar que eles aparecessem mais cedo ou mais tarde. Voltar arriscava ser encontrado novamente, mas seguir em frente o colocaria na mesma situação que Sai e Eponi: isolado e sozinho em território inimigo.

— Não pare de andar — as palavras sussurradas atingiram os ouvidos de Gregor por trás, e na janela à sua esquerda, ele viu uma mulher que acabara de sair de seu prédio.

Vestindo uma capa de chuva de plástico transparente, ela parecia tão ridícula quanto todos os outros na rua, e aparentava ter metade do tamanho de Gregor, mas se mantinha próxima em seus calcanhares, com uma mão desaparecendo em um bolso.

Poderia ser um blefe. Sem armadura, no entanto, confrontar a mulher seria arriscado, e quem sabia quantos aliados ela tinha entre as pessoas encharcadas que passavam. Gregor podia brigar com os melhores, mas até ele poderia ter dificuldade em nocautear algumas dezenas na rua escorregadia.

Então ele andou. Um pé na frente do outro. Não disse uma palavra, porque duvidava que a mulher o ouviria sem que Gregor falasse alto o suficiente para ser ouvido na multidão.

Depois de um quarteirão, ela disse a Gregor para virar à esquerda. Depois de outro, à direita. Então reto por mais dois, antes de acabarem em algum lugar que Gregor não esperava ver, não esperava que existisse.

Um prédio da DefenseCorp. Bem ali, o logotipo DC emparelhado com o da hélice em um esforço unido. A mulher guiou Gregor direto para a entrada, trancada pelo lado de fora.

— Não faça nenhum movimento — disse a mulher, então deu a volta em Gregor e passou seu dispositivo portátil pela porta. — Entre.

Completamente confuso, Gregor seguiu as instruções. Pelo que sabia agora, essa mulher poderia ser sua chefe. Poderia estar mais acima na hierarquia que Aurora, capaz de demiti-lo ali mesmo. Não que estar empregado estivesse fazendo muito bem a Gregor neste planeta, mas adicionar ansiedade profissional ao que se tornara uma missão desastrosa não ajudaria em nada.

Dentro, Gregor percebeu que isso não era um escritório comercial. Não um espaço de ligação, onde a DefenseCorp poderia assinar contratos e conduzir trabalho administrativo.

Caixas empilhadas, todas trancadas, estavam espalhadas pelo amplo espaço de entrada. Mesas de plástico cinza barato preenchiam o resto, cobertas com equipamentos ativos. Portas, trancadas com aqueles scanners pretos, dividiam as paredes, sem dúvida levando a mais salas de armazenamento. Vários pontos pendiam do teto, dispositivos que podiam rastrear os movimentos de Gregor e, sob comando, disparar pequenos e letais raios de energia.

Gregor já tinha visto arsenais como este antes. Deixados em lugares onde a DefenseCorp via uma vantagem de lucro em ter suprimentos prontos para uso. Se, por exemplo, missões fossem ser comuns. Se um planeta fosse uma bagunça violenta.

Como Dynas.

— Você não deveria estar aqui — disse a mulher, contornando Gregor. Antes de tirar sua capa de chuva, ela pressionou algo em seu dispositivo portátil que escureceu as janelas e trancou a porta da frente. — Quem te mandou?

— Quem me mandou? — disse Gregor, ainda correndo os olhos pelos suprimentos. Sem armadura. Ou isso justificava sua própria sala, ou este arsenal pertencia a uma divisão diferente da DefenseCorp. — Por que você está aqui?

— Negócios — respondeu a mulher, dobrando sua capa de chuva e colocando-a sobre uma mesa próxima.

Sem a capa de chuva, a mulher revelou como deve ser viver e trabalhar em Dynas a longo prazo. Ela mantinha seu cabelo escuro cortado rente, sua pele mais escura macia e enrugada, embora Gregor não a considerasse tão velha assim. Provavelmente devido à forte umidade. Sob a capa de chuva, ela usava roupas esportivas agressivas, como as que Gregor e os outros usavam entre as missões no espaço, exceto que este conjunto mostrava desgaste e manchas de uso intenso.

— Eu também — respondeu Gregor.

— Sério? — disse a mulher, cruzando os braços. — Porque eu pensei que vocês estivessem aqui só para fazer barulho. Agitar as pessoas. Me causar problemas.

Gregor espelhou sua postura. Se ela queria confronto, Gregor poderia entrar no jogo.

— Viemos porque fomos chamados — disse Gregor. — O que esperava que fizéssemos quando essas pessoas tentaram nos matar? Não fomos avisados.

— Porque eu não sabia que vocês estavam vindo.

— Não é culpa minha.

A mulher balançou a cabeça, virou-se e, acenando para que Gregor a seguisse, passou pelos estojos de armas em direção à porta do meio ao fundo e passou seu cartão para abri-la. Atrás da imponente barreira estava... uma casa?

Depois de tanto tempo na *Nautilus*, surfando as estrelas entre breves desdobramentos em planetoides cheios de ação, Gregor quase havia esquecido como era ter um lugar permanente maior que um quarto.

Aqui, com uma escada branca levando a um mezanino, havia um pequeno apartamento. Uma kitchenette ficava de um lado, com uma mesinha para dois embaixo da escada e, mais ao fundo, uma sala de estar bastante aconchegante dominada por um desumidificador zumbindo. Um que, pelo seu exterior colorido, havia sido pintado.

De fato, havia tinta por toda parte; em telas emolduradas nas paredes, nas próprias paredes, no piso de azulejos e no teto. Alguns trechos pareciam ainda estar em andamento, outros pareciam estar sendo pintados por cima, e não pela primeira vez.

— Entre aqui — disse a mulher. — Não quero que mais ninguém entre e te veja. Não até eu saber se você deve estar morto ou vivo.

— Se vou entrar na sua casa, deveria saber seu nome — disse Gregor. — Eu sou Gregor, e você é?

— Lani serve — disse a mulher. — E não estou brincando. Entre logo.

Gregor arriscou olhar para trás, imaginando se algum inimigo havia provocado a urgência de Lani. Nada havia entrado no saguão, ninguém estava tentando abrir a porta, mas Lani tinha uma expressão combativa no rosto mesmo assim, então Gregor obedeceu e entrou no apartamento dela, botas molhadas e tudo.

Depois de fechar e trancar a porta com travas digitais e manuais, Lani ordenou que Gregor tirasse as botas e se dirigisse ao sofá, mantendo as mãos onde ela pudesse vê-las o tempo todo.

Então ela lhe ofereceu um pouco de água.

— Sinto que nunca vou ter sede aqui — disse Gregor.

— É, tudo isso está lá fora. Você ainda precisa se manter hidratado. — Lani pegou dois copos de um armário, encheu-os na mesma torneira, entregou um a Gregor e tomou um longo gole do outro. — Há um milhão de maneiras de morrer neste maldito mundo. Seria muito estúpido deixar que a água fosse uma delas.

— Você não está errada.

— Então me conte sua história — disse Lani. — E faça com que seja boa, porque não quero te matar enquanto você está no meu sofá. Essas almofadas são boas.

As almofadas, bronzeadas e macias, eram definitiva-mente de alta qualidade, e Gregor respeitava um bom artesanato, então ele contou a Lani o básico sobre por que Sever tinha vindo a Dynas. A chamada, a interceptação no pouso e o bonde para a cidade. Nada sobre Felix, nada sobre Sai e Eponi terem desaparecido.

Lani não parecia ser inimiga, mas confiar em alguém fora do grupo de Sever era uma jogada ruim.

— Você viu, então? — Lani perguntou quando Gregor terminou.

— Vi o quê?

— O que eles estão fazendo aqui. Com os vírus.

Felix, quase todo coberto de mofo, e seus escravos voltaram à mente de Gregor. O mergulho de Gregor na biomassa para salvar Rovo. A sensação persistente de que deixar o posto avançado sem queimar tinha sido uma má escolha.

— Eu vi.

— Então você sabe por que estamos aqui — disse Lani.

— Para destruí-lo?

— Para observá-lo — respondeu Lani. — Muitas empresas estão interessadas em Dynas, no que eles têm aqui. Se derem certo, dizem que os humanos não precisarão terraformar um planeta antes de ocupá-lo. Basta escolher as pessoas certas para enviar. Que futuro perfeito.

Gregor absorveu isso com calma. Dynas não tinha sido a primeira missão da DefenseCorp que ele realizara com tons de engenharia genética. Todas aquelas tinham terminado em demolições incendiárias, e dado o que Gregor já tinha visto, ele apostava que a DefenseCorp enviaria uma frota de limpeza para Dynas logo após o fim desta missão.

— Eles estão falhando — disse Gregor. — O que vimos era uma doença, não um aprimoramento.

— Como todos os outros — disse Lani, franzindo a testa.

— Costumava ser que a Helix nos avisava quando as coisas

falhavam. Deixava a gente limpar. Agora eles não estão sendo tão legais. Acho que sabem que o tempo está se esgotando.

— Por causa da nossa missão?

— Você é cego, homem? — Lani gesticulou em direção à porta. — Viu aquelas pessoas lá fora? Ninguém mais acredita nisso. Ninguém quer estar nesta rocha molhada. A Helix precisa de um avanço, ou todo mundo vai desistir, e você não pode forçar tanta gente a ficar quieta.

— Se tudo isso é verdade, e você deveria estar observando-os, então por que me encontrou? — perguntou Gregor.

Ele não tinha pensado que Lani pudesse franzir ainda mais a testa, que seus olhos pudessem ficar ainda mais zangados, mas Gregor estava errado.

— Porque estamos sendo deixados para trás — disse Lani. — A Helix não está nos passando informações, e eles têm aumentado a segurança. A DefenseCorp acabou de nos dar novas ordens, e você vai me ajudar a cumpri-las.

— Por que eu faria isso?

— Porque, se você fizer, vou garantir que seu esquadrão consiga tirar sua nave desta rocha maldita.

NOVE

RECRUTADA

O café da manhã dos reféns acabou sendo bem bom - embora mais tarde do que seu habitual passeio pelos ovos e torradas, Eponi decidiu que o tempo não tinha significado já que ela não tinha controle sobre como gastá-lo. Ben passou a refeição toda tagarelando na cara dela, fazendo perguntas ocasionais sobre os circuitos de corrida antes de mergulhar em outro longo monólogo sobre como, se tivesse sido autorizado a projetar as naves de corrida, Eponi nunca teria sofrido um acidente. Ninguém sofreria, e as coisas seriam muito melhores.

Enquanto Ben mergulhava fundo em seu próprio ego, Eponi deixou seus olhos vagarem pelo refeitório, um espaço grande o suficiente para várias centenas de pessoas e abrigando esse número, mas silencioso demais para tanta gente. Os refeitórios da DefenseCorp que Eponi havia experimentado eram cheios de soldados se gabando, executivos tagarelando e contadores brincando. As pessoas estariam jogando nas mesas ou elaborando estratégias para a próxima rodada no simulador. Aqui, mesmo com as pessoas sentadas frente a frente, a expressão padrão parecia ser o olhar vago, o olhar perdido no nada.

Ao longo das paredes do refeitório e espalhados pelos corredores da torre havia cartazes desenhados em estilos de arte vintage retratando milagres ainda a serem realizados pela Helix. A maioria mostrava planetas ou asteroides passando por uma transformação humana, mas sem os trajes volumosos e as naves de apoio necessárias para a colonização. Tons ambientes suaves tocavam em um sistema de alto-falantes, interrompidos por anúncios direcionando fulano para sicrano. Sistemas de baixa tecnologia - a DefenseCorp enviaria quaisquer ordens diretamente para seu dispositivo - mas dado o estranho status aqui, talvez fosse com o que a Helix tinha que trabalhar.

Após a refeição, Eponi não sabia o que esperar. Ben teria um itinerário de traidor? Uma lista para percorrer antes de deixar seus amigos para trás?

Supondo que Ben tivesse algum.

— Vamos para as baías — disse Ben quando Eponi perguntou. — Você já viu uma.

Ele entregou essa última com uma piscadela que fez Eponi querer vomitar.

— Para que vamos lá? — Eponi tentou enquanto voltavam para os elevadores.

— Por que levaríamos uma piloto para as naves? — Ben respondeu. — Não faço ideia, Eponi. Nenhuma ideia.

Ela queria revidar o sarcasmo, dizer que entendia muito bem o que havia nas baías, seu pedaço de lixo, mas que não fazia sentido colocar um inimigo em uma nave que poderia ferir tantos. Eponi já havia batido com um esquife para deixar uma marca, uma nave maior só faria pior.

— Então, quando você decidiu pela primeira vez ser

piloto de corrida? — Ben perguntou enquanto esperavam pelo elevador. Ele chupava algo que parecia um pirulito, mas Eponi suspeitava que o visual branco e decididamente não-doce significava que o petisco fazia algo completamente diferente.

— Quando alguém escolhe uma paixão? — disse Eponi.
— Quando eu era criança.

— Certo, certo, mas quero dizer, quando você realmente foi atrás disso?

— Quando tive a chance — disse Eponi.

Havia pessoas para quem ela não se importaria de contar sua história de vida. Como, digamos, qualquer um dos veículos de notícias que cobriam o circuito de corridas e seus pilotos. Ela não queria dar nada a Ben, que continuava a preencher todos os seus sentidos com alarmes arrepiantes. Nem uma alma no refeitório tinha vindo falar com ele, ninguém tinha dado um olá a Ben enquanto eles caminhavam, e o homem manteve seu sorriso bobo o tempo todo.

Eponi tinha visto filmes. Esse cara correspondia a todas as bandeiras vermelhas.

Pelo menos ele entendeu a dica e ficou quieto até que o elevador os levou à baía de pouso. Diferentemente daquela em que Eponi havia lançado o esquife, este andar parecia intacto. Também parecia sem esquifes, destinado a transportes maiores. As naves que levariam mercadorias até as estrelas e de volta.

Várias preenchiam a baía agora, todas as mesmas cargueiras de forma oval com dois motores, construídas para curtos saltos pelo sistema e viagens mais longas limitadas. Dado o aparente desejo da Helix de manter-se em segredo, Eponi não ficou surpresa em ver esse tipo de nave aqui: difícil escapar se não há nada capaz disso por perto.

Se o refeitório tinha sido sombrio e letárgico, aqui, pelo menos, as pessoas se moviam com propósito. Elas guiavam drones de carga pelo chão pintado de preto sob amplas luzes brancas entre aberturas gigantes nos lados da torre, mantidas um pouco protegidas graças à mesma rede nano-microscópica que encobria a própria cidade. Uma nave estava sendo carregada, cada caixa transportada com cuidado em recipientes de alta qualidade revestidos de prata.

— Vocês estão enviando coisas sensíveis — disse Eponi ao saírem do elevador.

— Você não sabe o que estamos fazendo aqui? — Ben respondeu. — Tudo médico, tudo genético. Claro que é sensível.

— Desculpe, esqueci de mencionar que não me importo.

Ela se importava, mas fingir desinteresse para impedir Ben de falar era praticamente a única carta que Eponi ainda podia jogar. Não que funcionasse.

— Não se preocupe, vou te contar tudo sobre isso de qualquer forma. — Ben apontou para a nave sendo carregada. — Aquela é a nossa.

— Nossa?

— Sim. Vamos fazer uma entrega hoje. Clientes recolhendo um pedido.

Um pedido do quê? Um vírus que está fazendo as pessoas se transformarem naqueles monstros que Sai teve que enfrentar? Que fez seus próprios cientistas enlouquecerem nos banheiros? Quem compraria isso?

Muitas perguntas, poucas respostas, e Eponi suspeitava que Ben não daria as últimas. Ainda assim, ela o seguiu até a nave, subiu a rampa e entrou nos apertados aposentos habitáveis.

Diferentemente da nave de desembarque, projetada para transporte de armadura pesada, esta nave tinha a carga em mente. Um pequeno espaço para a tripulação, máximo para frete, o espaço habitável na nave condensado em três quartos cheios de beliches, um único espaço de recreação circular com um fabricador de refeições pré-fabricadas, e então o corredor rápido para a cabine de pilotagem. Sem frescuras, sem luxo, apenas foco.

Ben não se incomodou em fazer um tour e Eponi não pediu um. Ela já tinha visto esses modelos antes, embora a DefenseCorp geralmente dispensasse naves pacificadas e fracas. Não eram agressivas o suficiente, nem diversas o suficiente em suas aplicações. Se não pudesse ter uma dúzia de torres acopladas, a DefenseCorp dizia, então por que se importar?

O cockpit, no entanto, espelhava o da nave de desembarque. Layout padrão para dois pilotos, com manches de voo e telas cobrindo todas as superfícies, exceto o teto, onde alavancas manuais para cada sistema serviam de backup para seus equivalentes nas telas. Redundância significava sobrevivência no espaço e quando Ben ocupou o assento do copiloto, gesticulando para Eponi deslizar para o lugar principal, ela se perguntou se ele realmente pretendia dar-lhe suporte. Se ele realmente pretendia que Eponi pilotasse.

— O que estamos fazendo aqui? — disse Eponi. — Por que estou neste assento?

— Porque, e aqui está a verdade, Eponi — Ben balançou a cabeça tão exageradamente que qualquer sinceridade se perdeu. — Não há pilotos suficientes aqui. Perdemos um monte. Eles ou pegam uma dessas naves e simplesmente fogem, ou, bem, acidentes.

— Que tipo de acidentes?

— Os que não vamos ter — Ben acenou para fora da

janela frontal, onde outra carga de contêineres se dirigia para a baía traseira da nave. — Aprendemos muito sobre como transportar esse material, garantindo que não se solte no vácuo. Agora está tudo totalmente bem.

— Você está tentando tranquilizar a mim ou a si mesmo?

Ben riu, o que não ajudou em nada Eponi. Não que importasse o que Ben dissesse. O homem parecia que realmente ia pedir que ela pilotasse uma nave, o que significava que Eponi teria suas mãos em uma nave. Uma maneira de sair deste planeta, de se afastar dele para sempre.

Ela havia abandonado Sever. Salvado Sai e o entregado. Pelo que sabia, Aurora e os outros já poderiam estar mortos. Aquela base estava repleta de guardas da Helix. Aurora, Gregor e um novato? Não eram boas chances.

— Então essa é a história — disse Ben. — Vamos subir, encontrar um parceiro e entregar os contêineres. Se você se sair bem nessa, adivinha só, confiamos um pouco mais em você. Sei que parece desesperador, considerando que você trabalhava para o inimigo há um dia, mas ei, estamos todos desesperados por aqui.

— Ainda parece loucura.

Ben sorriu, então se mexeu um pouco, desamarrotou a camisa com a mão, levantando a barra o suficiente para mostrar o cabo saliente de um micro laser.

— Eponi, vivemos em tempos loucos. Você vai fazer o que eu digo, ou vou atirar em você e tentar novamente outro dia — disse Ben. — Eles vão terminar de carregar, receberemos o sinal verde, e então você fará uma ótima entrega. Bem tranquila e fácil.

Eponi revirou os olhos, um gesto que, pela primeira vez, pareceu desconcertar Ben.

— Se você soubesse quantas vezes já tive armas apontadas para o meu rosto — respondeu Eponi. — Você quer que eu pilote esta nave, tudo bem. Quer entregar sua doença para alguém, beleza. Tanto faz. Não estou aqui para ser uma heroína. Estou aqui pelo dinheiro. Estou aqui para sobreviver. Então guarde seu laser e vamos acabar logo com isso.

DEZ

SEGREDOS SUJOS

Quando Kashmal terminou suas apresentações na segunda rodada, quando ele acabou de explicar quais desastres estavam em curso em Dynas, Rovo começou a sentir como se tivessem entrado em uma piada; o que você obtém quando dois soldados e um engenheiro genético entram em um bar?

Uma crise interestelar.

Então o desfecho precisava de algum trabalho. Rovo brincou com isso enquanto Kashmal os levava do bar e, com um leve desequilíbrio em seu andar, de volta ao seu apartamento em um prédio alto a dois quarteirões de distância. Embora Rovo não pudesse dizer pelos constantes tons ocre no céu e pela cidade úmida, o relógio do seu computador de pulso indicava que o tempo havia escorregado para a tarde.

Embora a DefenseCorp não tivesse dado a Sever nenhum prazo para esta missão - fácil de fazer quando Sever tinha que encontrar sua própria saída do planeta - uma conclusão bem-sucedida tendia a ser menos provável quanto mais tempo as coisas levassem. Especialmente porque o inimigo sabia que Sever havia conseguido entrar na cidade.

Embora o truque de Gregor tivesse cumprido seu papel. O Bug mantinha Rovo informado sobre o policiamento da cidade e os vários fragmentos enviados por forças mais secretas, e nenhum deles tinha boas pistas sobre as localizações de Sever. Parecia que havia problemas suficientes na cidade, como um grande protesto na entrada principal da torre. Olhos estavam observando, mas em meio às multidões agitadas de roupas de mergulho, Sever passava despercebido.

O prédio de Kashmal não tinha o refinamento que Rovo poderia esperar de alguém envolvido na criação da próxima versão da humanidade. Tijolos pretos subiam por dez andares antes de terminar em uma cobertura de metal que lançava a umidade pelos lados em uma cascata contínua e fina. Kashmal, com sua maleta em uma mão e um cartão de identificação como o que Rovo havia roubado - e ainda tinha no bolso de sua roupa de mergulho - na outra, os fez entrar com um bipe.

— Não finjam que não estão impressionados — disse Kashmal quando entraram em um saguão cheio de caixas de correio, azulejos verdes imundos e nada mais.

— Isso não será um problema — respondeu Aurora.

Um elevador gotejante levou o trio até o oitavo andar, e Kashmal os conduziu até seu apartamento, um de canto. Se um apartamento de canto significava algo em Dynas, Rovo não fazia ideia.

No entanto, ao abrir a porta do apartamento, Kashmal provou que não podia pagar por saneamento básico. Restos de comida de origens desconhecidas e múltiplas se fizeram notar em uma onda sufocante que fez Rovo voltar para o corredor para pegar mais um fôlego úmido antes de descer para a brutal estufa de Kashmal.

— Ah, a noite passada — disse Kashmal enquanto

vagava por seu próprio lugar, jogando lixo aleatório em uma lixeira que havia pegado ao lado da porta. — As coisas não estavam muito boas, e tudo se decompõe tão rápido neste maldito planeta.

— As coisas não estavam tão boas? — disse Rovo, observando a situação desesperadora de alguém que há muito havia desistido das coisas sanitárias da vida. — O que aconteceu?

Além dos invólucros espalhados e pedaços de comida, o apartamento cintilava para a luz do dia enquanto Aurora, passando por Kashmal, começava a levantar as pesadas persianas e abrir as janelas. Um movimento ruim para o sigilo, mas necessário para a sobrevivência.

Uma sala de estar, uma cozinha, um corredor curto para um banheiro e, segundo Kashmal, dois quartos eram suficientes para o layout. Nada havia sido colocado nas paredes, exceto manchas de cores estranhas aqui e ali. Rovo tocou em uma, seu dedo ficando úmido, e franziu a testa. Mofo, em um planeta como Dynas, parecia inevitável, mas isso não significava que Rovo tinha que gostar.

Enquanto Aurora começava a interrogar Kashmal, ela fez um sinal para Rovo atrás das costas de Kashmal, um simples gesto com dois dedos apontando para o chão. Dê uma volta, Aurora disse, e faça isso silenciosamente. Um único dedo teria feito Rovo arrombar portas e se preparar para uma luta.

Da cozinha, um local deprimente com uma pequena geladeira e duas máquinas de preparação de alimentos em cima de um balcão cinza encardido, Rovo foi para o corredor. Deu uma espiada dentro do banheiro, que parecia utilizável. Rovo deu uma longa olhada no armário acima da pia do banheiro, imaginando quantos comprimidos poderia encontrar lá dentro. Sua relutância em tocar qualquer coisa no maldito apartamento sujo, no entanto, manteve suas mãos ao lado do corpo.

Em direção aos fundos, o corredor terminava com duas portas. Uma aberta para o que parecia ser o quarto bagunçado de Kashmal. Pelo menos aquela janela tinha as persianas levantadas, dando alguma luz à cama coberta por lençóis. A porta do outro quarto estava fechada, uma maçaneta de estilo antigo com combinação de chave física olhando de volta para Rovo.

Há quanto tempo Rovo não via uma fechadura assim? Todos agora usavam eletrônicas, a ligeira diminuição na segurança conquistada pela conveniência de sempre ter a chave 'certa' no bolso, no seu computador, pronta para usar.

Rovo olhou de volta para o corredor, não viu ninguém vindo verificá-lo, então estendeu a mão e tocou a maçaneta da porta. Tentou girá-la, muito levemente, e o movimento parou bruscamente. Trancada, então. Rovo tentou girar a maçaneta de volta para o outro lado, só para ter certeza.

Presa ali também.

Espere.

Rovo girou a maçaneta de volta ao longo de sua extensão trancada. Sentiu o chacoalhar novamente. Desta vez, quando ele girou a maçaneta de volta para a esquerda, o chacoalhar começou imediatamente. Não frenético, mas como se alguém, algo estivesse dizendo olá. Comunicando-se através do metal.

Rovo deu um passo para trás, soltou a maçaneta. Encarou a porta. Ele poderia falar, perguntar se havia algo lá dentro, mas isso quebraria as regras de inspeção silenciosa de Aurora. A curiosidade poderia levar Rovo longe, mas cruzar sua comandante em uma missão que já havia saído tanto dos trilhos estava fora dos limites para o novato, então ele se virou e voltou para a sala de estar.

— Então, se estou entendendo direito — Aurora estava dizendo quando Rovo voltou. — Você quer ir trabalhar, mesmo que estejamos aqui para resgatá-lo?

— Não vejo um resgate aqui — Kashmal se apoiou em seu balcão enquanto Aurora permaneceu em pé. — Vejo dois mercenários em roupas de mergulho, sem armas ou naves. Eu tenho o que preciso nesta maleta, mas vocês não têm a parte de vocês pronta. Até que isso aconteça, tenho aparências a manter. Trabalho a fazer.

— E supostamente devemos fazer o quê, então?

— Seu trabalho, talvez? — disse Kashmal. — Estou pagando à DefenseCorp por um resgate, não por uma chance de ser babá. Acabamos de almoçar. Estarei de volta aqui à noite. Vocês pegam sua nave, me encontram aqui ou me mandam uma mensagem.

Aurora revirou os olhos na direção de Rovo enquanto Kashmal se ocupava em vestir seu próprio poncho novamente. Rovo mostrou-lhe três dedos, indicando uma busca bem-sucedida que encontrou algo interessante. Quatro teria significado algo crítico para a missão, cinco; perigoso.

— Kashmal — disse Aurora, mantendo os olhos em Rovo. — Onde você trabalha?

— Na torre da Helix — respondeu Kashmal, calçando suas botas. — É para onde vai qualquer um que trabalhe na parte genética. Assim eles podem nos manter debaixo dos olhos.

— Então eu vou com você.

— Oh, esse é seu grande plano? — Kashmal riu. — Chegar andando direto até o inimigo e entrar dançando? Eles vão te matar, e depois vão me torturar.

— Isso não vai acontecer — respondeu Aurora. — Ficaremos bem. Eu não vou entrar com você, você só vai me levar perto o suficiente para eu cuidar do resto.

— E quanto ao seu amigo aqui? Ele vai se juntar a nós em nossa destruição mútua?

— Eu vou ficar — disse Rovo, adivinhando a jogada de Aurora. — Você disse que seu material está naquela mala? Então faz sentido protegê-lo.

Kashmal, pela primeira vez, pareceu inseguro. Nenhuma resposta pronta tocou seus lábios, e em vez disso, ele lançou um olhar nervoso na direção de Aurora, como se esperasse que a comandante pudesse anular seu camarada e manter o trio junto. Quando Aurora assentiu, Kashmal franziu a testa com força.

— Tem certeza de que esse é o melhor curso de ação? — Kashmal encontrou suas palavras. — Meu apartamento é muito seguro. Ninguém suspeita dele.

— Porque é nojento demais para se dar ao trabalho de revistar? — disse Rovo.

— Talvez! — disse Kashmal. — Mas tente manter um lugar limpo em Dynas. Este mundo inteiro é podridão.

Não vendo nenhuma mudança de posição de nenhum dos Sever, Kashmal murchou, cedeu, e com alguns resmungos sobre não mexer nas coisas dele, o VIP levou Aurora para fora do apartamento.

Rovo contou até cinquenta, esperou que Kashmal voltasse de repente alegando ter esquecido algo, mas o homem nunca apareceu. Aurora também não. Rovo, o novato, estava completamente sozinho em um mundo hostil, em uma cidade hostil, com um apartamento, francamente, hostil ao seu redor.

— Hora de descobrir o quão hostil — murmurou Rovo.

Primeiro, ele pegou a mala de Kashmal e, gentilmente, deslizou o objeto de metal prateado - provavelmente a única coisa limpa no local - para baixo do único sofá do apartamento. Não era o melhor esconderijo, mas estaria a salvo de olhares superficiais.

Rovo foi vasculhar as gavetas da cozinha de Kashmal em seguida. Os Sever tinham conseguido levar suas pequenas armas com eles de suas armaduras, mas Rovo não queria emitir um clarão de laser revelador a menos que fosse necessário. As facas de Kashmal, afiadas o suficiente dado seu pouco uso, seriam melhores. Ele pegou uma maior, então voltou para a porta trancada.

— Olá? — tentou Rovo. — Tem alguém aí?

Silêncio. O que poderia significar qualquer coisa. Alguém não capaz de falar, um chacoalhar imaginário, alguém que não entendia o Comum - por mais difícil que fosse compreender esse pensamento.

— Chacoalhe a maçaneta se puder me ouvir.

Ainda nada.

Adivinhe que ele teria que tentar isso do jeito difícil. Rovo voltou para a cozinha, vasculhou até encontrar o pequeno conjunto de ferramentas tão necessário em qualquer casa. Chaves de fenda e afins, aquelas coisas que eram tão onipresentes em toda a galáxia que havia evoluído de tantas outras maneiras. Algumas tecnologias simplesmente nunca saíam de moda.

Rovo voltou para a porta, agachou-se em frente à maçaneta e pegou uma chave de fenda de ponta chata e um martelo. Nada sobre a maçaneta e a fechadura parecia resistente, e nada em Rovo se importava se o apartamento de Kashmal ficasse intacto. O homem iria embora em breve de qualquer maneira.

O novato dos Sever colocou a borda da chave de fenda contra o buraco da fechadura, empurrou-a o máximo que pôde, então pegou o martelo e começou a bater, empurrando a chave de fenda um pouco mais a cada vez. Não muito sutil, mas em termos de sons, golpes rítmicos de martelo tinham que ser menos suspeitos do que derrubar uma porta a chutes ou queimar buracos com um laser.

Uma vez que a chave de fenda se encaixou, atravessando as ranhuras da chave, Rovo se apoiou na ferramenta, forçou sua volta e soltou a fechadura do batente da porta. Rovo plantou sua mão direita contra a porta de fibra solta, mantendo-a fechada até soltar a chave de fenda, até dar um passo para trás e sacar a faca, nivelando-a com a abertura, pronto para esfaquear o que quer que estivesse do outro lado.

— Vou abrir a porta em cinco segundos — disse Rovo. — Fique longe dela e fique parado. Se tiver mãos, levante-as bem alto.

Ele contou até três, em voz alta, então abriu a porta com um movimento brusco.

De pé ali, em meio a uma enorme e suja pilha de roupas, com alguns livros maltrapilhos aos seus pés, estava uma garotinha de cabelos escuros, olhos arregalados e assustados sob uma única luz branca suave.

ONZE

VIOLAÇÃO DE SEGURANÇA

Se você der uma missão a um mercenário dizia o ditado, comum entre os membros da DefenseCorp que podiam concluir a frase para combinar com qualquer tarefa insana que lhes tivesse sido atribuída no momento. Como, por exemplo, tentar tirar um VIP de um planeta quando esse VIP queria bater o ponto e trabalhar mais um turno.

Não que Aurora tivesse uma boa maneira de tirar Kashmal de Dynas no momento, mas ele fazer horas extras em um laboratório da Helix não os ajudaria a encontrar uma solução.

A menos que Kashmal pudesse levá-la para dentro daquela torre imponente.

O edifício feio, todo em bordas inclinadas e seções pontiagudas, como se projetado por algum vilão moderno de conto de fadas, dominava o horizonte da cidade, independentemente de onde Aurora e os outros fossem. Uma sombra ameaçadora, sempre espreitando atrás do telhado mais próximo.

Esquifes e naves maiores zumbiam ao redor da torre em

enxames velozes enquanto Kashmal e Aurora andavam em um bonde por uma avenida principal que tinha a torre no centro do palco. O teto do bonde, um arranjo de vidro manchado de umidade, ainda assim proporcionava uma visão clara dos negócios sombrios de Dynas. O passeio oferecia uma visão nítida dos grupos que se arrastavam pela rua, chapinhando a caminho do almoço e de volta para escritórios, casas ou, talvez, bares. Como qualquer outra cidade, exceto-

— Miserável, não é? — disse Kashmal, sentado ao lado dela perto da frente do bonde. — Este lugar todo? Simplesmente horrível a cada minuto.

— Já vi planetas melhores — respondeu Aurora, varrendo os olhos pelo bonde enquanto novos passageiros embarcavam. Gregor tinha feito um bom trabalho despistando a perseguição, mas as missões da Sever ensinavam rápido que não se pode ser descuidado demais. — Já vi piores.

— Piores? Como o quê?

— Fantares. Durante o primeiro assentamento. Pessoas sem opções fazendo casas de rochas bombardeadas. — Aurora e Sever tinham feito serviço de guarda durante aquela, embora a maioria dos migrantes de Fantares tivesse preocupações maiores do que entrar em brigas. — Vocês têm casas aqui. Luzes. Caramba, bondes.

— Ah sim, quando a humanidade navega pelas estrelas, maravilhas tecnológicas como bondes devem ser apreciadas.

Aurora *realmente* apreciava o bonde. Depois de passar a manhã andando pela cidade e o dia anterior em combate acirrado com soldados e estranhos mutantes, sentar-se e ver os quarteirões passarem parecia muito bom. Kashmal, no entanto, continuava reclamando, como se estivesse inscrevendo Dynas em uma competição para o planeta mais decrépito da galáxia, com Aurora como juíza.

Aprender a ignorar os discursos de vários alvos de missão, oficiais superiores e subordinados, e multidões era uma habilidade que Aurora havia desenvolvido com intensidade rigorosa. Ela se concentrou no bonde, nas calçadas e no céu, qualquer coisa para apagar os comentários contínuos de Kashmal. Ela não se importava.

Nem um pouco.

Porque no final disso tudo, Aurora estaria morta ou seria enviada para a próxima missão, com outra pessoa reclamona e em pânico para salvar ou atirar até que ela finalmente acumulasse dinheiro suficiente para nunca mais precisar ouvir essa bobagem novamente.

— Mas veja, eles não podem nos dar as conveniências porque não querem que essas naves venham para cá — disse Kashmal quando o bonde diminuiu a velocidade para a parada final anunciada e Aurora voltou a prestar atenção. — O sigilo não ajuda se as pessoas que guardam esses segredos decidirem que não vale a pena.

— Ou se elas decidirem vender esses segredos por dinheiro?

— Exatamente. Agora levante-se, vamos. — Kashmal cutucou Aurora para que saísse do assento, em direção ao corredor, cortando o caminho de outros que desciam.

Aurora preferia sair por último, para ajudar a descartar possíveis perseguidores e conferir todos no bonde, mas uma vez que Kashmal a colocou no fluxo, não havia como parar e ela saiu pisando forte em meio à multidão que se dirigia para a torre. Kashmal foi atrás e depois à frente dela, cheirando o próprio hálito, como se percebesse que passar a primeira metade do dia vagabundeando em um bar não tinha sido a melhor escolha.

— Kashmal — disse Aurora, alcançando o VIP enquanto eles se desviavam dos pedestres. — Se você me empurrar de novo, vou garantir que passe o resto desta missão inconsciente.

Kashmal riu. — Por favor, faça isso. Quanto mais cedo eu puder sair deste lugar, física ou mentalmente, melhor.

A multidão que voltava do almoço ficou congestionada ao entrar em uma ampla praça, com pelo menos vários quarteirões de largura, na base da torre. As pessoas entravam e saíam de várias ruas, passando por estátuas corroídas exibindo logotipos da Helix, com bases de pedra gravadas com nomes que Aurora não reconhecia. Fundadores da empresa? Funcionários? Vítimas? Quem sabia, quem se importava.

Bem mais interessantes eram os cânticos que ecoavam à medida que se aproximavam da torre. A multidão que ia e vinha se afunilava em uma entrada isolada por correntes e, de ambos os lados, dezenas de pessoas estavam atrás dessas correntes carregando placas e gritando... coisas?

Em vez de verdades ao poder, parecia que o movimento de protesto de Dynas seguia o exemplo de Kashmal, ou talvez vice-versa. As placas exigiam comida mais moderna, links para redes de entretenimento galáctico, melhores cuidados médicos. Várias sugeriam conspirações sobre pessoas desaparecidas, e Aurora não pôde deixar de se perguntar se algumas delas haviam se tornado brinquedos mutados pelo vírus de Felix.

— Uma miscelânea — disse Kashmal enquanto a fila de entrada se tornava uma formação estrita de dois por dois. — Pessoas que não entendem o trabalho que está sendo feito aqui, que estão presas aqui de qualquer maneira por cônjuges ou circunstâncias. Sem esperança.

Aurora permaneceu em silêncio. Estudou. À frente,

parecia que eles chegariam a um posto de controle de segurança onde sua falta de identificação corporativa passaria de um pequeno incômodo para um problema crítico.

— Como você vai entrar? — disse Kashmal enquanto a fila avançava. — Você não pode ameaçar todos eles.

— Eu poderia, mas não vou. Mantenha seu sinalizador ligado. Quando ligarmos, será hora de partir.

Aurora parou de andar e virou-se de lado para deixar os outros trabalhadores passarem por ela. Kashmal teve o bom senso de continuar andando sem olhar para trás. Não ficaria bem se Aurora começasse uma briga ao lado da pessoa que ela devia proteger.

Neste momento, o Esquadrão Sever havia perdido seu nome de esquadrão. Cada membro estava por conta própria, e embora ver todas as lanchas se dirigindo para os níveis superiores da torre desse a Aurora alguma esperança de que Eponi e Sai estivessem lá dentro, ela não fazia ideia de onde. Gregor também não havia aparecido no local de Kashmal nem tentado contatá-los pela linha segura do Sever. Ele poderia estar morto, prisioneiro ou, como Felix, algo pior.

Rovo, pelo menos, tinha um lugar seguro. Aurora não precisaria se preocupar com o novato por um ou dois minutos. No melhor cenário, Aurora desceria em uma nave — com Eponi pilotando — e eles pegariam Rovo e a maleta de Kashmal no telhado do prédio dele, disparariam em direção ao espaço e nunca, jamais, pisariam em Dynas novamente.

Depois de dar vinte passos a Kashmal, Aurora se juntou novamente ao fluxo. Ao se aproximar dos portões de entrada — grandes arcos cinzentos que escaneavam em busca de metal e muitas outras coisas — Aurora contou quatro guardas de segurança. Todos humanos, com aquele olhar vítreo que vem de depender demais da tecnologia para fazer o trabalho por eles.

Aurora também não era a única com problemas de identificação no momento. Outro homem já havia saído da fila e parecia estar implorando a um dos seguranças, todos usando uniformes pretos e grossos com aquela dupla hélice no peito em branco, sem sucesso.

— Você tem ideia de quanto tempo vai me levar para voltar para casa? — disse o homem. — Eu bem que poderia tirar o dia de folga!

— Por mim, tudo bem — respondeu o guarda, com um tom monótono que combinava com seus ombros largos.

— É mesmo? É mesmo tudo bem para você? — disse o homem. — Está tudo bem para você que, quando eu não estiver fazendo meu trabalho, você não terá emprego porque este lugar todo vai desmoronar?

— Não é problema meu.

Aurora teve que dar alguns pontos ao segurança por essa resposta. A pura atitude de não-me-importo. O que tornava o que viria a seguir mais difícil. Ligeiramente.

Aproximando-se por trás do homem que reclamava, enquanto ele girava os braços para outra demonstração exagerada de fúria pomposa, Aurora o empurrou direto contra o guarda. O movimento ascendente do homem atingiu o rosto do guarda, e Aurora passou por eles, esticou o pé esquerdo e enlaçou o tornozelo do guarda que recuava, fazendo com que ele e o homem protestante e atrapalhado caíssem no chão.

Enquanto os olhares se voltavam para a confusão, Aurora empurrou e abriu caminho através dos arcos, que imediatamente ficaram vermelhos e emitiram um alarme alto e estridente. Todos ao redor de Aurora se viraram, enquanto o guarda caído xingava o homem, e ninguém conseguiu ver claramente a líder do Sever passando rapidamente.

Por enquanto, Aurora havia conseguido entrar na torre. Qualquer força de segurança competente reproduziria os segundos em torno do alarme e a identificaria, o que significava que a velocidade agora tinha prioridade. O único problema, no entanto, era para onde ir?

Além da entrada da torre, quatro bancos de elevadores atraíam o pessoal autorizado, e Aurora escolheu um aleatoriamente. Sem um destino definido, qualquer-lugar-menos-aqui tinha prioridade. Quando chegou perto dos elevadores, Aurora simplesmente seguiu um homem vestindo um poncho à sua frente enquanto ele entrava em uma das cabines, ao inserir um andar escaneando seu crachá corporativo e falando o número.

— O mesmo — disse Aurora, quando ele olhou em sua direção.

As portas do elevador se fecharam, selando-os dentro.

— O mesmo? — respondeu o homem. — Não reconheço você.

O elevador se moveu, descendo rapidamente.

— Sou nova aqui.

Um contador de andares, números vermelhos brilhantes sobre a porta, desapareceu nos negativos.

— Nova? Qual é o seu código de identificação?

Aurora acertou o homem uma vez no estômago para dobrá-lo, uma segunda vez no crânio para deixá-lo inconsciente. Ela arrancou o crachá de identificação enquanto o elevador se estabelecia no andar escolhido. As portas se abriram quando Aurora empurrou o corpo inerte para o lado, fazendo o possível para mantê-lo fora da vista imediata, pronta para lutar com quem quer que estivesse do outro lado da porta.

Exceto que o corredor estava vazio, o elevador se abrindo para um saguão de canto revestido de azulejos azul-escuros. Aurora deu um passo cauteloso para fora, olhou para ambos os lados. Ela podia ver seções de vidro quebrando os azulejos de vez em quando, e alguém, em algum lugar, gritou.

Atrás dela, o elevador fechou e partiu, levando consigo o homem inconsciente.

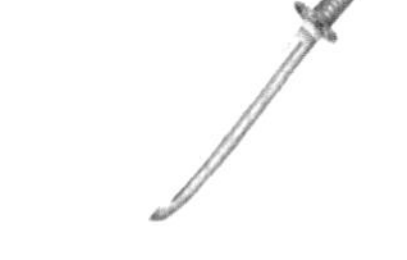

DOZE

MÉTODO CIENTÍFICO

Sai encontrou sua mãe três andares acima do apartamento deles, deixada espancada e pisoteada nas escadas, mas ainda viva. Ele a jogou sobre o ombro enquanto a torre continuava a tremer, os alarmes continuavam a tocar, e a carregou de volta para o apartamento. Deitou-a na cama que nenhum deles pensou que veria mais um minuto de uso e começou uma nova vida.

Com a katana e, eventualmente, outras armas que ele pegou de pessoas que invadiam o prédio e achavam que Sai e sua espada seriam presas fáceis, o filho se tornou como todos os outros que ainda estavam em seu planeta natal: um refugiado saqueador. Ele invadiu os lugares dos vizinhos, antigas casas de amigos, e pegou quaisquer provisões que pudesse encontrar. Transformou o apartamento da família em um santuário, uma fortaleza.

E esperou sua mãe se curar enquanto os prédios queimavam lá fora. Após alguns dias, a DefenseCorp iniciou sua limpeza, e a empresa encheu os céus com naves diferentes dos ônibus de evacuação. Essas eram naves fortemente armadas, despejando soldados que eliminavam qualquer um que não se rendesse com extremo e letal preconceito.

Algum tempo depois de uma semana, os soldados chegaram ao andar de Sai. Eles tinham subido a torre - o telhado era uma ruína instável - e não se incomodaram em bater quando chegaram à porta de Sai. Derrotar saqueadores, pessoas famintas e desesperadas, era uma coisa. Enfrentar profissionais armados e blindados... Sai teria tentado, mas sua mãe disse não. Implorou para que ele não o fizesse.

— Depois de tudo o que você fez, não deixe seus amigos te matarem — disse sua mãe da cama.

— Eles não são meus amigos.

Ele ficou aos pés da cama, segurando a katana em uma mão e uma pistola instável na outra, sua bateria mal carregada o suficiente para disparar um tiro.

— Você deve fazê-los seus amigos, Sai, ou estamos perdidos — disse sua mãe. — Você não pode lutar contra todos.

Se Sai tinha um ponto fraco, era sua mãe. O que ela pedia, Sai faria. Ele poderia argumentar, hesitar, mas o faria, e por uma razão: ela havia trazido Sai ao universo, e isso lhe dava todo o direito de comandá-lo.

Sai recebeu os mercenários, quando eles invadiram a porta, de joelhos, com a katana no chão ao seu lado, mãos cruzadas e olhos baixos. Quando os soldados perguntaram seu nome, ele o deu, disse que sua mãe estava ferida no quarto ao lado. O líder, rude e invisível atrás de sua armadura azul-acinzentada marcada por explosões, perguntou a Sai se ele morava ali.

Sai respondeu que aquele tinha sido seu lar, mas não era mais.

Lutadores não vieram invadindo pela porta do elevador

na sala de experimentos de Anaskya. Sai se apoiou, perseguindo memórias, no pódio, uma segunda cepa viral correndo por seu corpo. Onde a primeira o tinha feito se sentir quente, como se uma febre agressiva tivesse se instalado, esta se misturava com sua irmã anterior para dilacerar Sai.

Sai nunca havia estado consciente de suas próprias células, aqueles pequenos blocos de construção que faziam seu corpo funcionar. Agora ele podia sentir cada uma delas enquanto se agitavam com o vírus, enquanto corriam e lutavam e perdiam e venciam, manchas inflamando-se ao longo de seu corpo e se movendo conforme a infecção buscava seu ponto de apoio.

Ao seu redor, Sai podia ver outros passando pela mesma experiência. Pessoas mais velhas e mais jovens que ele amarradas aos seus próprios pódios, aumentando em número a cada vez que o Capitão Happy trazia mais uma vítima para adicionar aos sujeitos de Anaskya.

A doutora guiava o novo teste para seu lugar, assim como havia feito com Sai, prendia seus pulsos e começava as injeções. No início, Sai mal conseguia acompanhar qualquer coisa acontecendo ao seu redor; o primeiro vírus havia distorcido tanto seu corpo. As novas injeções, no entanto, acordaram Sai mesmo enquanto o destruíam. Como uma bomba com um pavio aceso, Sai estava alerta, Sai estava pronto, e Sai imaginava que ia morrer.

Aparentemente, ele não era o único.

A sala de testes tinha quatro fileiras, cada uma com cinco pódios. Cerca de metade, agora, tinha pacientes neles que Sai podia ver, com pelo menos duas pessoas em cada fileira. Anaskya mantinha as coisas espalhadas, e ela havia colocado Sai perto do centro. Virando a cabeça enquanto os tubos presos aos seus dedos, injetando em seus braços, pulsavam fluidos que iam do transparente ao amarelo e verde, Sai viu que a maioria estava à sua frente; ou perdendo ou 'ganhando' a batalha da infecção antes dele.

Suas expressões deixavam claro: contorcidas de dor, ou relaxadas naquela maneira entorpecida que Sai havia visto em muitos inimigos antes de sucumbirem aos seus ferimentos. Alguns tremiam, seja de frio ou conhecimento do que estava por vir. Outros choravam, um gritava. Nenhuma música tocava, exceto o zumbido suave e constante da ventilação.

Por que Sai tinha vindo para este planeta mesmo? Se encontrado neste lugar? Essa resposta estava dentro de uma parte dele que Sai estava constantemente isolando, memórias e pensamentos e objetivos desviados enquanto os vírus devoravam seu ser. Em vez disso, ele se agarrava à sua família, seus filhos e sua esposa e sua mãe e tentava, tentava, tentava esquecer esta sala horrível e o fato de que morreria aqui.

A realidade trouxe lágrimas, gotas que enchiam os olhos e que cresceram pela primeira vez em muito tempo e escorreram por suas bochechas, espirrando contra o pódio.

Que soldado chorava assim no meio de uma missão?

Um que pensava nos aniversários que perderia, nas histórias que não poderia contar nem ouvir.

Pare com isso.

Ele não levaria sua esposa às praias congeladas para ver a água salgada lamber os cristais de gelo.

Não. Não faça isso.

Naqueles primeiros dias, quando Sai trabalhava em contratos da DefenseCorp em seu planeta natal, eles acordavam e toda a família — mãe, esposa, filha, filho e ele mesmo — saía para saudar a estrela da alvorada enquanto sua forma branco-chocante surgia no céu ao sul.

O estalo dilacerante trouxe Sai de volta de suas lágrimas, de suas memórias, e ele olhou para baixo para ver que havia quebrado o púlpito. Rasgado-o ao meio e jogado-o de lado, suas mãos presas aos tubos, ainda alimentando a solução viral.

Sai olhou para sua mão esquerda, aqueles fios pendurados, e puxou. Sentiu dor e viu jatos de sangue enquanto os fios voavam para longe de sua mão, seu antebraço. A solução vazando, agora, no chão.

— Sai, pare! — gritou Anaskya do outro lado da sala, onde ela estava ajudando outra vítima a entrar em sua cabine.

Em vez disso, Sai arrancou sua mão direita. Onde antes ele estava trêmulo, mal conseguindo manter sua consciência, agora Sai tinha uma clareza exponencial. Tudo brilhava hiper-real; ele podia ouvir a respiração de seu vizinho, podia sentir o cheiro do suor de dias vindo de seus corpos e do seu próprio. Sai podia sentir a vibração enquanto o elevador do Capitão Feliz descia novamente em direção ao andar.

E, em meio a tudo isso, Sai podia sentir suas chances escapando.

Ninguém nesta sala havia vindo aqui por vontade própria, Sai podia apostar nisso. Sujeitos involuntários poderiam se tornar aliados, e Sai precisava deles rapidamente antes que Anaskya conseguisse trazer qualquer segurança que ela tivesse aqui. Então Sai foi até a pessoa mais próxima dele, uma mulher mais velha em forma, e a libertou.

Ela piscou para ele, não entendendo o momento. A razão para ir.

— Salve-os — disse Sai, as palavras saindo arranhadas e emboladas, antes de se virar para o próximo.

Anaskya gritou para Sai novamente, mais perto desta

vez. Não perto o suficiente para impedir Sai de arrancar os fios de outro homem. Não perto o suficiente para impedir Sai de tropeçar até outra fileira, agora tateando enquanto o elevador se abria e o Capitão Feliz entrava na sala. Ele tinha que libertar o máximo de pessoas que pudesse.

Alguns não ajudaram, alguns simplesmente caíram, vomitaram ou sentaram no chão. Mas alguns responderam às tentativas urgentes de resgate de Sai, à sua súbita e sangrenta liberdade enquanto Sai os arrancava de seus púlpitos.

Duas fileiras abaixo e Sai foi para a frente, a única fileira completamente preenchida. Ele se lançou para o primeiro alvo, uma jovem que parecia um pouco coerente, apenas para uma força muito maior empurrar Sai para o lado em direção a um púlpito desocupado. A coisa de vidro se estilhaçou quando Sai caiu através dela, espalhando-se no chão com quem sabe quantos cortes rasgando suas roupas de prisioneiro.

— Pensei que tivéssemos falado sobre as regras? — disse o Capitão Feliz, aproximando-se para ficar acima de Sai. — Você não está sendo muito legal. Não deveria bagunçar os experimentos da doutora.

— Desculpe — murmurou Sai, então deu um chute no tornozelo do Capitão Feliz.

A coisa era mais dura que pedra, mas Sai conseguiu colocar força suficiente no golpe para fazer o Capitão Feliz recuar um passo. Sai usou o espaço para se arrastar para longe, as mãos afundando em pedaços de vidro no processo, antes de se levantar a tempo de ver o Capitão Feliz se preparando para um soco.

O golpe não acertou. Antes que o Capitão Feliz pudesse balançar, a mulher mais velha que Sai havia libertado anteriormente correu para as costas do homem, arranhando-o com suas mãos feridas. O Capitão Feliz grunhiu, girou e a jogou para longe, expondo seus joelhos para outro chute rápido de Sai.

Ao lutar contra pessoas muito maiores que você, o primeiro trabalho era trazê-las para o seu nível.

Os joelhos do Capitão Feliz estouraram com estalos satisfatórios e, com um guincho agudo, o torturador de Sai caiu no chão. Sai teria terminado o trabalho, mas antes que pudesse, a mulher mais velha e vários outros se jogaram sobre o homem, rasgando, dilacerando e mordendo com abandono frenético e desesperado.

Sai recuou enquanto o homem alegre lutava, enquanto era dominado. Outros sujeitos libertaram os experimentos restantes na sala. Anaskya havia desaparecido, e luzes vermelhas brilhando sobre as portas restantes, incluindo o elevador, diziam o óbvio.

O Capitão Feliz havia sido sacrificado, e o resto deles estava preso. Sai olhou ao redor, junto com aqueles que não se juntaram à fúria vingativa, e se perguntou quanto tempo eles tinham até que o vírus reivindicasse cada um deles, até que enlouquecessem e se devorassem uns aos outros ou simplesmente morressem, sozinhos, no chão coberto de vidro.

TREZE

MOTIVOS

Um posto avançado não muito longe da Cidade Negra, conectado por uma linha de bonde que não estava mais ativa. Havia sido fechado, e a Helix tinha dito à Defense-Corp e a outras partes curiosas em Dynas que não havia nada lá. Apenas uma instalação ultrapassada sendo desativada por razões de economia.

— E então, ontem mesmo, vimos um monte de deslizadores seguindo naquela direção — disse Lani.

Eles estavam de volta ao saguão e não mais sozinhos. Lani fez Gregor esperar até que os outros dois agentes retornassem de suas atividades de almoço, e agora o quarteto estava em pé em meio a todas aquelas caixas cheias de equipamentos de serviço ativo.

— Vocês não poderiam receber uma nova missão tão rapidamente — disse Gregor.

Os tempos de transmissão galáctica, limitados pela velocidade da luz e links quânticos, podiam demorar uma eternidade. A DefenseCorp havia se dividido em numerosos grupos regionais por essa razão. O lado esquerdo da galáxia poderia não saber sobre um desastre no lado direito por anos.

— Nossas diretrizes são amplas — respondeu Lani. — Manter a Helix sob controle, a qualquer custo. Todo mundo sabe que o que eles estão fazendo aqui é arriscado, e todos entendem por que precisamos mantê-los em cheque.

— Não acho que vocês estejam tendo sucesso — replicou Gregor. — Aqueles deslizadores foram enviados para nós.

— Apenas para vocês?

— Talvez. — Gregor olhou para os outros dois agentes, ambos homens mais velhos, ambos colocando armaduras leves e pegando rifles. — Eles têm autorização?

— Tanto quanto eu.

— E quanto é isso?

Lani balançou a cabeça.

— Gregor, não sei se você entende, mas você está no meu planeta agora. Ou você me conta o que sabe, ou eu mantenho você trancado até que o faça, e qualquer missão que você veio completar aqui se esvai sem você.

Havia uma chance de Gregor lutar para sair daqui. Lani estava ao alcance de seu jab, e os outros dois estavam ajustando suas roupas e armas. Eles seriam lentos para reagir, surpreendidos. Gregor poderia derrubá-los e seguir em frente.

— O que você faria — disse Gregor — se encontrasse algo, como você diz, fora dos limites?

— Destruiria — respondeu Lani. — Nada pode viver neste planeta a menos que tenha nossa aprovação, não importa o quanto a Helix queira acreditar no contrário.

Uma declaração confiante para um grupo tão pequeno, mas Lani não piscou quando Gregor retribuiu seu olhar e procurou por uma mentira. A maioria das pessoas, quando atingidas pelo olhar fixo de Gregor, murchariam sob a pressão, começariam a balbuciar ou se encolheriam. Lani não fez nenhum dos dois, e Gregor teve que lhe dar um pouco de respeito.

— Era isso que eu queria ouvir — disse Gregor. — Nós pousamos perto daquela base depois que a Helix nos atacou na nossa entrada. A instalação está comprometida. Uma criatura que se chama Felix cresceu a partir de algum experimento e infestou o lugar.

— Vocês pousaram perto de lá? Então como chegaram até esta cidade?

— O bonde.

Lani balançou a cabeça.

— Claro que eles o deixaram ativo. A Helix tem viseiras, Gregor. Qualquer coisa acessória ao objetivo deles, eles simplesmente não veem. Eles só têm atenção para a atração principal, e agora estão estragando isso também.

Gregor não podia discordar disso.

— Vocês deveriam ir e destruir aquela base, então — disse Gregor — e me deixar voltar para minha missão.

— Não — respondeu Lani. — Você disse que nem sabe onde está seu esquadrão. Você não vai encontrá-los vagando por esta cidade às cegas, então por que não nos ajuda?

— Não.

— Resposta errada. Eu disse que este é meu planeta, o que significa que são minhas regras, o que significa que você está vindo conosco.

"Vindo conosco" significava ir para o telhado do edifício, onde um deslizador com a marca da DefenseCorp estava ancorado e pronto. Os quatro subiram por uma escada de metal curta e chegaram ao convés, Gregor ajudando a carregar mais algumas caixas com armas que Lani achou que seriam boas quando chegasse a hora de limpar a base.

Sayers, um dos outros agentes, cuja característica mais marcante era uma cicatriz que cruzava sua testa revelada pelo cabelo zero em sua cabeça calva, assumiu os controles do cockpit. Wicks, o outro, foi para a proa para operar o canhão frontal do deslizador, enquanto Lani e Gregor acabaram sentados no centro. Mais dois canhões laterais completavam o armamento do deslizador, uma configuração agressiva considerando a missão.

Enquanto Sayers aquecia os motores do deslizador, aquelas turbinas elétricas girando seu zumbido tecno, Lani tentou dizer a Gregor o papel que ele desempenharia: o guia, levando os outros três até este Felix para que pudessem administrar uma punição letal e, assim, impedir que esse experimento saísse do controle.

— Você quer que eu lidere — respondeu Gregor. — Tudo bem. Eu posso liderar. Mas vou precisar do meu martelo.

— Seu martelo? — disse Lani.

— Meu martelo e minha armadura. Ambos estão na estação do bonde. Vocês vão me levar lá, e então podemos ir caçar.

Lani lançou a Gregor o olhar intrigado que ele recebia sempre que falava sobre seu martelo, porque todos inevitavelmente pensavam que ele se referia a uma coisa pequena feita para bater pregos, em vez de um esmagador feito para crânios. Também inevitavelmente, depois de ver o martelo de Gregor, eles nunca mais o questionavam novamente.

A embarcação decolou na tarde amarelada, com a névoa úmida e imutável de Dynas. O convés desta embarcação tinha rebites, então as botas de todos tinham alguma aderência enquanto a nave ganhava velocidade, subindo sobre a cidade e orientando-se de volta para o oeste, em direção à estação de bonde fechada e a um encontro com o vírus.

Acima e ao redor deles, a Cidade Negra aumentava seu ritmo. Mais embarcações e naves espaciais corriam para a torre do que Gregor havia notado pela manhã, e as ruas abaixo de sua embarcação deslizante pareciam mais cheias, como se a população da cidade tivesse finalmente se livrado de uma longa noite e decidido que uma caminhada, por mais sombria que fosse, era necessária. Ponchos, roupas de mergulho e combinações dos dois formavam uma visão monótona, como insetos cinza-escuros e moles pisando nas poças.

— Realmente é o pior planeta — disse Lani. Ela e Gregor se inclinavam sobre o lado esquerdo da embarcação, observando. — Se os projetos não fossem tão interessantes, eu teria ido embora há muito tempo.

— Eles deixariam você partir?

— Não tenho certeza, nunca perguntei — respondeu Lani. — Até agora.

— O que você quer dizer?

— Se o que você está dizendo é verdade, e este posto avançado é realmente um refúgio ilegal que a Helix está protegendo, então todo este negócio está comprometido. — Lani acenou com a cabeça em direção à cidade. — Estamos aqui para proteger essas pessoas, e todos que não estão neste planeta, de cientistas rebeldes proliferando alguma arma biológica além do que estamos investindo. Se isso está acontecendo, então a Helix quebrou nosso contrato, e eles precisam ser apagados.

— Destruir Felix não irá parar os experimentos.

— Não, mas podemos, esperançosamente, desacelerá-los — disse Lani. — Então, quando você partir, pode me levar com você e vamos envolver os grandes chefões. Vamos eliminar este lugar. E nos tirar daqui.

— Então você faria isso por si mesma.

— Com certeza, por mim mesma — disse Lani enquanto a embarcação se aproximava da estação de bonde, com Sayers manobrando a nave para baixo para um pouso tranquilo. — Por Sayers e Wicks também. Estamos aqui há anos, Gregor, e a missão nos manteve por tanto tempo, mas estamos prontos para terminar. O problema é que a DefenseCorp não aprovará uma evacuação até que a missão esteja completa ou fracassada.

Por que todos tinham que ter suas próprias motivações? Não era suficiente simplesmente marchar para as fileiras do inimigo e derrubá-los? Derrotar alguns adversários? Gregor não tinha se juntado a Sever para se envolver com os problemas pessoais das pessoas; se você concordava com uma missão, você a cumpria e encontrava as alegrias onde podia.

— Posso perceber que você não está gostando. — Lani riu. — Adivinha só, não importa.

— Não importa? — respondeu Gregor. — Você precisa de mim para mostrar o caminho.

— E você precisa de nós para viver — disse Lani. — Como tudo mais nesta galáxia, o que temos é um acordo. Ambos lucramos.

Sayers pousou na estação de bonde fechada e Gregor os guiou para fora. Lani explodiu a fechadura da porta de acesso ao telhado e eles desceram para a estação silenciosa e escura, até o bonde silencioso e escuro, onde três trajes da Sever Squad estavam parados, escuros e silenciosos.

— Olha só isso — disse Lani. — Você não mencionou os extras.

— Eles não são seus.

— Não vejo por que não podemos emprestá-los — respondeu Lani. — Este parece ser do meu tamanho. Wicks, você cabe no azul?

— Mmhmm — murmurou Wicks, mexendo no traje de Rovo.

— Eles não funcionarão sem os códigos ou o DNA deles — disse Gregor, começando a vestir sua própria armadura. — Deixe-os.

Lani inclinou a cabeça, e Sayers, de pé atrás dela, sacou sua própria arma. Apontou-a para Gregor.

— Então você nos dará os códigos — disse Lani. — Agora. Porque temos uma limpeza para fazer e depois um planeta para deixar para trás.

CATORZE

PARA O ALTO E AVANTE

As alavancas de controle do kart – duas, ligeiramente curvas como C's rabiscados – estavam firmes nas mãos de Eponi. Sensíveis, tremendo enquanto as baterias do kart impulsionavam seus jatos e elevavam a nave a um metro acima do chão liso e acabado. Ao redor de Eponi, a cabine de vidro em forma de bolha se fechou e seu fone de ouvido crepitou ao fazer a conexão com um dos pilotos mais famosos da galáxia.

— Tudo bem, ahn — o som cortou por um segundo. — Eponi? Certo, Eponi. Você está me ouvindo bem?

Já esqueceu meu nome. Isso doeu, mas Eponi deixou que o zumbido do kart levasse embora. Ela segurava as alavancas, ela pilotaria a volta. Era isso que importava.

— Estou te ouvindo — respondeu Eponi.

O percurso se estendia à sua frente, luzes azuis cintilantes brilhando sob o céu vermelho de Seleno, areia vermelha, montanhas vermelhas. O asfalto preto e brilhante entre as luzes azuis iria serpentear e virar, arqueando-se sobre e sob o terreno enquanto testava a habilidade do piloto do kart de se manter dentro dos limites. Em alguns pontos, de se manter vivo.

— Parece que você já pilotou um desses algumas vezes, certo?

A competição exigia alguma experiência para escolher este prêmio em particular, e sim, Eponi tinha essa experiência. Aquelas noites na pista velha, depois do expediente. Mas isso? Uma volta oficial, sancionada, durante o dia? Nunca.

— Eu sei como pilotar — disse Eponi, então correu os olhos pelas telas de informação pela décima vez em outros tantos segundos.

O kart estava em ordem. Verde e pronto para ir.

— Então é isso que vamos fazer — disse a voz do outro lado, atualmente ocupando o terceiro lugar no ranking galáctico, com o entusiasmo de uma ressaca. — Comece, vá devagar e aproveite o passeio. Mantenha abaixo de cem, e eu te direi quando frear e virar. Deve ser divertido.

Abaixo de cem? Até os circuitos de kart mais básicos atingiam trezentos quilômetros por hora. Eponi sabia que havia muitas pessoas procurando contratar o próximo novo piloto na pista hoje. Provavelmente não estavam olhando para ela – testes oficiais viriam mais tarde, com pessoas que tinham subido na carreira em vez de fazer uma escolha de sorte com sua última aposta de corrida.

Provavelmente não estavam olhando para ela, mas Eponi faria com que olhassem de qualquer jeito.

Um pequeno drone, uma bolinha com uma única luz vermelha brilhante, voou e flutuou na frente do kart de Eponi. Como ela era a única pilota na pista, o drone se centralizou bem na frente dela, certificando-se de que ela não perderia quando sua luz ficasse verde. E se ela perdesse, o próprio kart vibraria, avisando em múltiplos sentidos que era hora de *ir*.

Eponi exalou longa e lentamente. Ela tinha que manter seus nervos sob controle na pista, manter seu aperto solto e flexível, seus olhos olhando para frente. Manter o pânico à distância. Os pilotos que batiam eram aqueles que passavam muito tempo pensando no perigo que já tinham deixado para trás.

— Ok, lá vamos nós — disse a voz do outro lado, já entediada. — Devagar e com calma.

Eponi pisou fundo no acelerador e se jogou de volta no assento enquanto o kart disparava para frente, o torque instantâneo da eletricidade lançando o kart flutuante e sem atrito pela pista. Eponi conseguiu manter o controle mesmo quando o impulso puxava seus dedos para longe. A voz gritou algo em seu fone de ouvido, mas não importava. Não registrou.

Ela voou. As curvas se derreteram enquanto Eponi caía no instinto, em todas aquelas práticas de simulador que ela havia feito fora do horário, quando ninguém se importava com o que ela fazia. Aqueles longos dias navegando pelas estrelas digitais de um circuito a outro compensando agora; Eponi nunca havia corrido nesta pista na realidade, mas a tinha corrido um milhão de vezes em uma virtual.

Em algum momento durante a primeira volta, a voz em seu ouvido havia silenciado. Em algum momento durante a segunda, alguém novo havia entrado, não dizendo nada além de para continuar, que estavam cronometrando ela, e que diriam quando parar.

— Hora de ir — disse Ben quando o painel da nave apitou indicando que o compartimento de carga havia sido fechado. — Temos o que precisamos.

Ele havia guardado a arma, pelo menos. Decidiu,

aparentemente, que Eponi não iria tentar nenhum truque mortal nesta cabine apertada com inimigos ao redor lá fora.

— Para onde estamos indo, exatamente? — perguntou Eponi.

— Para o alto e avante — respondeu Ben, então olhou para seu computador de pulso. — Estamos no horário para o encontro. Eles nos tirarão daqui.

— Eles?

Quantas pessoas queriam sair deste planeta, e quantas não tinham um meio de fazê-lo? Todo o briefing da missão de Sever se resumia a extrair alguém de um lugar que não parecia tão hostil, mas ela tinha a impressão crescente de que Dynas não era um lugar onde alguém quisesse estar.

— Isso é problema meu — disse Ben. — Apenas nos leve para cima. Assim que sairmos da atmosfera, entraremos em órbita e faremos nosso encontro.

Eponi pensou em perguntar a Ben se ele já havia voado antes. Piadinhas como "entrar em órbita" não ajudavam quando você estava planejando uma navegação astral cobrindo milhões de quilômetros em velocidades absurdas. Qualquer encontro no espaço precisava de tempo preciso, planejamento, comunicação.

Por outro lado, nada disso era problema dela. Ben atirando nela por não seguir o plano definitivamente era.

Eponi preparou os jatos da nave, ligou o alto-falante externo e emitiu o aviso padrão de que esta nave em parti-cular decolaria em breve e se você não quisesse se queimar, era melhor ficar bem longe.

As palavras fizeram seu efeito, e logo a nave de Eponi tinha espaço para pairar a um metro do chão, girar e olhar para a saída da doca. O céu amarelo e melancólico de Dynas se estendia além, pingando umidade sobre a aber-tura da baía. A nano-rede da cidade fazia seu trabalho e uma luz clara vinha de cima. Não era um mau vetor de saída.

— Você tem as autorizações? — Eponi perguntou a Ben. — Ou vamos só confiar que ninguém vai enfiar um laser no nosso traseiro?

Ben lhe deu um olhar engraçado. — Autorizações? Como assim?

A mão de Eponi pairou sobre o acelerador enquanto ela ria: — Está falando sério?

O engenheiro gênio corou, um momento profundamente satisfatório para Eponi. — Eu... não entendo. Carregamos a carga. A nave está pronta para voar, certo? O que mais precisamos fazer?

Duas escolhas. Eponi poderia parar a nave, pousá-la aqui mesmo e explicar o problema para Ben. Fazê-lo entender que enviar naves espaciais para o ar sem avisar as pessoas certas tendia a acionar as defesas. Ben poderia conseguir preencher os formulários, resolver toda essa situação, e Eponi ainda seria uma refém.

Uma refém que Ben não teria motivos para manter viva uma vez que chegassem ao ponto de encontro.

A segunda opção, então. Eponi empurrou o acelerador da nave para frente, acionando os jatos alto demais para sair de uma baía. A nave disparou, chamuscando e derrubando pessoas, cargas, drones e qualquer outra coisa ao seu redor. Se Ben não tinha feito inimigos antes, certamente fez agora.

— Que diabos? — Ben gritou quando a nave se libertou da torre, arqueando em direção ao céu.

— Se não era para estarmos aqui, temos que sair rápido — disse Eponi, ajustando a trajetória e enviando energia para os sistemas de defesa rudimentares da nave.

Sem armas, apenas uma blindagem leve e sistemas de evasão destinados a manter a nave viva tempo suficiente para alcançar proteção. A configuração mais inútil imaginável, mas era o que tinham.

— Eu não queria chamar atenção — disse Ben, com a voz tensa agora, irritado.

— Então você não deveria ter me escolhido como sua piloto.

Como se fosse uma deixa, a nave captou uma chamada da torre. Ben estendeu a mão para atender, mas Eponi foi mais rápida, cortando a chamada antes que começasse.

— Ainda não — disse Eponi. — Quando perceberem que é você e não eu por trás disso, sua cobertura estará arruinada.

— Minha cobertura?

— Claro — disse Eponi. — Agora, tudo que sabem é que você entrou a bordo com uma piloto inimiga conhecida. Eu poderia ter feito você de refém. Isso tudo poderia ser meu plano. Quando ligarem de volta, é isso que você diz.

Luzes se acenderam no painel da nave, uma após a outra, à medida que os sistemas de defesa da torre e, provavelmente, alguma perseguição, focavam sua atenção na nave. Prontos para apagá-la da existência.

A chamada veio novamente.

— Atenda — disse Eponi. — Convença-os a não atirar, ou estamos mortos.

Ben parecia estar tendo um ataque de pânico. Suor cobria seu rosto, sua respiração ia e vinha em arquejos frenéticos, e o homem girava na cabine como se esperasse encontrar algum buraco pelo qual pudesse pular e voltar a um tempo em que isso nunca tivesse acontecido.

— Aperte o maldito botão — Eponi repetiu, então puxou a nave para uma subida mais íngreme.

Direto para aquele céu amarelo, e além dele, as estrelas. Se vivessem o suficiente para chegar tão longe.

— Aqui é Ben, Ben Taigo — disse Ben depois de bater no botão, engolindo em seco várias vezes durante a frase. — Por favor, não atirem. Por favor.

— Esta não é uma partida programada — disse alguma voz tensa do outro lado. — Qualquer voo não autorizado deve ser encerrado, a menos que você possa me convencer do contrário?

Eponi lançou um olhar furioso para Ben. Lembrando-o quem era a vilã aqui. Não ele, mas ela. A piloto que tomou a nave como refém.

— Eponi. Eu a trouxe a bordo, uh — Ben olhou com olhos arregalados para Eponi.

— Ele queria que eu verificasse a nave, confirmasse se parecia pronta para voar em troca de uma sobremesa extra — disse Eponi, uma afirmação ridícula. — Ele se distraiu, e agora a nave é minha. Então vamos negociar.

A outra linha ficou em silêncio. Eponi apertou o botão de mudo do lado deles, olhou para Ben enquanto o céu amarelo à frente começava a escurecer. O espaço se aproximava.

— Você já fez algo assim antes? — disse Eponi. — Porque, francamente falando, você é um criminoso terrível.

— Eu... não.

Eponi achou um pouco triste o quão rápido a bravata de Ben havia morrido. Algumas pessoas simplesmente não eram talhadas para uma vida além dos limites.

— Nave, Eponi — o oficial de voo da Helix retomou. — A nave em que você está não tem capacidades interestelares. Se você retornar à torre, não atiraremos em você. Nenhuma vida precisa ser perdida. Isso pode ser esquecido.

Eponi franziu o rosto. Esquecido? Eles realmente deviam querer ela viva para oferecer algo assim. O que Eponi tinha que a Helix se importava?

— Desculpe, vou arriscar — disse Eponi. — Dynas é, literalmente, o pior. Só volto se não conseguir levar essa coisa para nenhum outro lugar.

— Então leve o tempo que quiser — Eponi pôde ouvir o desdém na voz. — Quando perceber a futilidade, estaremos aqui.

A chamada caiu, as luzes de alvo também, e a nave subiu mais alto, continuando. Ben parecia que estava prestes a desmaiar. Eponi, inebriada com a adrenalina, sorria enquanto as estrelas entravam em vista.

QUINZE

PATERNIDADE

Ah, droga.

Rovo travava uma guerra emocional e factual. A primeira o levaria a uma raiva inevitável, a um estranho desespero de que uma criança pudesse ser tratada assim, mesmo em um planeta tão úmido e sem valor como Dynas. A segunda, a segunda seria o que o Esquadrão Sever esperaria. Uma análise racional; dissecando a situação e tentando entender o que estava vendo.

Ela fungou.

Rovo se impediu de estender a mão, de se virar e procurar um lenço no banheiro para oferecer à menina. Ele teve que se conter por causa do que tinha visto naquele posto avançado não muito tempo atrás. Felix, a doença.

Kashmal, presumivelmente, tinha um motivo para trancar essa criança no quarto, um motivo para não mencioná-la.

Fatos. Teriam que ser fatos.

— Você consegue me entender? — Rovo perguntou à menina, que não havia tentado cruzar a soleira da porta.

Ela parecia, além da sujeira e do vestido esfarrapado - Vestido? Pijama? Rovo não entendia de roupas infantis - ter cerca de seis ou sete anos, em uma idade em que deveria ser capaz de entendê-lo, e ainda assim hesitar em deixar seu espaço seguro, por mais nojento que fosse.

Enquanto Rovo olhava além da menina, seu quarto era realmente um desastre. Lençóis amassados - sem colchão à vista - e um travesseiro mofado, um balde em um canto com um rolo de papel cujo propósito Rovo podia, com uma careta de revirar o estômago, discernir. As paredes tinham arranhões por toda parte, padrões e formas aleatórias que paravam um pouco acima da altura da menina. Se tinham sido desenhados com uma ferramenta ou com os dedos da menina, Rovo não sabia dizer.

— Sim — a menina disse, ou melhor, rouquejou.

De alguma forma, neste desastre úmido de planeta, a menina estava com sede. Rovo se agachou, ficando no nível dos olhos da menina, e a examinou mais de perto. Seu cabelo castanho, emaranhado e comprido, fluía abaixo da cintura e quase até os joelhos. Sujeira manchava suas bochechas, mas seus olhos verdes eram brilhantes e ela não parecia desnutrida. Kashmal devia estar fazendo o mínimo para mantê-la viva, e mesmo simples barras de proteína alimentadas por uma fenda eram tão cheias de nutrientes fortificados hoje em dia que a menina provavelmente tinha se saído melhor do que o próprio Kashmal teria esperado.

Nada disso significava que Rovo não fosse dar um soco forte no queixo de Kashmal na próxima vez que visse o rato. Deixar uma criança, doente ou não, indesejada ou não, trancada em um quarto assim não merecia menos que isso.

Rovo tinha irmãs. Mais novas. Antes de ter partido para o espaço por necessidade financeira, ele patrulhava os relacionamentos delas, sua saúde como um tubarão, procurando e destruindo quaisquer ameaças potenciais. Ele tinha sido bom nisso também. Talvez bom demais: elas ficaram felizes em ver Rovo pegar um trabalho em uma estação orbital e sair do pé delas.

— O que você está fazendo aqui? — Rovo perguntou.

— Eu devo ficar escondida — a menina respondeu. — Sempre.

— Por quê?

— Porque estou doente.

Aí está. Rovo fechou os olhos por um longo momento. Ele havia aberto a porta e, embora não a tivesse tocado, o ar em que a menina estivera vivendo por semanas - Meses? Anos? - havia se espalhado por toda a sua cabeça exposta, boca, nariz e pulmões de Rovo. Qualquer vírus transmitido pelo ar já o teria encontrado.

Mas talvez ela estivesse doente com um resfriado, uma gripe comum?

— Doente de quê? — disse Rovo. — Algo muito ruim?

A menina assentiu, fungou novamente. Olhou para o chão e suas mãos enquanto brincava com o cabelo. O rosto de Rovo se contraiu. Isso era péssimo. Isso não estava no plano. Mercenários durões deveriam entrar, destruir e sair como heróis vitoriosos. Não deveriam encontrar crianças assim.

— Você sabe como ela se espalha? — Rovo disse. — Sua doença? Você pode passá-la para mim respirando? Ou precisa me tocar?

A menina olhou para ele, confusa. — Está dentro — Ela bateu em seus braços. Seu peito. — Ele diz que é parte de mim, e temos que esperar para ver o que acontece.

— Quem diz isso? Kashmal?

A menina assentiu novamente. Um aceno de cabeça fofo, onde seu queixo ia até o peito e voltava.

Ainda assim, a resposta da menina não ajudou muito Rovo a decidir se ajudá-la o mataria ou não. Ele e a menina se encararam por alguns segundos enquanto ele elaborava uma tática diferente.

— Como Kashmal alimenta você? — Rovo perguntou. — Ou esvazia... aquilo? — Rovo apontou para o balde. — Ele entra aqui?

— Às vezes.

— Ele usa alguma coisa? Como uma máscara?

— O quê?

Hmm.

— Ele se parece comigo? — Rovo apontou para seu rosto, depois para a menina. — Como você? Sem usar nada?

— Ele não se parece comigo — a menina respondeu, então deu um passo à frente. Rovo recuou sem pensar. — Você está com medo de mim?

Rovo balançou a cabeça. — Não de você. Talvez do que está dentro de você.

A menina ainda não tinha chegado à porta. Se Rovo se movesse agora, provavelmente poderia fechá-la na cara dela. Trancá-la novamente. Ou... ele poderia supor que o vírus não era transmitido pelo ar. A porta não era, exatamente, uma vedação hermética. E se a menina tivesse que tocá-lo para transmitir a doença, então Rovo poderia deixá-la sair. Poderia dar-lhe alguma comida e apenas manter suas mãos longe dela.

— Você tem um nome?

— Sim — disse a menina.

— Pode me dizer?

— Kashmal diz que eu não devo.

— Bem, Kashmal me disse que você poderia — Rovo

seguiu sua linha de pensamento. — Na verdade, enquanto ele está fora hoje, eu devo cuidar de você, e para fazer isso, vou precisar saber seu nome.

A menina não reagiu por um momento, então sorriu lentamente daquela maneira tímida que as crianças fazem quando estão realmente felizes e muito preocupadas porque o que estão prestes a dizer ou fazer significa tanto para elas.

— Kaia — disse a menina. — Esse é o meu nome. O que minha mãe me deu.

— É um nome lindo — disse Rovo. Ele queria perguntar sobre a mãe da menina, mas dado onde ela estava, onde ela tinha estado, Rovo sentiu que seus pais estavam fora do quadro há muito tempo. — Você está com fome, Kaia?

Outro aceno.

— Então por que você não vem comigo e vamos buscar algo para você comer?

— Mas eu não deveria sair do meu quarto?

— Kashmal disse que eu posso cuidar de você, lembra? O que significa que eu posso fazer novas regras, e eu digo que você pode sair, tudo bem?

Deixar Kaia sair de seu quarto e entrar na cozinha do apartamento significou soltar uma fera faminta. Rovo se apressou para encontrar comida no lugar de Kashmal que não parecesse podre ou potencialmente letal, mas após abrir alguns armários, Rovo encontrou algumas sopas enlatadas que serviram para saciar Kaia por enquanto.

A partir daí, Rovo continuou a agir como um pai de repente, fechando o quarto de Kaia, ajudando a menina a usar o chuveiro quente e cuspidor de Kashmal, e depois a envolvendo nos cobertores mais limpos que pôde encontrar. Depois de fazer tudo isso, Kaia começou a parecer uma humana de verdade. Real o suficiente para que Rovo a colocasse no sofá, dissesse para ficar quieta e que ele voltaria com roupas novas para ela.

Não que Rovo tivesse alguma ideia de onde conseguir roupas, ou como conseguir dinheiro para elas nesta cidade. Comparado à missão cada vez mais perdida de Sever, no entanto, isso parecia um desafio que ele poderia superar.

— O que são essas coisas? — Kaia perguntou de seu forte de cobertores no sofá enquanto Rovo se preparava para sair, pegando e colocando suas armas em seu traje de mergulho.

— São para me manter seguro — disse Rovo. — Você não precisa se preocupar com elas. Ninguém vai te machucar.

Kaia aceitou isso sem muita indagação, em parte porque Rovo havia deixado seu computador de pulso no sofá sintonizado em algum stream local para crianças. Formas inanes balbuciavam sobre números ou letras ou algo assim, e Kaia parecia hipnotizada.

— Não saia desse sofá, ok, a menos que você precise ir ao banheiro — disse Rovo, achando que era seguro o suficiente. — E se alguém bater, não atenda a menos que digam que são eu.

Kaia fez seu aceno característico depois de tudo isso, e embora Rovo não pudesse ter certeza de que a criança sequer o tinha ouvido, ou prestado atenção, ele saiu mesmo assim. Três passos pelo corredor e ele parou, voltou e bateu na porta.

Esperou. Nenhum som.

— Kaia — disse Rovo, não exatamente gritando, mas alto o suficiente para ser ouvido através da porta.

— Sou eu! — veio a resposta da menina. — Você já voltou?

— Não, só estou te testando — disse Rovo. — Você passou!

Risadas vieram de dentro, e Rovo não tentou suprimir

um sorriso. — Ok, o jogo começa de novo agora mesmo. Ninguém além de mim.

Kaia riu novamente, provavelmente do computador.

Quando Rovo chegou às ruas, ele havia identificado duas grandes falhas em seu plano: primeiro, ele havia deixado seu computador com Kaia, o que significava que não tinha como consultar um mapa de onde estava, onde poderia haver lojas. E segundo, ele percebeu que o apartamento, com sua comida mofada, grande quantidade de talheres e mais, apresentava uma enorme armadilha mortal para uma criança deixada por conta própria.

Ele também havia deixado a maleta lá em cima, achando que as evidências de Kashmal não ajudariam Rovo a manter um perfil baixo.

Enquanto a chuva fresca caía ao redor — não mais apenas úmido, Dynas decidiu adicionar água de verdade à mistura — Rovo tentou decidir se fazia mais sentido voltar e esperar, ou apenas terminar o trabalho rapidamente.

Kaia precisaria de roupas se fosse sair do planeta. Se Aurora e Kashmal voltassem precisando de uma fuga rápida, Rovo apostava que ela não arriscaria nenhum atraso por causa de Kaia. Ele tinha que fazer isso agora ou nunca.

Então Rovo estendeu a mão e cutucou o ombro da próxima pessoa que passava. O homem, envolto em um poncho grosso e escuro, afastou-se de Rovo, virando-se com um olhar assustado, boca aberta.

— O que você quer? — perguntou o homem, parecendo esperar que Rovo o atacasse diretamente.

— Só estou tentando encontrar a loja de roupas mais próxima — tentou Rovo. — Sou novo aqui.

— Novo aqui? — o homem parecia confuso. — Eu não sabia que estavam deixando mais alguém entrar?

— Acho que sou especial — disse Rovo. — Loja de roupas, onde?

— Ah, uh, vá dois quarteirões naquela direção. Eles têm um pouco de tudo — o homem franziu os olhos. — Você trabalha na torre?

— Obrigado! — disse Rovo, passando pelo homem e seguindo pela calçada.

Nunca continue uma conversa além do seu ponto útil. Particularmente quando você está tentando se manter disfarçado.

Felizmente, Dynas e sua atmosfera terrível não encorajaram o homem a insistir em sua pergunta, e os respingos que se afastavam indicavam que ele havia desistido de qualquer perseguição.

Rovo encontrou a pequena loja exatamente onde o homem havia dito que estaria, e ao contrário de alguns dos planetas mais metropolitanos, ou, de fato, dos próprios fornecedores da *Nautilus*, esta loja se anunciava sob a realidade sombria de que seus clientes simplesmente não tinham outra escolha.

Letras brancas em negrito, desgastadas sobre fundo preto, declaravam a loja como *O Tear*, embora tudo dentro parecesse, para o olho inexperiente de Rovo, ser sintético. Plásticos abundavam, feitos para afastar a água sempre presente, e embora a seção infantil não fosse grande — Rovo estremeceu ao pensar em quem via Dynas como o lugar ideal para criar uma família — havia alguns trajes estilo roupa de mergulho que caberiam em Kaia.

Agora, como pagar por eles?

O Tear não estava lotado, mas as poucas pessoas circulando pelos cabides tornavam um roubo bem-sucedido arriscado. Rovo poderia pegar o traje e correr, ver se alguém se importava o suficiente para persegui-lo. Ou pedir generosidade? Ele pegou uma roupa de mergulho vermelha infantil do cabide, virou-se em direção ao caixa e sentiu a ponta de uma pistola pressionada em suas costas.

— Não pensei que mercenários estariam comprando roupas — uma voz quente sussurrou atrás dele. — Mas pensando bem, acho que aquela menina precisa mesmo de algo para vestir.

DEZESSEIS

SEVER E A CIENTISTA

Essa era a prisão mais estranha que Aurora já tinha visto. Não apenas as paredes e corredores eram de uma combinação de azul e preto mais brilhante e limpa do que os corredores imundos e cheios de lodo que ela havia presenciado em outros mundos melhores, como também não parecia haver muitos prisioneiros aqui. Aurora passou por uma cela vazia após a outra, todo aquele vidro bonito mostrando catres amarrotados e espaço vazio.

Pelo menos até chegar à quinta cela, ao longo da parede direita de um nível que Aurora havia entendido formar um grande quadrado. As celas ficavam do lado de dentro e de fora, e não diretamente uma em frente à outra. Isso, pelo menos, fazia algum sentido: impedir que os cativos se comunicassem, formando qualquer tipo de plano. Fugas eram mais difíceis quando se está sozinho.

Por outro lado, olhando para este, este coitado preso na quinta cela, Aurora não conseguia imaginar que a fuga estivesse em sua mente. O homem estava apoiado de quatro, joelhos no chão com as mãos plantadas, vomitando em uma grade no centro da cela. A doença desempenhava um papel óbvio, óbvio porque Aurora podia ver as manchas descoloridas na pele do homem. Ele não estava vestindo nada além de roupas íntimas básicas, seu cabelo na altura dos ombros colado aos ombros suados, contraindo-se a cada respiração ofegante.

Depois de ver Felix, depois de testemunhar as mutações já causadas em seu povo por quem quer que dirigisse este maldito planeta, uma pessoa "normalmente" doente, por mais grave que fosse, deixava Aurora se sentindo vazia. Não assustada, não enojada, apenas... distante. Talvez fosse isso que viesse com uma vida assim; a exposição a tanta coisa horrível removia a empatia.

Isso, e o fato de que a cela de vidro selada significava que Aurora provavelmente não pegaria o que quer que afligisse o homem. Felix havia indicado que seu vírus requeria uma espécie de transfusão de sangue, uma injeção para se espalhar, e não era preciso muito para perceber que o que havia afligido Felix vinha daqui mesmo.

Aurora emendou a missão em sua mente, adicionando um objetivo opcional: se ela pudesse destruir este lugar na saída, ou pelo menos danificá-lo, ela o faria.

— Quem é você? — a pergunta veio do fim do corredor, feita por uma mulher usando um jaleco de laboratório desarrumado e manchado e carregando uma grande maleta prateada, uma que se parecia muito com a de Kashmal, debaixo do braço.

— Pergunta melhor — disse Aurora, encarando a mulher no centro do corredor, embora vários metros os separassem. — Quem é você e o que está fazendo aqui?

A mulher franziu o rosto, como se não compreendesse bem um interrogatório no que era obviamente seu próprio palácio. Ela parecia tão à vontade com a prisão, com o que estava acontecendo ao redor delas, que Aurora não precisava de uma resposta para saber que esta mulher conduzia, ou pelo menos ajudava, o sofrimento desses prisioneiros.

— Eu não respondo a intrusos — respondeu a mulher. — Se você puder gentilmente se colocar dentro? — ela bateu em uma cela à sua direita, uma vazia, embora os lençóis espalhados e o chão manchado dentro sugerissem que só recentemente. Algum crachá na manga da mulher fez com que a porta da cela se abrisse. — Eu poderei te ajudar em breve.

— Acho que não — respondeu Aurora. — Mas, pensando bem, talvez você possa me ajudar.

Aurora deu um pequeno passo em direção à mulher, que respondeu com um recuo igual ao seu.

— Eu tenho dois amigos que vieram aqui, para esta torre, ontem — disse Aurora, injetando aquela ameaça de aço que qualquer capitã competente aprendia a empregar. — Não ouvi falar deles, e estou me perguntando se você pode saber o que aconteceu?

— Pessoas vêm para esta torre o tempo todo — respondeu a mulher, mantendo o foco em Aurora, segurando firmemente aquela maleta. — Eu não conheço todas elas. E, infelizmente, algumas desaparecem.

— Desaparecem? — disse Aurora, continuando a avançar enquanto a mulher continuava a recuar. — Para dentro dessas celas, talvez?

Agora a mulher sorriu. — Oh, não. Eu estou ajudando estes. Eu sempre sei onde eles estão. — Seu sorriso desapareceu tão rapidamente quanto veio. — Embora às vezes eles não apreciem meu trabalho.

— Surpreendente.

Com a diplomacia parecendo fora de questão e a paciência de Aurora se esgotando, ela começou outro passo lento, então disparou em uma corrida. Sem armadura,

Aurora se movia mais rápido do que esperava - quão libertador era lutar sem quilos e quilos pesando sobre você - e seu alvo parecia tão surpreso, virando-se para correr e tropeçando em suas próprias botas para cair de peito no chão, a maleta escorregando e deslizando no piso liso.

Aurora tinha sua própria bota nas costas da mulher antes que outro fôlego passasse, e sua mão no pescoço da mulher um segundo depois, torcendo a boca da mulher para que ela pudesse falar, respirar.

Por enquanto.

— Me diga de novo — disse Aurora. — Eu tinha dois amigos. Eles vieram para esta torre. Você sabe onde eles estão?

A mulher tossiu. Tentou dizer algo, então tossiu novamente. Aurora afrouxou um pouco, tirou a mão do pescoço da mulher. Nem todos respondiam bem a interrogatórios agressivos, e Aurora podia ser paciente; a mulher não era muito lutadora.

— Você é uma deles, não é? — disse a mulher entre outras tosses. — Aqueles soldados que vieram para Dynas?

— Sim, um desses — disse Aurora. — Agora responda à pergunta, ou começo a quebrar coisas.

— Então sim, eu sei para onde um dos seus amigos foi — disse a mulher, esperta o suficiente para não se contorcer sob o pé de Aurora. — Ele está lá embaixo com os outros, tentando sobreviver ao presente que dei a ele.

Ah, droga. Sai não tinha visto Felix de volta ao posto avançado, ele poderia não saber o que aconteceria com esse vírus, supondo que a mulher ainda estivesse injetando a mesma coisa em seus prisioneiros. O que significava que Aurora tinha que encontrar uma cura para seu amigo.

As luvas de pelica estavam sendo tiradas.

Aurora saiu de cima da mulher, agarrou sua gola e a

puxou para ficarem de pé. Apontou para a maleta, — Me diga que há uma cura para o que quer que você esteja fazendo aí dentro?

— Cura? — disse a mulher, então balançou a cabeça. — Não há cura, porque isso não é uma doença. Estou tornando-os humanos melhores, mais completos.

A mulher não parecia mais assustada, e isso assustou Aurora. Ela já havia conhecido cientistas arrogantes antes, pessoas tão cheias de seu próprio trabalho que negligenciavam perceber as ameaças ao seu redor. Isso tornava seu trabalho perigoso, mas dava a Aurora uma chance: egoístas gostavam de falar sobre seus projetos, e a cientista poderia revelar uma opção se Aurora a mantivesse falando.

Essa esperança morreu quando gritos vieram de trás, de volta para os elevadores. Aurora girou, mantendo a mulher entre ela e a meia dúzia de soldados da Helix, usando aquela armadura corporal que cobria tudo que ela vira no posto avançado, marchando rapidamente em direção a elas com armas levantadas.

— Solte-a e não atiraremos! — disse o soldado líder, identificado como tal, Aurora presumiu, pela linha dourada ao redor de seu emblema de dupla hélice. — Vocês estão em desvantagem numérica!

— Posso ver isso — disse Aurora, então sussurrou para a mulher, — Diga a eles para ficarem para trás ou eu quebro seu pescoço antes que eles possam dar um tiro.

— Quebrar meu pescoço não salvará seu amigo — respondeu a mulher. — Seja qual for seu motivo para estar aqui, duvido que fosse me matar e depois morrer neste corredor.

Não estava errada. A mulher tinha um bom argumento. Aurora recuou, puxando a cientista junto com ela. Os soldados avançaram, mantendo a mesma distância, repetindo suas exigências sem disparar um tiro.

— Pegue sua maleta — disse Aurora quando o par passou pelo objeto. A mulher obedeceu, agachando-se com Aurora para pegar o recipiente prateado do chão. — E continue andando.

Depois que a cientista pegou a maleta, o soldado líder aparentemente decidiu que essa negociação ambulante não estava indo a lugar nenhum. Ele levantou uma mão, e os três soldados de trás se viraram e começaram a correr na direção oposta.

— Este andar é um quadrado, não é? — disse Aurora, mantendo sua retirada.

— Você é tão esperta. Tem certeza de que não quer uma injeção própria? — respondeu a mulher. — Isso te ajudaria, tenho certeza.

— Guarde suas agulhas para você mesma.

Aurora estimou um minuto, talvez dois para que os soldados em corrida chegassem atrás dela. Sua refém não poderia cobrir os dois lados ao mesmo tempo, o que tornava um tiro nas costas o resultado mais provável vindo em sua direção.

Nada bom.

Na esquina do corredor, Aurora usou a curva para recuar mais rápido. Outro elevador não estava longe deste lado, oposto ao banco maior onde Aurora havia chegado. Este, ao contrário do design corporativo padrão dos outros, tinha adesivos de advertência e luzes vermelhas ao seu redor. Um importante, um perigoso, e possivelmente uma fuga.

— Destrave o elevador — Aurora disse à mulher, puxando-a para a porta.

— Claro — respondeu a mulher. — Embora você possa não gostar do que encontrará lá embaixo.

A mulher obedeceu à ordem de Aurora, batendo seu pulso contra a porta do elevador e mudando as luzes vermelhas para verde. Aurora bateu no botão de chamada enquanto os soldados dobravam as esquinas de ambos os lados, gritando para que ela se rendesse.

As portas não se abriram. O elevador não estava pronto.

Aurora estava sem tempo.

Aurora empurrou a mulher para longe, levantou as mãos. O soldado líder agarrou a refém de Aurora enquanto os outros dois foram para a própria Aurora, pegando suas mãos e as amarrando com algemas de choque metálicas, prontas para adormecer os nervos de Aurora se ela fizesse qualquer movimento agressivo.

— Fique quieta e calada — disse um dos soldados para ela. — E talvez não te matemos.

A mulher se livrou da ajuda do soldado líder, voltou-se para Aurora com aquele sorriso malicioso que ela vestia tão bem, — Sinto muito que seu plano não tenha funcionado muito bem, mas não se preocupe. Sempre temos espaço para mais sujeitos como você. Estes belos cavalheiros te levarão para uma cela, e eu te verei em algumas horas.

— Mal posso esperar — disse Aurora enquanto os guardas que a algemavam a levantavam e a pressionavam contra a parede do corredor.

No geral, Aurora nunca havia sido presa antes. Isso, apesar de todas as invasões hostis que ela havia realizado, missões que quebravam leis locais com abandono selvagem. Geralmente, seus inimigos simplesmente iam para o tiro fatal. Menos perigoso dessa forma. Um soldado da Defense-Corp morto não voltaria para assombrá-lo.

E quando o elevador que Aurora havia chamado abriu suas portas, Aurora viu sua chance de fazer exatamente isso.

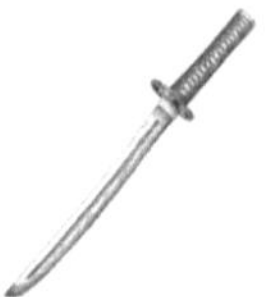

DEZESSETE

TUMULTO DA REALIDADE

Sai nunca tinha sido um líder, um diretor, um gerente de homens. Ele preferia seus explosivos, sua espada e o trabalho prático que os acompanhava. No entanto, febril e furioso, em uma grande sala cheia de cobaias sentindo o mesmo, alguém precisava tomar a frente. Alguém precisava direcionar a praga para o caminho certo.

Anaskya tinha ido para o elevador. Desapareceu enquanto seu grande companheiro encontrava seu fim horrível nas unhas afiadas, dentes mordedores e mandíbulas babantes de humanos quase inexistentes.

De pé ao lado da porta do elevador, oscilando em sua visão nebulosa, estavam o filho e a filha de Sai. Sorrisos em seus rostos, pulando e apontando para a porta. Não era real, não podia ser real, mas caramba, parecia muito. Com a mesma idade de quando Sai os viu pela última vez, anos e anos atrás. Fitas de hortelã-pimenta no cabelo de sua filha, do jeito que ele fazia nos feriados.

Se seus filhos queriam que ele entrasse no elevador, se sua mente febril e infectada via isso como o caminho, então Sai o seguiria.

Enquanto os últimos pedaços do Capitão Feliz eram arrancados, o soldado Sever cambaleou em direção ao elevador e bateu no botão de chamada. Encostou o crachá do homem, arrancado da camisa arruinada da vítima, no scanner do elevador e viu a aceitação verde, a prioridade de sobreposição vencendo qualquer outro chamado.

— Por aqui — Sai gritou de volta para o grupo, um chamado úmido e tossido que combinava bem com como Sai se sentia. — Se vocês querem uma chance de cura, temos que pegá-la.

Sai não sabia o quanto as outras doze ou mais vítimas entenderam, mas a maioria seguiu o chamado. Largaram suas mordidas carnudas e vaguearam na direção de Sai.

O homem que começou tudo, cujo vírus parecia mais avançado que o de qualquer outro, liderou o grupo cambaleante em uma corrida serpenteante, como se fluido preenchesse seu corpo e deslizasse de um lado para o outro a cada passo. Os olhos vermelhos do homem lacrimejavam um pus amarelado, enquanto sua pele continuava uma rápida mudança para um azul mais escuro, como um hematoma gigante se espalhando. Quando ele se aproximou, enquanto as portas do elevador se abriam, ele reconheceu Sai com a boca aberta e um grunhido rouco.

— Juntos — Sai respondeu, não sabendo o que mais dizer.

O soldado da DefenseCorp estendeu a mão antes que pudesse se conter e colocou-a no ombro do outro homem doente. Apertou o aperto por um segundo, como teria feito com Gregor ou Eponi. Ele conhecia esse destroço humano há menos de alguns minutos, mas propósito comum forjava laços comuns.

Eles entraram no elevador e os outros se amontoaram atrás deles. Sai não sabia ao certo se excediam um limite de peso, se colocar tantos infectados em proximidade os preju- dicaria ou ajudaria. Ele sabia que sua visão oscilante, uma queimação constante por todos os braços e pernas, e uma alucinação ocasional de segundos trazendo-o de volta para casa com sua família significava que Sai estava em uma viagem desesperada para lugar nenhum bom.

O elevador tinha apenas um outro botão. Por isso, pelo menos, Sai podia agradecer a Anaskya. Seu desejo de efici- ência direta deu a Sai uma escolha a menos para fazer, uma decisão a menos para ponderar. Ele bateu no botão, observou as portas se fecharem e ouviu a respiração pesada e encharcada ao seu redor.

Pela aparência, a mistura heterogênea de infectados de Sai vinha de todos os lugares da escada social de Dynas. Alguns usavam roupas de mergulho, rasgadas e manchadas, sugerindo uma vida nas ruas da cidade. Vítimas mais fáceis, talvez, de se pegar. Outros, como o homem condenado ao lado de Sai, tinham roupas com o logotipo da dupla hélice. Funcionários sacrificados no altar da corporação.

Por escolha ou por força?

Sai supôs que fosse o primeiro, por cortesia do segundo. Um bônus oferecido ou uma viagem para fora deste mundo, e quando a realidade dessa escolha se tornou aparente, uma arma empurrada contra as costas para impedir que as pessoas se voltassem contra suas ideias iniciais.

A curta viagem de elevador e a disposição decadente do homem não deixaram tempo para confirmar a ideia de Sai.

Quando as portas do elevador se abriram, Sai tentou entender o que via. Imediatamente à sua frente, com o rosto pressionado contra a parede e usando uma daquelas roupas de mergulho baratas, estava sua capitã. Dois soldados traba- lhavam nela, enquanto outra meia dúzia vagueava por perto, todos olhando de volta para o elevador, seus rostos mascarados sem dúvida confusos com a massa doente saindo em sua direção.

Sai não deu nenhuma ordem, não saiu primeiro e exigiu que cada guarda fosse transformado em forragem para os apetites assassinos de seus monstros. Os monstros fizeram isso por conta própria.

O homem arruinado liderou o ataque, captando aqueles uniformes pretos de dupla hélice em seus olhos e correndo para fora do elevador com um rugido louco e tossido. Sai se pressionou de volta no elevador enquanto os outros seguiam, saindo para o corredor e mergulhando em direção às suas vítimas escolhidas com abandono de olhos lacrimejantes.

— Sai! — Aurora gritou acima dos gritos, e Sai finalmente deixou o elevador para encontrar sua comandante no chão, chutando para longe uma mulher doente que tentava sem muita convicção alcançar o tornozelo de Aurora.

— Deixe-a em paz — disse Sai, alcançando através da névoa para afastar tanto o chute de Aurora quanto o agarrão da mulher infectada. — Os de uniforme, eles são o inimigo. Eles fizeram isso com você.

A mulher olhou para Sai, um rosto desgastado começando a mostrar as mesmas manchas azul-escuras que o homem guerreiro, e ela começou a dizer algo, quando sua cabeça simplesmente explodiu, irrompeu em chamas e derreteu enquanto um dos guardas descarregava sua arma nela. Ele mirou em Sai em seguida, quando Sai sentiu uma súbita pressão em seu tornozelo esquerdo.

Sai caiu no chão quando o tiro do guarda passou pelo espaço onde ele estivera um segundo antes. Aurora, à sua esquerda, puxou a perna de volta depois de derrubar Sai com um chute, se encolheu e mergulhou de cabeça contra o guarda, seu cabelo emaranhado e suado liderando uma

carga de quebrar o estômago contra o homem e derrubando-
o.

O teto do corredor da prisão pairava acima dele enquanto Sai estava deitado de costas, a queda atingindo seu peito com força e expulsando o ar de seus pulmões enfraquecidos. Ele viu Aurora fazer sua investida desabalada, mãos algemadas atrás das costas, e soube que precisava se levantar, precisava fazer algo.

Entre um piscar de olhos e outro, sua mãe estava lá, sorrindo para ele, exatamente como no terraço da torre naquele dia terrível. Ela se inclinou, estendendo ambas as mãos para as de Sai, e ele as segurou, sentiu sua mãe puxá-lo para cima, e—

— Sai! Preciso de ajuda aqui! — gritou Aurora, e sua mãe desapareceu, substituída a um metro de distância pela forma lutadora de sua capitã, que tentava manter a mão armada do guarda presa ao chão.

Certo. Era isso que ele estava fazendo. Lutando.

Sai avançou cambaleante e caiu sobre o guarda, errando Aurora e enterrando o cotovelo no rosto do homem com força suficiente para deixá-lo inconsciente.

As vítimas da doença estavam se defendendo pelo corredor, atacando, mordendo e rasgando os guardas armados. Vários dos companheiros improvisados de Sai haviam sido obliterados pelo fogo laser, mas a surpresa e a selvageria haviam derrubado todos, exceto dois dos guardas, que foram atacados em grupo momentos depois pela horda restante.

— Sai, quer me tirar dessas algemas e depois me dizer que diabos está acontecendo? — disse Aurora, cortando os gritos de pânico da refeição dos infectados.

Abrir as algemas significava pegar um crachá do guarda caído, algo que não deveria ter sido tão difícil, exceto que os dedos de Sai começaram a parecer tão grandes quanto salsichas, e seus filhos continuavam aparecendo nas franjas, tornando difícil se concentrar.

— Sai, foque — disse Aurora depois que ele fez uma tentativa desajeitada de abrir o bolso do crachá no peito do guarda. — O que há de errado com você? Com eles?

— Eu — Sai fechou os olhos. Tentou afastar tudo por apenas um segundo. Recomeçar. — Eles nos injetaram algo. É o que estão fazendo aqui, na torre, eu acho. O propósito deste lugar todo.

Sai tinha que continuar falando, tinha que continuar despejando as palavras porque se parasse, se sua boca se fechasse, Sai teve a repentina sensação de que talvez não fosse capaz de abri-la novamente. Sua febre devia estar disparando, aquele vírus enviando seu calor subindo e descendo e por todo o seu corpo.

— Eles vão nos transformar em outra coisa — Sai continuou, sugando o ar como podia, e conseguindo tirar o crachá de identificação do guarda. Aurora virou as costas para ele, apresentou as algemas, e um toque suado destravou as restrições de metal azul. — Anaskya ficava dizendo que isso nos ajudaria a nos tornarmos melhores, mas não acho que ela saiba o que está fazendo.

Aurora se virou, ajudou Sai a ficar de pé, manteve as mãos em seus ombros. Seu rosto parecia claro, sólido, real. Mas então, claro que era. Aurora não era como os filhos de Sai, sua mãe. Não uma alucinação.

— Real? — disse Sai depois que Aurora fez uma pergunta que ele não captou. — Você é real, não é?

— Prestes a ser muito menos se você não mantiver seus amigos longe — Aurora respondeu, girando Sai para encarar os sobreviventes, que haviam se reunido em torno deles, parecendo tão perturbados, tão arruinados quanto Sai se sentia.

— Eles não são — Sai olhou ao redor, os rostos que o encaravam iam desde mal coerentes até raiva borbulhante, mas todos compartilhavam uma característica singular que Sai já havia visto antes. — Eles não são meus amigos.

— Talvez queira repensar isso antes que eles nos comam.

— Estamos infectados — disse um dos outros, uma mulher forte vestindo os restos ensanguentados de um uniforme da hélice dupla. — É só isso. É tudo. Mas não estamos loucos, apenas, apenas com raiva. E doentes.

Uma doença em desesperada necessidade de cura. Uma que, Sai suspeitava, Anaskya teria. Se é que existia.

— Temos que ir atrás dela — disse Sai. — Anaskya. Ela é a única opção.

— Você está falando de uma cientista? Líder desse grupo? — disse Aurora. — Porque ela estava aqui há um minuto.

Assim que Aurora terminou as palavras, o grupo de infectados se dispersou e começou a percorrer os corredores, chamando pelo nome de Anaskya e recebendo respostas dos prisioneiros ainda presos em suas celas. Aurora e Sai os observaram se mover, e Sai teria ido atrás deles se não fosse por Aurora segurando-o firme.

— Sai, preciso saber. O que está acontecendo com você? Você está comprometido?

Sai relatou os sintomas. Disse que sentia que podia aguentar ficar de pé, se mover. Que qualquer ação prolongada seria desastrosa.

— E Eponi? — Aurora perguntou. — Você sabe onde ela está?

— Ela me entregou. Salvou minha vida e me matou ao mesmo tempo.

— Ela está aqui então, na torre?

— Talvez? — Sai tentou balançar a cabeça, mas Aurora seguiu adiante, ignorando seu comentário.

Ela explicou, no estilo de briefing de missão cortante de Aurora, sobre Kashmal e a maleta, o objetivo e o plano para garantir uma viagem de saída de transporte uma vez que o Esquadrão Sever estivesse reunido. Sai captou cada quinta palavra, e mesmo essas ele deixou escapar.

Porque, a verdade era, ele estaria morto em breve, ou algo tão diferente que o Sai que havia viajado todo esse caminho poderia muito bem ter desaparecido.

DEZOITO

O FIM DO INFECTADO

Estar em Sever significava que as ameaças tinham o costume de te encontrar, fosse diretamente, como a arma de Lani apontada para seu rosto, ou indiretamente, como quando Wicks tentou quebrar o código da armadura de Rovo e quase ativou seu recurso autodestrutivo anti-adulteração. A armadura iniciou uma contagem regressiva rápida, e Lani, sabiamente, deixou Gregor passar por ela para digitar uma sequência de doze dígitos no teclado da armadura, logo ao lado da costura ao longo do lado esquerdo.

Morrer quando a armadura potente de sua própria equipe explodisse não seria a morte mais estúpida que Gregor já vira em seu tempo na DefenseCorp, mas chegaria perto. Nada, porém, superaria a vez em que ele testemunhou um prisioneiro em fuga se ejetar acidentalmente no vácuo frio do espaço segundos antes de atingir a atmosfera. O paraquedas não fez bem algum ao pobre homem.

— Obrigado — ofereceu Wicks, mantendo-se bem distante de Gregor. — Esqueci que elas faziam isso.

Agentes. Gregor ficara empolgado em ver Lani no início, achando que talvez ela o ajudasse a encontrar o resto de Sever, talvez auxiliasse na obtenção de uma nave para sair do planeta. Em vez disso, Lani lembrou Gregor por que ele gostava de evitar os membros do serviço clandestino da DefenseCorp.

Para começar, eles guardavam segredos demais. Lani podia dizer o que quisesse sobre destruir Felix e manter a Helix sob controle, mas a DefenseCorp poderia ter feito o mesmo com inspeções periódicas, uma fragata esperando no espaço pronta para derreter qualquer material questionável. Incorporar agentes na cidade significava que a Defense-Corp tinha outras ideias, ou queria garantir algum investimento de todo esse empreendimento.

Mas, Gregor se importava?

Você pega um minerador de cometas sem nada em seu nome, dá a ele uma chance como um executor musculoso que se transforma em uma forma de luta de elite, você vai conseguir alguma lealdade. Aurora poderia pressionar esses agentes. Sai poderia questionar seus verdadeiros motivos.

Gregor tinha seu martelo de volta, e eles o estavam levando a um lugar onde ele poderia usá-lo. Por enquanto, isso era suficiente.

— Eu dou a vocês os códigos — disse Gregor. — Vocês devolvem a armadura quando nos reunirmos com meu esquadrão.

— Claro — respondeu Lani. — Não vamos conseguir fazer muita coisa se estivermos andando por aí nessa cidade com isso.

— Se vocês tentarem ficar com ela, eu vou matar vocês. DefenseCorp ou não.

Lani riu. — Claro. O que você disser.

Com as apostas esclarecidas, Gregor forneceu os códigos e, com Lani e Wicks vestindo as armaduras de

Aurora e Rovo, o quarteto voltou para o telhado da estação, pulou em seu esquife e disparou para longe da cidade.

A névoa amarela, espessa e úmida envolveu o esquife assim que deixou a rede nano, entupindo as ventilações de Gregor e forçando uma limpeza manual. Ele mostrou a Lani e Wicks como fazê-lo, ciclando a entrada de ar da armadura enquanto prendiam a respiração para empurrar esse ar, e a poeira amarela, para fora das ventilações. Um verdadeiro prazer, mas, no processo, Gregor percebeu o quão pouco esses agentes sabiam sobre combate real.

— Não, nunca lidei com uma armadura como essa — disse Wicks depois que Gregor o guiou pela limpeza das ventilações. — Prefiro os métodos sutis, eu mesmo. Mas se vamos enfrentar algo ruim, não podemos ser descuidados demais.

— Então, se você quer viver, deixe-me ensinar algumas coisas — respondeu Gregor.

— E eu aqui pensando que você não se importava conosco — disse Lani, sem dúvida sorrindo por trás do visor.

— Meus amigos vão querer suas armaduras de volta — disse Gregor. — Eu não quero carregá-las para casa.

Explorar as várias funções da armadura da Defense-Corp consumiu o resto da viagem de esquife, até que o posto avançado conquistado de Felix surgiu da penumbra ocre como uma alucinação opaca. No dia desde que Gregor estivera lá pela última vez, não muito havia mudado no posto avançado.

Na verdade, nada havia mudado.

— Como é que este lugar não está repleto de soldados? — Gregor perguntou ao ar. Ele estava esperando que esta expedição terminasse antes mesmo de tocarem o chão, já que qualquer força que se preze deveria ter enviado reforços, ou até mesmo reforços esmagadores. — Você não deixa inimigos vencerem em seu próprio território.

— Você deixa se o preço da vitória for alto demais — disse Lani. — Quem sabe quantos durões que eles empregam realmente sabem o que estão protegendo?

Gregor supôs que ele também poderia se revoltar se descobrisse que seus amigos estavam sendo experimentados, transformados em monstros ambulantes.

Sayers guiou o esquife para o telhado, se oferecendo para vigiá-lo enquanto os outros três saltavam e desciam por um elevador no exterior do posto avançado. Gregor percebeu que deve ter sido assim que Sai e Eponi escaparam.

Como estariam aqueles dois? E Aurora e Rovo? Gregor se sentia bastante seguro com este grupo, mas será que o resto de seu esquadrão ainda estava vivo?

Ele apertou seu martelo com mais força, mantendo-o pronto enquanto se aproximavam de uma entrada lateral, uma que foi forçada para abrir. A grande arma, pronta para transmutar força cinética em seus golpes, fez Gregor se sentir mais seguro. Como em casa, mas destrutivo.

— Antes de entrarmos — disse Lani enquanto se formavam perto da porta, com Gregor pronto para liderar. — Mais alguma coisa que devemos saber sobre Felix? Com o que ele está lutando?

— Não cheguem perto — disse Gregor. — Usem fogo. E não escutem o que ele diz.

Wicks e Lani pareceram assentir, então Gregor retornou ao pesadelo bizarro que preferia esquecer, arrombando a porta fina com seu martelo e entrando.

Este corredor, no entanto, era novo. Marcas de laser riscavam as paredes, junto com ocasionais linhas prateadas de uma espada — sem dúvida, a katana de Sai. Gregor viu tudo isso através da luz de seu capacete, já que a energia da base aparentemente havia falhado. Nada muito surpreendente, dado o conflito que ocorreu ali.

— Foi uma grande luta — disse Lani. — Quantos de vocês vieram? Um exército?

— Cinco — respondeu Gregor.

À esquerda, passaram pelo alojamento, com beliches ainda com lençóis e pertences pessoais de alguns soldados. Aqueles que estavam mortos ou, a esta altura, em situação pior.

Gregor não tinha o mapa da base, então seguiu os cortes da katana e os disparos de laser. Isso os levaria, teoricamente, de volta ao centro do conflito, onde encontrariam Felix. Ou ele os encontraria.

— Não trouxeram nenhuma pá, trouxeram? — disse Wicks quando dobraram uma esquina e se depararam com uma parede de escombros onde o corredor aparentemente havia desabado. — Eu não cavo com as mãos.

— Vamos contornar. — Gregor os guiou para uma sala à esquerda — um escritório? Suprimentos? — e então preparou seu martelo. — Afastem-se.

Foram necessários três golpes estrondosos para abrir um buraco nas paredes até a próxima sala, um espaço maior, parecido com um centro de comando. Monitores mortos cobriam as paredes e as mesas. Mais importante, uma porta no extremo oposto levava a outro corredor que...

— Eu odiava este elevador — disse Gregor.

— Está tão encharcado de sangue quanto este lugar? — perguntou Lani, olhando ao redor do centro da base, onde os restos semifluidos e ainda pegajosos da incursão inicial do Esquadrão Sever por estes corredores permaneciam.

— Felix nos esperou lá embaixo — disse Gregor. — Aqui

em cima, guardas tentaram nos emboscar. Nenhum teve sucesso. Foi irritante.

Dê-lhe uma luta direta qualquer dia. Não este trabalho furtivo em espaços apertados. Nem mutantes genéticos.

— Por falar nisso — disse Lani — você disse que Felix tendia a saber o que acontecia por aqui. Onde está nosso amigo?

— Eu não vi nada incomum — acrescentou Wicks. — Por mais divertida que esta armadura seja, vou ficar irritado se você nos arrastou até aqui por nada.

Nada, entretanto, parecia ser a tendência. A base estava quieta, vazia e sem som. Nem mesmo ratos ou outros animais nocivos se faziam presentes. Como se, após a luta de Sever, toda a base tivesse decidido ficar em silêncio.

O vazio deveria ter sido sinistro, mas dado o que havia acontecido aqui não muito tempo atrás, Gregor o achou pacífico. Como visitar um túmulo.

Gregor levou Lani e Wicks de volta em direção à usina de energia, depois à esquerda e através de mais escritórios, até onde haviam resgatado Rovo. Até onde, da última vez que Gregor vira, as mutações coletivas de Felix se contorciam em uma enorme massa biológica, esperando por novo sangue para adicionar.

Exceto que aqui, no poço vazio do elevador que servira como tanque celular de Felix, Gregor não viu nada. Apenas, no fundo, um resquício de lodo negro.

— Você vai descer lá? — perguntou Wicks quando Gregor foi em direção à única escada do poço. — Por quê?

— Porque se Felix se foi, eu quero saber.

Gregor desceu rápido, com o martelo pendurado nas costas e as mãos nos trilhos externos da escada, permitindo que ele deslizasse pelos vários andares até o piso inferior.

Suas botas blindadas pousaram com um splash nojento,

espalhando matéria biológica ao redor. Gregor se ajoelhou, tocou a substância cinza-escura com a mão. A massa estremeceu quando seus dedos blindados a tocaram. Ainda viva, então, embora não parecesse sugar como havia feito com Rovo no dia anterior.

— E então? — Lani gritou lá de cima. — Encontrou alguma coisa?

— Ainda não — respondeu Gregor, levantando-se.

Aurora havia dito que mataria Felix ela mesma ou faria com que a DefenseCorp queimasse a criatura da órbita. Agora, parecia que ela não precisaria fazer nenhuma das duas coisas.

Atrás dele, Gregor ouviu o som lento e rangente da anulação manual de uma porta elétrica sendo aberta. O Sever virou-se lentamente, erguendo o martelo sobre a cabeça no mesmo movimento.

Ali, uma massa curvada, muito mais cinzenta e frágil do que Gregor se lembrava, estava o motivo pelo qual Lani o havia arrastado de volta para cá.

— Olá, Felix — disse Gregor.

— Você veio fazer companhia a um homem moribundo? — respondeu Felix. — Que gentil da sua parte.

DEZENOVE

QUASE LIVRE

Atingir a ausência de peso foi um momento elástico. A gravidade de Dynas desapareceu em um instante, mas o corpo de Eponi reagiu com sensações oscilantes enquanto cada órgão, vaso sanguíneo e nervo se adaptava à sua súbita libertação. Na primeira vez que Eponi sentiu essa sensação, ela vomitou por toda parte.

Em todas as outras vezes, ela sucumbiu ao sorriso maníaco que definia pilotar no espaço. Maravilha após maravilha após maravilha.

— Eu odeio isso — disse Ben ao lado dela, abraçando sua arma e parecendo mais verde do que o normal.

Algumas pessoas nunca entenderiam, nunca poderiam entender o que significava deixar para trás as amarras de um planeta. Outras como ela? Eponi não se iludia com a ideia de que crescer cativa de empregos medíocres e presa em um mundo atrasado a tornava sensível à liberdade, por mais imaginária que essa liberdade realmente fosse.

Ela havia deixado Dynas, sim, mas Ben ainda a mantinha refém. Embora agora, no espaço sem outro piloto, ela também o tinha como refém.

— Ou você se acostuma ou não — disse Eponi.

— Eu não pertenço ao espaço — Ben balançou a cabeça. — É por isso que aceitei o trabalho na Helix em primeiro lugar. Se as coisas corressem bem, eu poderia ficar lá para sempre.

— Então você foi embora.

— Então eu fui embora — disse Ben. — Passe um dia em Dynas e já é tempo demais.

À frente, o espaço clareou enquanto estrelas e planetas aos bilhões surgiam no breu. A estrela natal de Dynas ficava atrás deles, sua luz fazendo pouco para ofuscar a distância enquanto Eponi inclinava a nave para colocar Dynas entre a estrela e a nave. Um pequeno eclipse artificial.

Inútil, a menos que você quisesse estabelecer um ponto de encontro relativo.

Enquanto subiam, Ben havia mencionado que não tinha coordenadas. Apenas um nome, uma data e uma promessa. Chegar à sombra de Dynas e esperar, e Ben encontraria seu comprador e sua fuga.

— Como você sequer fez contato com essas pessoas? — perguntou Eponi enquanto enviava a nave para coincidir com a órbita de Dynas, então a girou para manter a visão voltada para fora. Quanto menos ela visse daquele planeta úmido, melhor. — Alguns lasers apontados para o céu?

— Dynas não está desconectada da galáxia — disse Ben. — A Helix precisa de comida, compradores para seus produtos. É só muito controlado. Por acaso, eu sou uma das pessoas que faz o controle.

— E essas pessoas que vamos encontrar, elas vão nos levar e o que você tem lá atrás?

— Essa é a ideia.

— Por que eles simplesmente não atirariam em você e pegariam as coisas de graça?

Ben sorriu daquela maneira presunçosa que pessoas excessivamente confiantes têm, — As malas estão trancadas. Eu sou o único que sabe como abri-las.

Eponi riu. Sever encontrava inúmeras ameaças como essa. Babacas arrogantes alegando que não podiam ser mortos porque alguma arma, algum tesouro, algum código secreto dependia de suas vidas. Descobria-se que você podia abrir qualquer coisa com habilidade, paciência e, se necessário, explosivos suficientes.

— Você não está me levando a sério — disse Ben.

— Definitivamente não — respondeu Eponi. — Você vai acabar morto ou, bem, morto.

— Nem todo mundo na galáxia faz negócios de vida ou morte, sabia — replicou Ben. — Às vezes as pessoas ficam bem sem matar.

Eponi podia admitir que sua carreira havia distorcido sua perspectiva.

Sendo uma piloto de kart correndo pela franja da galáxia, Eponi havia sido exposta a muitos acordos e compromissos, o tipo de coisas que acontecem fora das luzes brilhantes, das multidões e câmeras que transformam as pessoas em estrelas. Ela ficava sentada enquanto gerentes, proprietários, equipes e agentes negociavam sua vida, seu tempo por lucros. E ela aceitava. Era assim que a galáxia funcionava, a indústria e a vida. Que Ben tivesse encontrado algo semelhante em Dynas vendendo células para uma corporação louca não a surpreendia.

O que surpreendia?

Que Ben não achasse que alguém se aproveitaria dele.

A nave piscou um aviso, uma pequena luz vermelha indicando que outra nave havia entrado no espaço relativamente próximo. Eponi havia virado a nave para fora, planejando pelo menos captar, com o radar frontal, qualquer coisa vindo de fora do sistema. Este contato, no entanto, veio de trás. A nave deve ter saltado ao redor de Dynas, circulando o planeta para se aproximar sem ser vista.

Estavam sendo paranóicos? Talvez. Estratégicos? Definitivamente.

— Parece que seus amigos chegaram — disse Eponi.

— Nossos amigos — respondeu Ben. — Não os irrite.

— O quê, você acha que eu poderia?

— Sim.

A nave que eles haviam roubado de Dynas não tinha o radar sofisticado ao qual Eponi estava acostumada. A DefenseCorp garantia que suas naves viessem prontas para escanear, ver e atacar qualquer ameaça potencial. Esta nave apenas indicava posição. Eponi não podia dizer se a nave que se aproximava era grande, pequena ou mortal. Não que eles tivessem armas para lutar. Em vez de tentar manobras evasivas, qualquer direção ou pilotagem, Eponi deixou a nave pairando e se recostou no assento. Esperando pelos captores.

— Eles estão me esperando? — disse Eponi. — Ou eu vou ser um inconveniente, um mais fácil de jogar no vácuo?

— Esses não são assassinos — disse Ben. — Eles são apenas uma empresa, igual à que você trabalha. Igual à que eu trabalhava. Tudo que eles querem é lucro e algo para vender.

— Você deveria realmente começar uma nova carreira como palestrante motivacional — respondeu Eponi. — Você está me fazendo sentir tão quentinha e aconchegada.

Antes que Ben pudesse responder com algo mais do que revirar os olhos, a nave estremeceu. A nave que se aproximava fez seu acoplamento inicial, prendendo-se à escotilha na lateral da nave deles. Outro bipe e uma luz piscante indicaram um compartimento de ar seguro, pronto para transferir o contrabando de Ben, e o próprio Ben.

Pessoalmente, Eponi odiava aquelas lentas caminhadas interestelares. Onde apenas uma membrana te separava de uma morte rápida. A galáxia estava repleta de histórias sobre transferências que deram errado: você tinha as coisas acidentais como uma trava equivocada, um sensor lendo uma conexão próxima quando na realidade uma fratura microscópica significava que todo o oxigênio era sugado para fora. Ou talvez tudo parecesse bem, a transferência estivesse indo bem, e alguém achasse que estava concluída. Apertasse um botão um minuto mais cedo e puf, toda uma tripulação desaparecida.

Melhor esperar pelo sinal de liberação, então Eponi aguardou enquanto Ben voltava para verificar. Ficou na cabine onde poderia, se necessário, fechar as portas e se selar naquele pequeno compartimento. Dar a si mesma apenas ar suficiente para voltar à atmosfera se algo desse catastroficamente errado. Se os compradores de Ben se mostrassem menos interessados em Ben e sua refém.

Confiança não era uma de suas características dominantes.

— Eponi, você pode me ouvir? — a voz de Ben veio através do alto-falante da cabine.

— Perfeitamente — Eponi respondeu. — Já encontrou seus amigos?

— Eles estabeleceram a conexão. Devo passar em um minuto. Vou conversar com eles e te informo o que vem a seguir.

O que deu a Eponi tempo de sobra para olhar fixamente para as estrelas, para contar suas respirações. Para verificar ao redor e ver se havia algo deixado na cabine que pudesse lhe dar alguma pista, talvez, sobre com quem estavam se encontrando. Que empresa. Não que ela não fosse descobrir eventualmente, mas qualquer fragmento de informação poderia ajudar.

Como dito, Eponi não confiava em ninguém que não conhecesse. Especialmente empresas.

A primeira vez que Eponi deixou sua casa em Seleno, a organização de corridas de kart forneceu a viagem. Eponi pensou que estava deixando para trás uma massa vermelha onde tantos sonhos morriam ou se extinguiam, graças a eles. Eponi assinou tudo o que lhe pediram. Ela concordou com suas exigências, correu cada corrida que pôde. E apenas, apenas quando ela conheceu os outros pilotos profissionais, aqueles que estavam nisso há anos e anos e anos, ela descobriu o quão mal ela tinha se colocado. Quão submissa ela estava às decisões arbitrárias tomadas por pessoas muito mais poderosas que ela.

Mesmo tendo todo o talento.

Esse talento levou Eponi a começar a fazer exigências, pedindo mais dinheiro, melhores recursos. O que funcionou bem enquanto ela estava vencendo, enquanto não havia alguém novo que pudesse conseguir o mesmo sem toda a dor de cabeça.

Ela bateu uma vez a mais. Como todos os pilotos de kart, mas, também, por causa de suas exigências, não. Eles decidiram que não valia a pena repará-la quando o próximo novato voaria sem reclamar. E quando você é expulsa da paixão da sua vida em uma idade tão jovem?

Você acaba pilotando missões de nave de desembarque para uma empresa perigosa, como parte de um esquadrão perigoso.

Por falar nisso, onde estavam eles? Lá embaixo naquela superfície. Ainda estariam vivos? Ficariam surpresos em saber que Eponi tinha feito a fuga, a uma comporta de ar de distância de um salto para outra vida?

Ela apoiou as mãos no painel de controle e se inclinou para frente, tentando encontrar alguma resposta lá fora. Se ela fosse para a outra nave, aceitasse aquela suposta oferta e partisse com Ben, ela estaria fora. Provavelmente rotulada como uma desertora da DefenseCorp, alvo de uma licença para capturar ou matar se alguém a encontrasse. Mas Eponi era peixe pequeno, caça miúda. A DefenseCorp não se importaria em tentar pegá-la e a deixaria desaparecer na escuridão como tantos outros fizeram.

Sem mais armas, sem mais missões, sem mais armaduras, sem mais planetas estranhos com pessoas ainda mais estranhas e vírus ainda mais estranhos.

Ela poderia transportar carga, enviar coisas de um lado para o outro até economizar o suficiente para ter seu próprio kart. Não seria uma vida ruim. Nem um pouco ruim.

— Eponi? — disse Ben, sua voz interrompendo. — Ainda está acordada?

— Estou aqui, onde você está?

— Na nave deles — Ben respondeu. — Eles estão aceitando o acordo. Estão levando o que trouxemos. E a mim.

Ben entregou o final com um peso pesado, uma finalidade. O tipo de tom usado ao terminar com alguém, ou uma ideia, ou sonho. Ou talvez apenas decepcionando um amigo.

— Você? — disse Eponi, deixando o gelo formado por suas palavras correr por suas veias, congelando qualquer choque. Sem confiança, lembra? — Isso significa o que eu acho que significa?

— Significa que você está livre — Ben respondeu. — Não é mais minha refém.

— Por que eles não estão me levando?

— Sem espaço — disse Ben. — Mas na verdade, assim

que eu disse a eles quem éramos, eles não quiseram fazer um inimigo do seu empregador. Acho que a DefenseCorp tem muita influência.

— Certo.

O que mais ela poderia dizer?

— Obrigado, Eponi — disse Ben. — Obrigado por me tirar de lá. E agora você tem sua nave. Pode voltar e buscar seus amigos.

Em uma nave que não podia deixar o sistema?

— Claro. Tenha uma boa vida, Ben.

Eponi cortou a comunicação. Um segundo depois, a nave estremeceu novamente quando a trava se soltou. Aquele selo do compartimento de ar caiu. Os sensores apitaram novamente, rastreando a outra nave enquanto ela decolava em direção à borda externa do sistema, onde aceleraria para próximo ou acima da velocidade da luz em seu caminho para algum outro mundo, alguma outra vida.

Sua nave não podia levá-la a lugar nenhum.

Não, isso não estava certo. A nave podia levá-la ao único lugar que ela precisava ir.

De volta àquele mundo miserável.

VINTE

CONFUSÃO NA ÁGUA

Havia apenas algumas reações que faziam sentido quando você tinha uma arma apontada para suas costas. A primeira era se render. Levantar as mãos e torcer para que a pessoa te assaltando quisesse algo de você, ou então você estaria morto.

Exceto que a DefenseCorp proibia esse movimento.

Por quê? Porque a DefenseCorp não pagaria nenhum resgate, e toda vez que o sequestrador descobria isso, bem, eles tendiam a levar seus reféns direto para o túmulo.

Opção dois: Tentar lutar, dar uma cotovelada ou jogar a cabeça para trás se o inimigo estivesse chegando muito perto e ver o que acontecia. Ver se você conseguia quebrar o nariz dele, fazê-lo derrubar a arma, talvez pegá-la e virá-la contra ele. De qualquer forma, dar tudo de si na confusão frenética e selvagem para ver quem conseguiria sair vivo numa briga primitiva.

Ou opção três: Conversar. Probabilidade de sucesso? Baixa. Mas, para Rovo, ex-oficial de comunicações da DefenseCorp e mestre em muitas línguas, talvez um pouco mais alta.

— Abaixe essa arma — disse Rovo, forçando uma calma de aço em cada palavra —, e então me deixe virar, conversar cara a cara para entender o que você está fazendo, e como posso te ajudar ou te matar.

— Não me parece um bom acordo — disse o cara com a arma. — Ajoelhe-se para eu colocar essas algemas em você.

— Tente de novo — replicou Rovo. Enquanto falava, seus olhos vasculhavam a loja, procurando por algo mais útil e próximo, algo que pudesse ajudá-lo a sair dessa vivo. Ele não viu nada, o que significava que Rovo teria que ser criativo. — Porque, adivinha só, eu não estou sozinho. Se você não guardar essa arma, um dos meus amigos vai abrir um buraco no seu crânio.

— Ah, é? — O cara respondeu, escondendo uma risada sob as palavras. — Acho que você está mentindo.

O homem mudou o tom, falou em algo perto do queixo, para alguém que não era Rovo. Uma pergunta transmitida para algum tipo de força de apoio esperando na rua. E naquele momento, Rovo teve a distração que precisava.

O segredo sobre a opção três? Se você fizer direito, ela te dá uma ótima opção dois.

Rovo agachou e virou, lançando seu braço esquerdo num soco na altura do estômago. Agachar-se removeu a arma do homem de sua mira letal, e também colocou Rovo atrás de um cabide à sua esquerda, as roupas penduradas bloqueando a visão da rua para qualquer um dos reforços do homem que pudesse estar se alinhando para um tiro.

O soco de Rovo atingiu um acolchoamento resistente, uma roupa de mergulho grossa, talvez de qualidade profissional. Músculo fino por baixo se moveu com o impacto. Quando virou a cabeça, Rovo percebeu que não estava olhando para um assassino experiente e durão, mas para um homem mais jovem, usando um respirador e segurando a arma como se não soubesse o que fazer com ela.

Será que a Helix estava com falta de pessoal de segurança? Será que Sever e Felix tinham eliminado tantos que eles estavam recrutando reservas de qualquer lugar?

De qualquer forma, o garoto não parecia saber o que fazer, então Rovo fez a escolha por ele. Ele simplesmente derrubou o bandido da Helix, jogando-o no chão. Com a mão esquerda, Rovo arrancou a arma e a jogou pelo chão.

— Fique no chão e mantenha sua vida — disse Rovo, aproximando seu rosto do seu quase captor. — Você está fora da sua liga, garoto.

— Eu não sou um garoto.

— Certo. Então fique no chão, cara.

O garoto não ficou, tentou lutar, então Rovo deu uma cotovelada na têmpora do garoto para nocauteá-lo. Outro olhar ao redor mostrou que qualquer reforço estava demorando para entrar, o que significava que Rovo não queria perder tempo saindo.

Rovo correu. Ele não chamaria isso de covardia, apenas jogando o jogo inteligente. Enquanto os outros clientes se pressionavam contra as paredes, ficando fora do caminho, Rovo se levantou e correu em direção à porta, estendendo a mão e agarrando um par de roupas de menina enquanto corria: pequenas camisolas. Perfeitas para qualquer outro mundo, menos este.

A calçada espalhou água quando Rovo saiu correndo. Agora seria a hora de qualquer reforço do garoto aparecer, mas ninguém o esperava. Talvez o garoto tivesse sido confiante demais, se apressado sem apoio. As únicas pessoas na calçada eram os habituais desgraçados, vagando em sua tarde tardia, caçando um pouco de esperança melhor, sem encontrar nenhuma. Alguns observaram Rovo enquanto ele passava correndo, espirrando água enquanto ia. Ninguém parecia reagir. Porque, é claro, quando toda a sua vida é um desastre sombrio, nem mesmo uma ação real penetra.

Rovo tinha que chegar até Kaia. Isso estava claro. Se eles o tinham rastreado até a loja, então saberiam de onde ele veio, estariam indo atrás, bem, talvez não da garota. A mala? De qualquer forma, o apartamento de Kashmal estava comprometido.

Roupas de mergulho não eram boas para correr. Dois quarteirões encharcados depois e Rovo tinha escorregado e caído várias vezes. Cada passo parecia espremer a roupa de mergulho nas dobras de Rovo e lembrá-lo de quão boa sua armadura costumava ser. Mas em tempos desesperados, você aceita medidas desesperadas e Rovo continuou se movendo.

No quarteirão fora do apartamento de Kashmal, Rovo não viu nada. Uma calçada vazia, nenhum veículo parado com emboscadas esperando. Um olhar para trás mostrou que o garoto da loja não o estava perseguindo, ou tinha perdido ele.

E por um momento, Rovo respirou fundo. Diminuiu o passo ao se aproximar da porta de Kashmal antes de entrar e se dirigir ao elevador.

Ao entrar na caixa que o levaria aos andares superiores, Rovo tentou elaborar um plano. Ele tinha apenas uma arma. Precisaria das duas mãos para segurar Kaia e a maleta, e mesmo depois de garantir ambos, ele não sabia exatamente para onde ir. Sem dúvida Aurora tinha ido para a torre, mas Rovo não podia ir para lá.

Levar a maleta e Kaia diretamente para aqueles que os queriam? De jeito nenhum.

Gregor, então. O homem do martelo poderia ser a única opção de Rovo. Ele poderia tentar rastrear a direção mais provável de Gregor a partir de onde eles se separaram, embora isso também não fosse muito promissor. Rovo não era um cão de caça, e mesmo essas habilidades poderiam não ajudar em um planeta tão úmido quanto Dynas.

Então restava a estação do bonde. Onde Rovo, Aurora e Gregor haviam abandonado suas armaduras. Se Rovo conseguisse voltar lá, pelo menos poderia se equipar. Talvez resistir.

Gregor e Aurora também tentariam voltar lá em algum momento: nenhum deles deixaria suas armaduras se tivesse escolha. Rovo havia usado o traje apenas no simulador e nesta missão, e já parecia uma segunda pele.

A estação do bonde, então. Rovo chegaria lá e ou morreria ou viveria o suficiente para ser resgatado.

As portas do elevador se abriram e Rovo virou à esquerda, em direção ao apartamento. Parou. Não havia ninguém no corredor, mas havia sons vindos de lá, vozes altas dando ordens a alguém. Talvez Kaia, talvez uns aos outros. Rovo pressionou as costas contra a parede oposta, depois esticou o braço e apertou o botão de emergência do elevador, mantendo-o neste andar. Isso atrasaria qualquer reforço, nem que fosse um pouco.

Rovo avançou, passo a passo, os pés esmagando o piso emborrachado. A única concessão inteligente que este planeta fazia à umidade. Rovo mantinha sua arma erguida, pronta. Mal respirando.

— Estão dizendo que o perderam, que ele provavelmente está vindo para cá — disse uma das vozes do quarto, sem o menor sinal de estresse. — Você vigia a porta, eu termino de empacotar a garota.

Empacotar a garota?

De qualquer forma, Rovo não esperou que eles se preparassem. Ele correu o último metro, contornou a porta e atirou enquanto o fazia, mirando sua arma na altura de um homem, não de uma garota. O primeiro tiro atingiu um alvo, todo de preto em traje tático. Queimou um buraco direto em seu peito e o homem desabou enquanto o outro, com Kaia parcialmente contida em uma espécie de jaqueta, girou e colocou Kaia entre ele e Rovo.

— Quer arriscar acertá-la? — disse o homem, este mais velho. Aparentemente, a Helix ainda tinha alguns adultos em suas fileiras. — Ela é quem você quer, certo?

Rovo não viu a maleta em lugar algum. Talvez eles ainda não a tivessem encontrado. Talvez nem soubessem que existia.

— Não há razão para ela se machucar — disse Rovo. — Você pode soltá-la agora.

— E por que eu faria isso? — respondeu o homem, sua voz calma. Calma demais dadas as circunstâncias. Rovo tentou olhar ao redor, ver se havia mais alguém no apartamento. — O tempo está do meu lado. O seu está se esgotando. Abaixe a arma e, se você não matou meu amigo ali, talvez você sobreviva a isso.

O homem estava certo sobre uma coisa: Rovo não tinha tempo para conversas. Ele tinha que arriscar. Seu inimigo também não queria que Kaia fosse morta, isso arruinaria seu prêmio. Então Rovo avançou contra ele.

O homem ficou paralisado, esperando um tiro ou uma negociação. Com as mãos ocupadas com Kaia, ele não pôde fazer nada para impedir Rovo de acertar seu rosto com a coronha da arma. Rovo pegou a mão esquerda de Kaia quando o homem a soltou, estabilizando-a.

Virou-a antes de Rovo administrar um tiro final.

— Você está bem? — Rovo perguntou a Kaia enquanto retirava o envoltório apertado que os guardas haviam usado para prendê-la.

Ela assentiu, seus olhos apertados com algo que não era exatamente medo. Talvez estresse? Talvez excitação? De qualquer forma, Rovo estava impressionado. Naquela idade, estando perto de um par de corpos, Rovo imaginou que estaria chorando descontroladamente. Gritando por seus pais. Mas então, talvez Kaia não tivesse pais de verdade por quem gritar.

Kashmal certamente não se qualificava.

— Tudo bem, vamos indo. Vamos para as ruas e correr — disse Rovo. — Pronta?

— Eu posso correr — disse Kaia.

— Claro que você pode — Rovo alcançou debaixo do sofá e puxou a maleta. — Mais alguma coisa que você precise?

— Como assim?

— Bem, acho que você não vai voltar para cá. Talvez nunca mais.

Será que ele deveria dizer isso para Kaia? Difícil dizer. A garotinha não parecia viver uma vida encantada. Notícias difíceis deviam chegar regularmente para alguém vivendo em um quarto como aquele. Em um apartamento como esse. Em um planeta como Dynas.

— Posso pegar uma coisa? — Kaia perguntou.

— Seja rápida — Rovo respondeu.

A menina correu, voltando para seu quarto, e Rovo arrastou os dois corpos para a cozinha, deixando-os ali atrás do balcão, apenas escondidos de um olhar rápido. Não era exatamente uma jogada de alto nível, mas melhor do que deixá-los à vista, onde poderiam ser vistos pela janela. Qualquer coisa para ganhar alguns segundos.

Ela voltou, carregando uma pequena bola. Um leãozinho, desesperadamente fora de lugar neste mundo. Amarelo manchado, muito usado. Mas ela abraçava o boneco como se significasse tudo para ela, e já que Rovo estava tirando tudo mais, ele a deixou ficar com ele.

VINTE E UM

UMA ÚNICA SAÍDA DE DYNAS

A revolta dos prisioneiros em Cassius Cinco. Era com isso que Aurora podia comparar. Quando Sever, naquela época com uma tripulação diferente exceto por Aurora e Gregor, desembarcou e intencionalmente se deixou capturar. Uma vez dentro, eles trabalharam para inspirar uma revolta total que destruiu partes da cidade principal de Cassius Cinco. Os donos do planeta decidiram que podiam abrir mão de estender o contrato com a DefenseCorp.

A DefenseCorp decidiu o contrário.

Claro, liderar um monte de prisioneiros descontentes era uma coisa. Escapar de um laboratório de alta tecnologia em um planeta miserável com um monte de experimentos científicos devastadoramente doentes era algo bem diferente.

Aurora e Sai, este último mal se agarrando à consciência, reuniram todos os infectados que puderam encontrar no andar da prisão. Isso significava libertá-los das celas, usando crachás roubados dos guardas para abrir as portas de vidro e convencer, quando possível, os ocupantes a se juntarem a eles. Alguns estavam fracos demais para se incomodar em levantar de suas macas, e Aurora não tinha tempo para brincar de médica, então os deixou sem olhar duas vezes.

Uma vez reunidos, os maltrapilhos vinte deles foram em direção aos elevadores que Aurora havia usado, apenas para descobri-los trancados. O botão de chamada não estava funcionando, e passar o crachá de um guarda só retornava um erro dizendo que a patente não era alta o suficiente para anular.

— Há outra maneira — disse uma das outras infectadas, uma mulher vestindo um uniforme da Helix e parecendo não tão devastada, enquanto se aglomeravam em torno das portas do elevador. — Tem que haver saídas de emergência, só por precaução. Mas elas estão escondidas neste andar, por razões óbvias.

— Bem, agora é o nosso andar, então nos diga — disse Aurora.

Sai assentiu, tentando concordar, e teria caído se Aurora não o tivesse segurado.

— É mais fácil se eu mostrar a vocês — disse a mulher antes de levá-los até uma leve reentrância na parede no canto direito mais distante, perto do elevador dos prisioneiros e dos restos da luta.

A seção de aço cinza era recortada o suficiente para se assemelhar a uma porta dupla, embora um olhar casual não teria mostrado nada. Sem maçaneta, sem botão, certamente sem placa de saída ou outro indicador. Aurora não precisou pensar muito para adivinhar o porquê: no caso de uma emergência real, as pessoas que sabiam melhor podiam decidir se salvavam os prisioneiros ou não. Em uma situação como esta, onde os prisioneiros eram a emergência?

Deixe-os aqui. Deixe-os apodrecer.

— Então, como abrimos? — perguntou Aurora.

— Tente o crachá — disse a mulher. — O scanner está no lado direito.

Aurora bateu o cartão de identificação contra a parede, sentindo-se um pouco estúpida ao fazê-lo. Era possível que a mulher estivesse experimentando algum delírio febril, que eles estivessem apenas perdendo tempo. Claro, eles não tinham exatamente nenhuma outra pista, então por que não.

Dado o estado deteriorante de Sai, e os olhares cada vez mais selvagens que os outros infectados estavam trocando entre si, Aurora calculou que não demoraria muito antes que todos começassem a devorar seus amigos.

Bater com o crachá não fez nada. Nenhum som, nenhum sinal.

— Tem certeza de que é neste canto? — disse Aurora.

— Tenho certeza — respondeu a mulher. — A maioria dos andares na torre é organizada assim.

— Como uma prisão?

— Não, como um quadrado. Este canto sempre abriga as escadas, não sei por que mudaríamos aqui. Este andar nem sempre foi para isso.

Aurora deu uma olhada mais atenta na mulher. Ela era um pouco mais velha, provavelmente não uma estagiária. Seu cabelo mais branco, pele e postura ligeiramente curvada sugeriam uma longa carreira que havia se esgotado no final. Aurora teria perguntado o que ela estava fazendo aqui, por que a escolheram para este experimento louco, exceto que não havia tempo. E Aurora não estava aqui para obter a história completa.

— É isso que faremos — disse Sai, sua voz tão suave que Aurora teve que repetir cada palavra dele para que os outros pudessem ouvir. — Pegamos todas as armas. Cada uma que temos e empilhamos. Menos uma.

A velha explosão. Incendiar todos aqueles gases de queima a laser de uma vez, explodir um buraco na parede. Não era uma tática ruim, embora o efeito colateral, desarmar-se para alimentar a bomba improvisada, não fosse exatamente o melhor plano.

Exceto que os infectados já haviam derrubado um monte de guardas com os punhos e os dentes, talvez pudessem simplesmente continuar nessa linha. Escapar daqui da maneira física.

— Vocês ouviram ele — disse Aurora. — Peguem as armas, empilhem-nas. Bem aqui.

— Essas portas são feitas para deter incêndios — protestou a mulher enquanto alguns dos infectados se moviam para seguir as ordens de Sai, colocando armas saqueadas umas sobre as outras perto da porta. — Você realmente acha que isso vai explodir e abri-la?

— Incêndios e explosões são duas coisas diferentes — disse Sai, apoiando-se em Aurora, respirando com dificuldade. — Não é o calor que vai abrir a porta, mas a força.

Aurora e Sai se moveram pelo corredor enquanto o empilhamento continuava, até que os infectados tivessem amontoado todas as armas umas sobre as outras. Uma pistola permaneceu, entregue a Aurora assim que a pilha estava pronta. Ela fez sinal para que todos os infectados ficassem atrás dela, no meio do corredor.

— Não é longe o suficiente — disse Sai. — Eu acho que não, de qualquer forma. Isso pode gerar muitos estilhaços. Talvez algo pior. Deveríamos estar na próxima esquina.

— Isso não é forte o suficiente para fazer um tiro de tão longe. — Aurora olhou para a pequena pistola. Feita para serviço de curta distância, imprecisa para qualquer alcance além de uma dúzia de metros ou algo assim. — Alguém tem que ficar mais perto.

— Então eu faço isso — disse Sai. — É minha ideia, e olhe para mim. Eu não estou exatamente vivo de qualquer maneira.

Aurora hesitou. Auto-sacrifício não era exatamente o código da Sever, mas em uma situação impossível, às vezes você tinha que fazer uma escolha impossível. Mas eles não estavam condenados aqui. Ainda não. Eles podiam dar um jeito. Talvez substituir uma das armas maiores pela pistola, dar o tiro do final do corredor e mergulhar atrás da esquina?

— Sai, há outras opções — disse Aurora. — Podemos tentar algo diferente.

— Não, não — disse Sai, tentando e falhando em apontar enquanto seu braço tremia. — Mal consigo ficar de pé. Só vou te atrasar. Deixe-me fazer isso, deixe-me fazer algo que valha a pena no final.

Mas Aurora não entregou a pistola a Sai. Em vez disso, ela fez sinal para alguns dos infectados mais lúcidos, incluindo a mulher mais velha, e pediu que puxassem Sai para longe do canto. Aurora faria o disparo. Ela poderia atirar e se esquivar de volta para trás do canto, ou se jogar no chão para limitar a exposição.

Aurora não tinha família. Não tinha ninguém esperando por ela. Ela puxaria o gatilho.

Pelo menos, era isso que Aurora tinha planejado até sentir uma mão em seu ombro e se virar para ver o homem grande, o brutal que tinha liderado o ataque do elevador.

Ele era forte, sem dúvida algum tipo de funcionário da força de segurança em sua vida anterior, mas agora manchas vermelhas e rachaduras supurantes marcavam seu rosto, manchas azuis apareciam pelo couro cabeludo enquanto seu cabelo caía em ondas. Seu simples uniforme de prisioneiro estava rasgado ao longo de uma queimadura onde um laser tinha arranhado sua perna. Nada nele parecia saudável.

— Deixe comigo — disse o homem. — Já estou cansado dessa vida maldita de qualquer jeito.

— Eu posso tentar o tiro — disse Aurora.

— E se você errar? — respondeu o homem, sua voz fraca, sibilante. Seus pulmões estavam se desfazendo. — Você gasta energia que precisamos. Que você precisa. Eu cuido disso.

Autossacrifício. Uma característica rara. Mas havia objetivos que precisavam ser cumpridos, e Aurora entendeu, viu nos olhos do homem um olhar que ela já tinha visto antes: ele tinha feito as pazes com sua escolha.

— Quer que eu diga algo a alguém? — disse Aurora. — Alguma mensagem que queira enviar?

O homem tentou rir, mas um chiado saiu no lugar, uma tosse, e ele pegou a pistola da mão cedente de Aurora. — Você não vem para Dynas porque tem alguém para quem precisa dizer algo, porque tem algo que precisa fazer. Dynas é um fim, e estou pronto para que isso acabe.

— Então obrigada — disse Aurora, e ela se moveu para trás do canto com o resto do grupo. O bando de brutamontes infectados, todos se agarrando à vida enquanto algum vírus louco fazia picadinho de seus corpos, se afastou para lhe dar espaço.

Eles se agacharam, com as mãos sobre os ouvidos como Sai instruiu. O homem, com um último aceno na direção de Aurora, soltou um grito selvagem e fraco e correu em direção às armas empilhadas. Um estrondo ensurdecedor sacudiu o chão, seguido pelo crepitar quando a energia elétrica queimou o ar. Alarmes, pequenas luzes brancas aninhadas nas juntas do piso, piscaram e soaram suas sirenes.

Quando Aurora virou o canto, uma nova passagem aguardava.

A chapa de aço tinha sido explodida, pedaços e fragmentos pendurados e espalhados pelo corredor quase até o canto. Marcas de explosão negras cobriam as paredes. Do homem, não sobrou nada.

— Exatamente onde eu pensei que estaria — disse a mulher.

Aurora queria correr escada acima, fazer todo o grupo se mover, mas se conteve. Sever tinha um objetivo aqui, e, no momento, era sair viva. Então encontrar Kashmal, conseguir uma nave, pegar Rovo e aquela maleta e partir para as estrelas. Com sorte, eles encontrariam Gregor e Eponi no caminho.

Em nenhum lugar dessa lista havia a exigência de resgatar um bando de experimentos fracassados. Aurora não devia arrastar algumas dezenas de pessoas infectadas para fora do planeta onde elas poderiam se espalhar pela galáxia ou fazer algo pior. As coisas provavelmente seriam melhores se todos esses infectados morressem aqui.

Aurora não se considerava sem coração, apenas focada.

— Eu preciso saber — disse Aurora para o grupo reunido no corredor coberto de estilhaços. — Preciso saber com o que vocês estão infectados. O que vai fazer com meu amigo. E talvez comigo.

Eles olharam de volta para ela sem expressão, alguns fazendo barulhos de que deveriam estar se movendo e não conversando. Até que finalmente a mesma mulher, aquela que apontou a saída de emergência, levantou a mão.

— Nenhum de nós sabe — disse a mulher. — Quer dizer, sabemos qual é o objetivo. O propósito todo deste projeto. Mas não sabemos com o que Anaskya nos infectou, o que vai fazer ou como se transmite de uma pessoa para outra.

— Espera — disse Aurora. — Que projeto?

Saí, ainda apoiado nela, pressionou um pouco, — Aurora, vamos só ir. Eles não vão nos causar problemas. E podemos precisar deles.

— Nenhum de vocês vai me matar, certo? — disse Aurora. — Vocês não vão perder o juízo?

Ela imaginou que provavelmente poderia lidar com qualquer um que o fizesse, mas se todo o coletivo decidisse enlouquecer, isso poderia ser um problema.

— Por favor — disse a mulher. — Por favor, apenas nos ajude. Tire-nos daqui.

A DefenseCorp se opunha a brindes. Qualquer um que eles ajudassem, qualquer um que aproveitasse quaisquer recursos precisava ser cobrado de acordo. Mas aqui? Talvez Aurora pudesse deixar passar, só desta vez. Dar-lhes uma chance de se salvarem.

E, se algum deles conseguisse sair do planeta, bem, isso não era problema de Aurora.

— Tudo bem — Aurora suspirou. — Tudo bem. Se vocês estão me seguindo, então vão obedecer às minhas ordens. Vamos tentar sair daqui, e vamos fazer isso indo para cima. Encontrar uma nave e decolar desta rocha molhada. Ou vocês concordam com isso e vêm comigo, ou podem seguir seu próprio caminho a qualquer momento. Não me importo. Se tentarem me impedir, ou ficarem no meu caminho, eu vou matá-los. Sem fazer perguntas.

Não houve perguntas. Nem fugitivos.

Aurora liderou a subida pelas escadas, que eram exatamente isso: longos degraus de metal em uma escadaria cinza e monótona que parecia não ter fim. Mesmo assim, eles subiram. O grupo cambaleante atrás dela progrediu mais lentamente, alguns escorregando e caindo, outros ajudando-os a se levantar. Um verdadeiro grupo caridoso se unindo. Teria sido tocante, exceto que a carne, os ossos e o cabelo em decomposição de todos tornavam tudo nojento e triste.

Mais dois níveis e eles ouviram mais ruídos. Uns que Aurora podia decifrar facilmente, porque os conhecia bem. Ordens gritadas, a cadência de passos com um tom profissional. Um grupo agressivo vindo em sua direção de cima. Aurora levantou uma mão e parou a subida no próximo patamar.

— Podemos voltar correndo — ofereceu Sai. — Não podemos enfrentá-los diretamente, Aurora. Não temos armas.

— Eu sei — disse Aurora, ela se virou para a porta do patamar. Voltar seria a direção errada. — Vamos tentar isso. Eles não terão trancado todas as portas nesta torre.

Aurora bateu o crachá do guarda contra o leitor preto ao lado da porta e desta vez, diferente de lá embaixo, o crachá funcionou. A porta deslizou e revelou algo brilhante e cheio de vidro. Um espaço branco, mas totalmente diferente do bloco de celas abaixo. Mesas longas aproveitavam a área aberta, com vários recipientes em cada uma, alguns cercados por máquinas e monitores zumbindo. A ventilação corria no teto. Nenhuma alma à vista.

— Vamos — disse Aurora. — Antes que nos peguem.

Eles se apressaram para o novo espaço, sua sujeira totalmente em desacordo com a pureza estéril do andar. O último fechou a porta atrás dele e o silêncio reinou. O som parecia em desacordo com o clima aqui, a ciência obviamente em ação. Aurora podia dizer que este lugar era um laboratório, o lugar onde, ela podia adivinhar, a coisa que infectava seu amigo tinha sido criada.

— E agora, o que fazemos? — disse Sai. — Eles vão nos encontrar aqui eventualmente.

— Vamos para os elevadores — disse Aurora. — Espero que não os tenham bloqueado.

Aurora não disse que, dado que não havia outras portas neste andar, elevadores bloqueados significariam que todos eles estariam muito, muito mortos.

Enquanto atravessavam o laboratório em direção ao lado oposto, onde o banco de elevadores se fazia notar com um par de sinais brilhantes, Aurora olhou de relance para várias amostras. Os monitores e o que eles exibiam. A maioria era um palavreado indecifrável, o tipo de linguagem científica conhecida apenas por aqueles que a praticam. Mas outros tinham rótulos, designações que eram claras e propositais.

Os compradores. Os financiadores. Aqueles que pagavam por tudo isso. E Aurora reconheceu esses nomes. Desde empresas de exploração, dedicadas a encontrar o próximo novo lote de minerais valiosos, até agências de turismo que queriam uma maneira mais fácil de estabelecer pessoas em planetas distantes, e sim, um que Aurora sabia que estaria aqui, sabia no fundo que tinha que estar envolvido.

Claro que a DefenseCorp estaria investindo nisso. Claro que eles estariam pagando para ver se podiam transformar seus mercenários em uma força de combate mais eficaz.

Isso não deixou Aurora com raiva. Quebrar a lei Galáctica não era uma boa imagem, mas a lei Galáctica sempre podia ser mudada. Não, o que a irritou, fez Aurora cerrar o punho e ranger os dentes mesmo quando alguns dos infectados chegaram ao elevador e gritaram que ele estava, de fato, funcionando, foi que a DefenseCorp sabia o que estava acontecendo aqui e enviou a Sever de qualquer maneira. Eles tinham entrado às cegas sem motivo.

Bem, Aurora podia ver agora. E ela ia sair dessa pedra, caramba. Ela ia sair e ia fazer quem quer que tenha ordenado essa missão pagar. Não importa o que custasse.

VINTE E DOIS

O QUE HÁ ALÉM

Por que demolições? Foi isso que perguntaram a ele, quando Sai chegou pela primeira vez a Sever. Aurora e Gregor eram os únicos presentes naquele momento. A pergunta veio em sua primeira missão, seu primeiro voo, quando Sai era um completo novato, tendo apenas brincado nas bordas em equipamentos menos arriscados da DefenseCorp.

Mas se você queria a grana de verdade, tinha que se jogar no perigo. Foi por isso que Sai escolheu explosivos. Ele tinha feito sua lição de casa, olhado para o trabalho mais mortal do esquadrão e o tomado para si.

Sai sentia que faria melhor que qualquer outro, e não queria morrer porque alguém mais estragou os explosivos.

Depois que o homem infectado detonou a saída através da pilha de armas, Sai se sentiu vingado enquanto Aurora e seus amigos infectados subiam as escadas. Todo aquele treinamento tinha valido a pena, todo o tempo e esforço para explodir um pedaço de parede para permitir que destroços doentes fizessem uma fuga sem entusiasmo.

Melhor que nenhuma fuga. Melhor que ser encurralado e executado no chão daquela cela de prisão.

O laboratório não foi uma surpresa. Não como claramente chocou Aurora: todas as amostras, todo esse trabalho, tudo patrocinado por supostos jogadores respeitáveis da ordem galáctica. É claro que alguém tinha que estar pagando por isso. A Helix não estava infectando pessoas por caridade. Sai viu os rótulos e sentiu uma suspeita confirmada, a lógica por trás de como tal cidade existia em um planeta aparentemente isolado e desabitado se esclareceu.

Mas à medida que Aurora ficava irritada, Sai se viu absorvendo essa emoção. Ela xingava sem parar as empresas que viam, e essas palavras penetraram na névoa infectada de Sai. Tudo isso era culpa deles. Ele não veria seus filhos novamente por causa da vasta negligência dessas empresas, sua desumanidade.

Ele envolveu a mão ao redor do béquer, marcado para um teste no dia seguinte. Amostras para alguma cepa marcada com números e letras que Sai não conseguia entender, mas ele conhecia o comprador. A empresa lucrava com a mineração de cometas, capturados e puxados para enormes estações onde os cometas seriam desmontados em seus metais. Talvez quisessem alguém que pudesse ficar na superfície do cometa.

A katana de Sai tinha sido forjada em cometa. Fornecida, provavelmente, por esta mesma empresa ou uma de suas predecessoras. O fato de que algo tão ligado à sua família tinha investido na Helix acabou estourando a apatia que vinha da doença. Será que nada poderia realmente ser puro? Tudo tinha que ser tão motivado pelo lucro cego?

Era essa a galáxia em que seus filhos viveriam, sem Sai para ajudá-los?

— Destrua tudo — disse Sai. Sua voz se mostrou fraca, então ele tossiu e repetiu o comando. Mais alto. — Destrua tudo isso.

Os outros infectados, vagando pelo laboratório, lentamente fazendo seu caminho em direção aos elevadores do outro lado, pararam ao ouvir as palavras.

— Sai, não temos tempo — disse Aurora. — Podemos fazer isso depois.

— Não. Pode não haver um depois, não com todos por trás disso — disse Sai. — Vamos destruir isso agora.

Ele varreu o béquer da mesa, espatifando-o no chão. Foi muito bom quebrar o vidro. Melhor do que arrancar o identificador do corpo do Capitão Feliz lá embaixo, melhor do que derrubar aquele guarda que atacava Aurora. Mas nem de longe tão satisfatório quanto brandir sua espada. Sai poderia estar morrendo, mas ele recuperaria a katana. Depois de destruir este lugar.

— Eles vão simplesmente reconstruir — disse Aurora enquanto mais infectados seguiam o exemplo de Sai, derrubavam máquinas, pegavam e lançavam ferramentas, béqueres e instrumentos pela sala.

O lugar silencioso e estéril se encheu de sons de vidro quebrando, encheu-se de bipes de programas em pânico enquanto parâmetros eram perfurados e pulverizados. Mesas viradas enviavam seus ocupantes voando. Matéria biológica, doenças incubando se libertaram e salpicaram as paredes e pisos, tornando o espaço branco manchado de amarelo e verde. Sem dúvida perigoso, sem dúvida sem preocupação para aqueles já condenados.

Sai não tinha certeza de quando a porta da escada se abriu, quando as forças da Helix passaram por ela. Ele estava muito perdido nisso, aquela raiva cega que dirigia a esses instrumentos inúteis e terríveis ao seu redor. O fogo a laser logo perfurou essa casca, disparando em feixes brilhantes que cortavam o ar ao redor de Sai, antes de Aurora derrubá-lo no chão.

Sua capitã tinha encontrado uma máscara em algum lugar, algumas luvas também. Sai adivinhou que, como a única não infectada ali, a proteção de Aurora fazia sentido. Mas no momento, a cobertura a fazia parecer alguém completamente diferente. Sai tentou um empurrão sem entusiasmo, um soco. Aurora tinha o cabelo de Anaskya, e com a máscara, isso era o suficiente.

— Sai, pare com isso — disse Aurora, desviando seu soco. — Vá para os elevadores. Agora.

Ela começou a puxá-los pelo chão e Sai ajudou depois de um segundo, reconectando-se com suas pernas e chutando suas botas ao longo do piso de azulejo. Eles não podiam ficar de pé, muitos lasers preenchiam o ar, o calor dos feixes lavando sobre Sai enquanto eles se moviam. Gritos vieram também, gritos de dor e raiva e desespero. Alguns se interromperam assim que começaram. Sai viu os outros infectados sendo abatidos mesmo enquanto Aurora o puxava para trás de uma mesa, continuando a puxá-los em direção aos elevadores enquanto colocava cobertura entre eles a cada momento possível.

Ela sabia como ser uma soldada, como fazer uso do terreno do campo de batalha e traçar um caminho para a vitória mesmo contra probabilidades esmagadoras. Sai, Sai só queria destruir tudo. Acabar consigo mesmo de uma maneira que não envolvesse uma decadência lenta em uma cela sendo cutucado e espetado, testado e julgado.

— Me deixe ir — disse Sai. — Me deixe morrer lutando.

— Não vou te impedir — respondeu Aurora. — Mas não é aqui. Você não vai ser um mártir, não por essas pessoas.

Alguns infectados chegaram aos guardas, pularam sobre eles enquanto as forças de segurança da Helix inundavam a sala. Antes, o time de Sai tinha os números. Tinha a surpresa para dominar inimigos melhor armados, melhor equipados. Mas não aqui. Enquanto Aurora os puxava para o banco de elevadores, Sai se agachou atrás de uma mesa branca virada, coberta de vidro e escorrendo uma lama verde que cheirava a fermento podre, e viu seus amigos momentâneos queimarem.

Sem misericórdia agora, sem tentativa de reunir os sujeitos vivos. A equipe da Helix não se conteve. Eles empurravam os infectados, derrubavam-nos e aplicavam golpes de misericórdia com seus lasers diretamente no rosto, no peito, em qualquer lugar que pudessem encontrar até que tudo o que restasse fossem cascas carbonizadas. Parecia excessivo e desnecessário até Sai se lembrar do que eles eram. Do que ele era.

Esterilizar a doença, queimá-la.

Atrás dele, as portas do elevador soaram. Ainda não estavam cortados.

Ele deveria correr? Abandonar os últimos infectados que atiravam coisas em direção aos guardas, lançando-se desajeitadamente mesmo quando aqueles raios brilhantes encontravam seu alvo?

— Vamos, Sai. Agora. — Aurora falou com a postura de uma comandante, forte e determinada. Exigindo ser obedecida.

Sai tinha entrado para a demolição para salvar vidas. A sua incluída. E quando você trabalhava com explosivos, não tomava o caminho reativo. Não se apressava, e não se jogava no inevitável por desespero. Você tinha que permanecer calmo, controlado e pensar sobre o que o esperava do outro lado.

O vírus ainda não o havia matado e talvez não o matasse. Aqueles lasers certamente o matariam, e agora estavam se voltando em sua direção.

Aurora puxou suas costas, e Sai fugiu.

VINTE E TRÊS

FELIX REDUX

Gregor nunca havia enfrentado um inimigo duas vezes. Isso geralmente acontecia por dois motivos: ou ele os esmagava em uma polpa indescritível com seu martelo gigante, ou alguém de Sever eliminava o inimigo das fileiras dos vivos. Havia outras opções para riscar um inimigo da lista de Gregor, das quais ele não gostava. Felix tentou usar uma delas aqui, de pé, fraco e patético, prestes a morrer sem luta alguma.

Na última vez que Gregor viu Felix, o monstro viral estava liderando uma horda de mutantes pela base, consumindo pessoas vivas e transformando-as em mais experimentos sem mente e falhos. O próprio Felix estava coberto por esses crescimentos e, de fato, tinha todo um tanque dessa coisa, bem aqui no poço agora vazio.

O que havia sido um inimigo de pesadelo tinha se dissolvido em praticamente nada.

Até o vírus parecia ter deixado Felix. Seus crescimentos haviam sumido, sua pele solta pendia em lençóis pálidos, e seus olhos estavam ocos em seu crânio.

— O que aconteceu? — disse Gregor.

Não por simpatia, mas por curiosidade. Nos momentos vagos perambulando por aquela cidade úmida, e especialmente depois de conversar com Lani, Gregor havia brincado e se deleitado com a ideia de voltar para Felix. Encontrá-lo e aplicar o esmagamento que o monstro tanto, tanto merecia. Mas isso, isso não seria dar um golpe fatal a um inimigo mortal, mas sim esmagar uma formiga.

— O problema com vírus, com experimentos, é que você não sabe onde eles vão parar — respondeu Felix e soltou uma risada fraca. — Achei que tinha chegado ao fim do ciclo. Que as coisas tinham se estabilizado. Parece que eu estava errado. Parece que a Helix simplesmente não consegue parar de falhar. O vírus continuou comendo e comendo.

— E o resto? — disse Gregor. — A coisa nesta sala?

Antes que Felix pudesse responder, vieram barulhos de cima. Aparentemente, Lani e Wicks estavam cansados de esperar e haviam começado a descer a escada, suas botas tilintantes eram um relógio marcando o tempo da conversa.

— Você trouxe o esquadrão inteiro com você? — disse Felix. — Suponho que esteja honrado. Você disse que voltaria para me destruir. Eu não tinha certeza se realmente faria isso e, no entanto, aqui está você, nem um dia inteiro depois.

— Eles não são meu esquadrão — disse Gregor. — Mas querem a mesma coisa que eu. Você é um erro, Felix. Não deveria estar vivo.

— Ah, eu sei disso agora — respondeu Felix, cambaleando ao redor de Gregor em uma caminhada arrastada. — Pensei que talvez este seria o meu momento. Depois de uma vida inteira como um drone nas minas de escritório, aqui vem a chance do Felix. Injetado com a dose perfeita, reagindo da maneira perfeita e lá vou eu, pronto para dominar a galáxia ou algo assim.

Gregor olhou para cima. Lani e Wicks estavam se aproximando, seus capacetes observando Felix. Eles gritaram algumas perguntas na direção dele, mas Gregor os ignorou. Ele tinha que decidir se mataria Felix antes que os outros dois chegassem lá embaixo, ou esperar e dar-lhes a chance de interrogar a vítima viral.

— É assim que a vida funciona, não é? — Felix continuou. — Todos esses eventos aleatórios e tudo o que você está fazendo é esperar que um deles acabe sendo bom para você. Algo que apareça e tire todos os seus problemas. Foi isso que a Helix me ofereceu. Como você diz não a isso?

Felix andava sem rumo. Gregor mantinha as mãos em seu martelo. Apesar de si mesmo, ele esperou, escutou. A história de Felix não era tão diferente da sua própria, preso naquele cometa minerando todos os dias à espera de algo melhor. Seus pais passaram suas vidas inteiras golpeando rochas espaciais e Gregor só havia escapado socando essa ideia na boca. Assim como Felix, ele havia feito uma escolha da qual não podia voltar atrás.

Como Felix, essa escolha provavelmente o mataria em breve.

— Não demorou muito depois que você saiu — disse Felix agora. — Aparentemente, o vírus precisa de muitas calorias, novo alimento para comer. Eu não percebi, minhas criações começaram a devorar a si mesmas, o vírus começou a me comer. Ainda posso senti-lo, morrendo dentro de mim. Acho que agora posso ser mais vírus do que pessoa, e quando ele se for, eu irei junto.

— Você soa como um filme ruim — disse Gregor. — Posso esmagar sua cabeça, se quiser.

— Ainda não — disse Lani, saltando os últimos metros

até o chão e aterrissando com um forte estrondo. — Felix, estou supondo?

Felix tentou se virar e caiu. Gregor, mudando seu martelo para a mão esquerda, pegou o braço de Felix, impedindo que o homem doente caísse de cara no chão.

Por que ele havia segurado Felix? Pena? Gregor não tinha certeza.

— Você não é diferente dos outros — disse Lani, seu capacete não fazendo nada para esconder o desdém. — Gregor me levou a acreditar que algo especial estava acontecendo aqui. Que a Helix finalmente havia encontrado um avanço. Acho que não.

— Avanço? — perguntou Gregor enquanto Felix ria até soluçar. — Que avanço?

— Eu te disse. Estamos aqui para monitorar o progresso. A Helix está fazendo algo que poderia trazer um imenso valor para a galáxia. Ou, se eles estragarem tudo, arruinar muitas vidas. Felix poderia ter significado que eles estavam perto. Agora, isso só significa que ficaremos presos aqui por ainda mais tempo.

Wicks atingiu o chão atrás de Lani, mais devagar, mais cuidadoso. Ainda aprendendo a armadura. O fato de Lani se mover bem o suficiente dizia que ela tinha alguma experiência com o equipamento, talvez de um simulador. Ou talvez ela tivesse caído fora das fileiras mais ativas da DefenseCorp.

— Pensei que estávamos aqui para destruí-lo — disse Gregor. — Isso é ilegal.

— Não seja míope — disse Lani. — Você tem que ver como suas habilidades, suas missões poderiam ser ajudadas se seu corpo se adaptasse ao ambiente do alvo. Pense nisso. Agora, a DefenseCorp tem que fazer todos os tipos de equipamentos diferentes para cada bioma. Em vez disso, eles poderiam apenas ter tropas especiais. Injetar um pouco disso e então você está pronto para ir para aquele planeta gelado, aquela rocha de lava.

Gregor soltou Felix.

— Estou bem do jeito que sou.

— Ninguém está te forçando — disse Lani. — Felix, é só isso? Não há mais nada que precisemos ver aqui?

— A não ser que você goste de corpos — disse Felix. — O vírus queria mais para comer, então comeu tudo o que pôde encontrar. Não foi o suficiente. Nunca será o suficiente.

— Era isso que eu precisava saber — disse Lani, e ela sacou sua arma e puxou o gatilho. Uma, duas, três vezes até que Felix fosse reduzido a cinzas.

Gregor deu um passo para trás, olhou para os restos queimados. Não era a morte de um guerreiro.

— Você confia nele? — Lani perguntou a Gregor. — Acha que Felix estava dizendo a verdade?

— Sim — disse Gregor. — Não se encontram muitos mentirosos às portas da morte.

— Você ficaria surpreso — respondeu Lani, colocando a arma de volta no coldre. — Wicks, vá em frente. Faça uma varredura neste nível e certifique-se de que não estamos perdendo nada. Se encontrar algo, registre. Felix pode não ter sido o que queríamos, mas se ele assumiu uma base, então estava perto.

— Por que viemos? — perguntou Gregor. — Se você está aqui, se quer que isso seja bem-sucedido, então por que estamos em uma missão de resgate?

Lani deu de ombros.

— Não faço ideia. Vamos voltar para cima. Acho que você está se aprofundando demais nisso. A DefenseCorp é uma empresa enorme, tem muitas partes móveis. Nem todas se comunicam entre si.

Eles começaram a subir a escada, cada batida de suas botas nos degraus de metal ecoando para cima e para baixo no poço.

— Então, o que fazemos? — disse Gregor.

— Complete sua missão, suponho — respondeu Lani. — Encontre seu objetivo, tire-os do planeta. E então esqueça que este lugar já existiu.

— Não trabalhamos silenciosamente — disse Gregor. — Nós atacamos e pegamos. Quebramos coisas. Eu conheço minha comandante e conheço a lei Galáctica. Ela não vai deixar isso passar.

— Ela vai ter que deixar — disse Lani. — Ela é subordinada nesse assunto. As pessoas que querem ver isso dar certo estão muito acima de qualquer líder de esquadrão.

Autoridade. Que problema. Eles sempre acreditavam que estavam acima de tudo, que por causa de algum título ou posição tinham uma desculpa para se esquivar das leis comuns, da decência comum. O que Gregor gostava em Sever, por que ele ficava, era que Aurora não se importava com autoridade. Ela se preocupava com dinheiro, com completar a missão.

E ela se importava com o esquadrão. Gregor seguiria alguém assim.

Eles chegaram ao topo da escada, subiram para o patamar. Wicks informou pelo rádio que estava tudo limpo, que havia alguma bagunça, mas nada notável. Uma sala tinha sido queimada, parecia. Gregor não mencionou que foi ele, seu martelo, seu golpe.

— Eles deveriam ter nos contado — Gregor continuou, frustrado em parte porque não tinha balançado seu martelo, porque esta missão parecia tão distante do normal de Sever.

Ele queria inimigos para destruir, não mistérios para resolver. — Dois de nós já estão desaparecidos. Esta é uma missão hostil, mal planejada. Vocês poderiam ter resgatado nosso homem.

— Você sabe por que ele quer sair? — disse Lani. — Suponho que ele esteja apenas cansado de estar aqui e como a Helix não deixa ninguém sair, talvez ele tenha ficado desesperado. Mas agora estou me perguntando, dado o equipamento que vocês têm, ele deve ter muito dinheiro - e não há muitos tão ricos aqui - ou ele tem algo que acha que pode pagar pelo que vocês estão fazendo.

— Não sei — Gregor sentiu aquela coceira, mudou uma mão de volta para seu martelo. Talvez ele pudesse esmagar o homem que os tinha trazido aqui. — Vamos voltar.

— Talvez quando chegarmos à cidade, possamos ajudá-los a encontrar seu esquadrão. Conhecemos algumas pessoas que trabalham para a Helix, talvez possamos verificar se eles encontraram seus membros desaparecidos. Talvez possamos arranjar algo, um acordo. Eles não deixarão seu cara sair do planeta, mas talvez possamos conseguir que o resto do seu esquadrão seja liberado?

— Então falharíamos na missão.

— Não, sua missão mudou. A DefenseCorp quer que a Helix finalize o vírus, que o faça funcionar. Agora vocês estão do lado certo.

VINTE E QUATRO

PSICOLOGIA ESTELAR

Eponi tinha a nave só para ela. Nos segundos desde que Ben havia partido, desde que um último clique deixou claro que sua nave de resgate havia se desacoplado e partido, Eponi ficou sentada na cabine e observou no radar enquanto a nave diminuía e desaparecia. Agora estaria acelerando, ultrapassando a velocidade da luz rumo a algum outro planeta, algum outro lugar onde a carga roubada de Ben pudesse ser usada de forma lucrativa. Ele provavelmente já tinha se esquecido dela, sua pequena refém. Sua pequena ferramenta. Assim como Sever, Eponi havia sido empurrada para a ação e agora, com seu trabalho concluído, foi deixada de lado.

Exceto que Sever não tinha feito isso. Não realmente. Aurora não havia deixado Eponi para trás. A DefenseCorp listava as habilidades de Eponi como piloto e pouco mais, mas Aurora havia dado a Eponi uma arma, a colocado nos simuladores e a levado com uma equipe de campo. Ninguém, na Sever, tinha apenas uma função.

Não que Eponi se importasse de ser deixada para trás. Na maioria dessas missões, Eponi teria ficado contente em imaginar corridas em uma cabine segura, contando as horas até que Aurora e os outros retornassem com o objetivo e uma saudável injeção de dinheiro.

Eponi imaginou que poderia dar asas à sua imaginação agora. Flutuando aqui em cima, ela poderia ficar com seus sonhos enquanto orbitava Dynas. Ninguém a encontraria.

Ela nunca estivera sozinha em uma nave espacial antes. Nem uma vez. Eponi tinha que imaginar que tais coisas eram raras, certo? Quem iria para o espaço sozinho? Mau funcionamentos aconteciam. Coordenadas eram perdidas sem uma segunda verificação. Qualquer problema médico a anos-luz de distância de ajuda.

E ainda assim aqui estava Eponi, sozinha. Assim como naquelas corridas de kart, sua sobrevivência dependia de suas habilidades e de ninguém mais.

Ela se desafivelou da cadeira da cabine. A nave continuaria girando e, salvo alguma interferência, algum micro meteoro ou outra nave investigando, Eponi não precisava estar nos controles. Ela poderia fazer um tour, mergulhar no vazio.

A nave não discutiu com ela. Ben não havia trancado nada, embora além da cabine não houvesse muito para ver. Ele havia dito que esta era uma nave de curto alcance e estava certo. O compartimento de carga dominava quase tudo atrás da cabine, além de uma pequena área de descanso onde os manipuladores poderiam se sentar. Alguns passageiros poderiam passar o tempo assistindo algo no monitor de vídeo ou jogando um jogo no pequeno tabuleiro e mesa que ficava entre as seis pequenas cadeiras acolchoadas com cintos de gravidade ao redor. Era necessário manter-se preso durante a inevitável entrada, aquele trêmulo choque através da atmosfera que uma nave totalmente carregada como esta tornaria muito, muito instável.

Além dos aposentos dos passageiros, o próprio compartimento de carga se erguia vazio. Espaçoso, metal cinza-amarelado monótono. As portas do compartimento circundadas por tinta amarela mais brilhante, como se advertissem as pessoas que além dali estava a morte certa. Pelo menos, algo para prestar atenção, embora agora as listras parecessem uma moldura estranha para uma imagem vazia. Algumas linhas irregulares no chão do compartimento insinuavam o que Ben havia levado com ele. Sobras, sem dúvida, de quando foram carregadas lá embaixo.

Porque aqui em cima, a gravidade zero reinava.

Eponi deu um impulso no chão e saltou pelas paredes, aproveitando um momento para girar e rodopiar sem ter que desviar de algum ataque iminente. O compartimento não tinha muito espaço, um ou dois segundos de movimento e ela atingia a parede oposta, mas era o suficiente. Suficiente para que, pela primeira vez desde que aquele esquife havia caído, Eponi sentisse seu coração acelerar um pouco, seu sangue subir mesmo quando seu corpo dizia que não havia resistência aqui. Mesmo quando sua mente dizia que ela estava perdendo tempo.

Certo. Como se ela tivesse lugares para ir.

De volta à cabine, Eponi confirmou o que Ben havia dito. A nave não tinha oxigênio nem combustível – a nave não tinha painéis solares suficientes para mantê-la funcionando indefinidamente – para levar Eponi a qualquer lugar. Helix provavelmente mantinha isso intencional, tornava grandes fugas impossíveis a menos que você conseguisse encontrar amigos. Ou, como o VIP que havia chamado Sever para essa missão em primeiro lugar, ter dinheiro suficiente guardado para contratar sua própria evacuação.

Havia outras táticas. Coisas que Eponi poderia tentar se não quisesse voltar para aquela superfície.

Essa era realmente a questão, aqui em cima sozinha entre as estrelas, que Eponi tinha que responder para si mesma. Que ela continuava evitando.

Voltar não era apenas uma questão filosófica. Eponi não tinha nenhum código técnico para passar pela autorização de pouso de Helix. Não tinha armas para lutar se Helix se opusesse ao retorno de sua nave roubada pelas mãos de uma piloto capturada e hostil. Mesmo se Eponi quisesse voltar para Sever, fazê-lo em uma nave como esta provavelmente a mataria.

Não, uma escolha melhor seria fazer algo como Ben. Encontrar outra nave, entrar em contato com os transeuntes e dizer que ela havia encontrado infratores. Monstros. Pessoas que queriam mudar como os humanos vivem e morrem. Essa poderia ser informação suficiente para conseguir uma carona, para fazer alguém parar e arrastá-la para longe deste lugar e desta vida. Porque isso era algo que ela tinha encontrado naqueles momentos com Ben, que ela havia visto com ele. Uma mudança pela qual ela ansiava, finalmente, talvez, aqui.

Enviar um sinal SOS não exigia muito esforço. Mais difícil, porém, era direcionar o alerta para longe da superfície do planeta. A última coisa que Eponi precisava era de um resgate da Helix vindo buscá-la. Ela esperava por uma pessoa aleatória, uma nave cruzando em velocidades lentas o suficiente para captar a mensagem e estar disposta a vir ver do que se tratava.

Nesta galáxia, levava tempo para ganhar velocidade e quando suas baterias inevitavelmente se esgotavam, você deslizava, absorvendo energia solar para dar à sua nave a chance de recarregar antes de acelerar novamente. Desacelerar também consumia energia, então convencer qualquer nave a reduzir seu ritmo significava enviar-lhes a mensagem no momento perfeito: baterias carregadas e tempo de sobra.

— Tenho que adorar essas probabilidades — Eponi sussurrou para si mesma.

Ela orientou a matriz de comunicações da nave, apontou-a para longe de Dynas e começou a transmitir.

— A todos que podem me ouvir, estou pedindo ajuda. Estou presa em uma nave de curto alcance acima de um mundo hostil, onde atos ilegais sob a lei Galáctica estão sendo realizados — Eponi pausou. Ela não estava acostumada a grandes discursos, essas palavras vinham lentamente. Ela tinha que pensar, o que faria alguém vir e arriscar sua vida para salvá-la? — Eu sei tudo sobre essas coisas, e nas mãos certas esse conhecimento poderia trazer...

Ela parou. Cortou a gravação. Poderia trazer o quê? Lucro? Fama? Eponi não tinha malas cheias de dados, nenhuma célula capturada ou pedaços de evidência. Seria apenas a palavra dela. Quanto isso valia?

Eponi não se enganava muito, ela não dizia ou acreditava em alguma nobreza maior. Que impedir a Helix seria um ato que valeria a pena por si só. Ela não podia se dar ao luxo de pensar dessa maneira, e ninguém viria ajudá-la se ela tentasse apelar para algum senso de justiça cósmica.

Tudo o que Eponi realmente tinha para oferecer era ela mesma, sozinha e à deriva. Quem arriscaria algo por isso?

Ela se inclinou para frente, pressionou o rosto perto do vidro da cabine, olhando para aquelas estrelas. Ela já estava começando a sentir a decisão em suas entranhas, revirando seu estômago. Não havia fuga disso. Não haveria como sair, como escapar da DefenseCorp. Desta vida em que ela tinha caído por causa de alguns acidentes de kart a mais.

As únicas pessoas que viriam ajudar Eponi sem questionar, sem recompensa, ainda estavam naquele planeta podre.

Elas ainda estavam tentando completar a missão, ainda tentando encontrar uma maneira de sair do mundo. Ben tinha fugido. Eponi, Eponi não podia.

— Você é tão burra — disse Eponi. — É melhor que te deem um aumento por isso.

Ela se acomodou de volta no assento, ligou os motores da nave, traçou um curso de volta à cidade da Helix, de volta à torre e à baía de pouso de onde ela tinha vindo. Aumentou os propulsores e começou a ir. As estrelas deslizaram para longe e Dynas tomou conta da vista.

Você não podia fugir, não desta vida. Nunca.

VINTE E CINCO

EXPOSIÇÃO AO AR LIVRE

Quando eles chegaram à rua, Rovo percebeu que havia cometido um erro terrível. Com uma maleta em uma mão e segurando a menina com a outra, o próprio Rovo se destacava dos solitários que vagavam pelas calçadas da cidade negra. Mais ainda, Kaia, com seu vestido esfarrapado, não se encaixava entre as massas de roupas molhadas. Rovo não teve tempo de vesti-la com as roupas que havia pegado na corrida para fora do apartamento sitiado.

Ele seria um ótimo pai, um dia.

— Isso não é divertido — disse Kaia, parada em uma poça.

O tom dela partiu o coração de Rovo naquele momento. Ela não disse as palavras como uma criança normal diria, não como as irmãs de Rovo diziam em casa. Kaia falou como alguém que simplesmente constatava as misérias do mundo ao seu redor sem qualquer expectativa de que elas seriam resolvidas por um pai, um guardião ou qualquer outra pessoa. Para ela, estar encharcada era sua realidade. Melhor se conformar e seguir em frente.

— Suba — disse Rovo. — Você vai dar um passeio.

A paternidade sempre havia sido uma ilusão distante, algo a ser considerado se tudo desse certo antes. Rovo tinha uma carreira para pensar, estrelas para surfar e aventuras selvagens para viver e, no entanto, aquela ideia distante se concretizou quando Kaia subiu pelo seu lado até o topo de seus ombros, onde, com uma mão, Rovo a segurou firme ou o melhor que pôde e seguiu em direção ao ponto de bonde mais próximo. Assim que entrassem em um bonde, Kaia poderia se sentar e eles poderiam fingir ser uma pequena família e seguir até a estação de bonde onde ele poderia recuperar sua armadura.

Então ele poderia proteger Kaia. Mantê-la segura até que Aurora e Kashmal entrassem em contato.

E, no entanto, se Kaia já chamava a atenção sem sua roupa molhada, ela chamava ainda mais sentada no alto dos ombros de Rovo. Olhares em toda parte lançavam-lhes olhadas, muitas mais do que passageiras. Não que isso incomodasse Kaia: ainda encharcada, ela ria enquanto Rovo manobrava ao redor de uma poça e atravessava uma rua transversal.

— Segure-se na minha cabeça e não solte — disse Rovo, e Kaia obedeceu. Suas pequenas mãos pressionavam suas orelhas através da roupa molhada. — Sinto muito que você esteja molhada, mas prometo que logo chegaremos a um lugar seco.

— Tudo bem — respondeu Kaia. — Eu nunca estive do lado de fora antes.

Aurora talvez tivesse que impedi-lo de assassinar Kashmal ou pelo menos de dar-lhe uma boa dose de pancadas furiosas. Nunca esteve do lado de fora? Mesmo neste lugar sombrio, uma criança deveria ter a chance de sair de seu quarto. Respirar o ar mofado e sentir a brisa morta. Entender onde vivem e, talvez, talvez ver algum lugar distante ou uma nave descendo do céu e construir seus primeiros sonhos.

Se Rovo tivesse sido trancado dentro de sua casa, mesmo em seu planeta comparativamente agradável, ele não sabia o que teria se tornado.

Provavelmente nada, provavelmente ninguém.

— Como você se sente? — perguntou Rovo. — Estando do lado de fora pela primeira vez?

— Ah, eu não sei — disse Kaia. — Mas eu gosto.

Eles continuaram caminhando, Rovo examinando se alguém demonstrava mais do que um interesse casual. Alguém os seguindo, planejando o pior.

— Você parece inteligente — disse Rovo. — Kashmal te ensina coisas?

— Ele me dá livros às vezes. Mas meu amigo macaco, ele é tão inteligente. Ele me ensinou a maior parte.

— Macaco?

— No meu pewter — disse Kaia. — Ele sabe tudo.

Ah. Isso fazia algum sentido. Kashmal poderia simplesmente ter dado a ela um brinquedo infantil barato, carregado com horas intermináveis de programação educacional e deixar a menina se divertir. A verdadeira questão então, era como Kaia parecia tão calma, controlada. Se tudo a que ela havia sido exposta era seu próprio quarto...

— Você não está com medo? — perguntou Rovo. — Isso não é estranho para você?

— O macaco sempre diz para ser corajosa — respondeu Kaia. — Então eu sou corajosa.

— Esse macaco parece realmente inteligente — disse Rovo.

Como seria bom se apenas dizer uma coisa te tornasse aquilo. Se você quisesse coragem, então teria coragem. Se quisesse força, teria isso também. Mas quando Rovo pediu por um bonde ao se aproximarem da esquina, nenhum apareceu. Nenhum à vista também.

Má sorte.

— Vamos esperar aqui até que um bonde chegue — disse Rovo. — Tudo bem?

Ficar parado provou ser um jogo perigoso. O movimento implicava ação, mas ao ocupar seu lugar na esquina da calçada e ficando parado, Rovo sentiu uma atenção mais focada. Pessoas se perguntando quem teria uma criança ao ar livre neste tempo. Quem teria uma criança neste mundo, provavelmente.

Rovo continuou olhando ao redor, os prédios ao redor do ponto do bonde tinham cinco andares de altura, com telhados pontiagudos gotejando água para as calhas, tentando e falhando em manter as inundações ao mínimo. Ao longe, motores de naves espaciais rugiam pelo céu enquanto a água respingava. Conversas gritadas ecoavam entre os edifícios.

Aqui no meio da tarde, a cidade não parecia tão assustadora ou miserável, a luz difusa pingando através das gotas brilhantes para criar arco-íris aqui e ali.

Rovo nunca chamaria Dynas de bonita, mas talvez não fosse tão feia quanto ele pensou inicialmente. Talvez houvesse algumas coisas aqui que valessem a pena admirar.

— Essa menina é sua? — A voz de uma mulher disse atrás dele. — Se for, você deveria cuidar melhor dela. Ela vai pegar um resfriado ou algo pior assim.

Rovo se virou, um movimento lento para manter Kaia estável em seus ombros. Uma mulher observadora que parecia ter a mesma idade de Rovo, vestida com uma roupa molhada verde e rosa que parecia ter alguma concessão à moda, parecia ser a instigadora. Sem capa de chuva para ela, apenas braços cruzados e julgamento.

— Estou apenas cuidando dela — respondeu Rovo. — Esqueci a roupa certa.

— Como você esquece uma roupa molhada neste planeta?

— Talvez eu não tenha tomado café suficiente. — Rovo tentou começar a se virar de volta, mas a mulher estendeu a mão, colocando-a em seu braço.

— Nenhum de nós quer vê-la machucada — disse a mulher. — Temos pessoas nos cobrindo de várias janelas agora. Tentamos fazer isso da maneira amigável na loja, mas agora você matou dois dos nossos. — As palavras gentis da mulher se dissiparam em um tom ríspido. — Não é culpa dela, então se você me entregá-la, vou garantir que ela saia dessa bem. E a maleta também. Assim, pelo menos, você não será responsável pela morte dela.

Essa era a segunda emboscada em uma hora. Rovo precisava melhorar nisso, precisava descobrir o que estava deixando passar.

O que Rovo definitivamente não podia fazer, no entanto, era manter Kaia em seus ombros. A mulher estava certa sobre esse risco: Kaia não merecia nada que pudesse acontecer com Rovo.

Além disso, mover Kaia se encaixava perfeitamente na opção um: ganhar tempo e procurar uma solução.

— Tudo bem — disse Rovo. — Não quero que ela se machuque. Você pode me prometer isso?

— Você não está em posição de fazer exigências — disse a mulher. — Mas não queremos derramamento de sangue. Não aqui. Ela ficará bem.

— Então vou descê-la — disse Rovo. — Kaia, vamos.

— Mas eu não quero.

— Vai ficar tudo bem — disse a mulher, e ela estendeu os

dois braços em direção à menina. — Apenas caia para frente e eu te pego.

— Eu não quero, não gosto de você.

A mulher tentou sorrir, um sorriso insincero, fino e superficial. Rovo, enquanto isso, tentava avaliar se conseguiria alcançar suas armas, se conseguiria sacá-las e disparar, e quais janelas os assassinos poderiam estar usando. As chances eram pequenas de que isso daria certo. Então um novo som lhe deu outra ideia, uma saída.

— Vamos lá — disse Rovo para a menina, começando a movê-la para um lado de seus ombros. — Vamos fazer o que a moça legal diz. Não queremos que ninguém se machuque.

— Mas eu não quero! — Kaia começou a se debater.

A mulher se aproximou novamente, tentou forçar a situação agarrando os braços de Kaia e Rovo a empurrou de volta. — Por favor, me dê só um segundo. Vou tirá-la.

A oferta funcionou, ainda que ligeiramente. A mulher recuou e Rovo moveu Kaia para um ombro e depois para o braço que segurava a maleta, com as pernas de Kaia abraçando o metal prateado. Enquanto Rovo a estabilizava, um som de deslizar e zumbido surgiu quando um bondinho parou atrás deles, as portas se abrindo com um estalo úmido.

Rovo pulou para trás, subindo rapidamente no bondinho e quase jogando Kaia no corredor central. Felizmente, as viagens do meio da tarde não eram tão lotadas quanto as da manhã, e os passageiros surpresos lhes deram espaço enquanto eles se apressavam para dentro do veículo.

Rovo esperou e seu desejo foi atendido: nenhum atirador oculto tentou disparar, o bondinho aparentemente fornecendo cobertura suficiente, dano colateral suficiente para conter o fogo.

— Cuidado aí, senhor — disse o motorista automatizado. — Por favor, embarque com segurança.

— Desculpe — disse Rovo, se apressando com Kaia, misturando-se à multidão. — Sente-se e mantenha a cabeça baixa.

Quando se virou para a frente, Rovo viu a mulher embarcar no bondinho atrás deles, com fúria fria nos olhos. Na multidão, a mulher não ousou fazer um movimento aberto. Ela manteve os olhos em Rovo, sua boca formando uma linha fina enquanto o bondinho começava a se mover novamente. O veículo continuou pelas ruas molhadas, com Rovo segurando Kaia em seus braços, curvado em um assento com alguém bloqueando as janelas de ambos os lados.

Mantendo-se na opção um. Ganhando tempo até que seu dinheiro acabasse.

VINTE E SEIS

MERCADORIA QUENTE

O elevador subiu daquela maneira constantemente acelerada que os elevadores fazem quando continuam subindo, sem parar em nenhum andar. Aurora segurava Sai, tendo-o levantado do chão depois de arrastá-los para dentro do elevador, e agora o observava enquanto ele se balançava em seus pés, murmurando sobre os outros infectados, sobre como ele deveria ter salvado suas vidas. Aurora observava os andares subirem no contador à direita da porta, saindo dos números negativos e entrando nos positivos vertiginosos. Seu estômago afundou, seus ouvidos começaram a estourar enquanto ela subia, subia e subia. Mais interessante, e até pior, era que ela não havia digitado nenhum número. Não tivera chance de tentar.

Alguém havia chamado o elevador.

Mas esse mistério podia esperar. Especulação não os levaria a lugar algum, e qualquer coisa que estivesse além das portas quando elas se abrissem, Aurora enfrentaria com Sai, não sozinha. Ela tinha que trazê-lo de volta, devolver seu foco ao presente e encontrar a determinação que pertencia a cada membro do Sever. Pelo menos, a cada membro que sobrevivia à primeira missão.

— Você se lembra quando eles encontraram Signet Oito? — Aurora disse, colocando a boca perto do ouvido de Sai e falando as palavras de forma clara e direta. — Aquelas civilizações primitivas, sempre em guerra umas com as outras. Por acaso estavam sentadas sobre um monte de minerais valiosos e metais pesados. Lembra dessa?

Sai, por sua vez, parou de murmurar. Deixou um único soluço baixo sacudir seus ombros.

— A DefenseCorp nos disse que nossas forças só estariam entrando para parar os combates, para servir como uma guarda avançada para o que seria uma introdução ao resto da galáxia. Lembra de toda aquela besteira? Todas as mentiras que nos alimentaram antes daquela? — Aurora disse. Tinha sido uma equipe diferente, o esquadrão Sever. Eles tinham mais membros naquela época. — Eles nos disseram que não precisaríamos de um arsenal completo. Que eles ficariam muito atordoados ao nos ver chegando do céu para lutar. Teríamos o objetivo sem disparar um tiro.

Sai escutava, respirava. Os números continuavam subindo.

— Eles nos jogaram lá, nem mesmo com naves. Quedas de meteoro. Nós batemos direto no chão porque a Defense-Corp achou que isso criaria uma impressão melhor. Centenas de nós, todos os tipos de esquadrões da Defense-Corp simplesmente se espatifando ao redor do mundo. Choque e espanto, isso deveria resolver tudo. Choque e espanto.

— Não resolveu. — Sai não tanto disse as palavras quanto as respirou, e Aurora podia ver que seus olhos estavam fechados.

— Não. Realmente não resolveu. Você se lembra como

eles nos largaram no meio daquele campo de batalha? Aqueles dois grandes exércitos lutando com suas lanças e suas pedras arremessadas, aquelas espadas feitas de vidro fundido?

— Aquelas espadas pareciam realmente muito legais.

— Sua katana as cortava como manteiga.

— Eu nem tenho mais ela. Minha katana.

Movimento errado ali. Ela precisava ficar longe do assunto da espada. Talvez eles a conseguissem de volta em algum lugar, de alguma forma. Manter o foco de Sai na antiga missão, não em armas perdidas.

— Você lembra, fomos cercados imediatamente? Eles pararam de lutar quando nós caímos. Uma dúzia de nós, milhares deles. Todos sedentos por uma luta e agora você tem esses estranhos invasores chegando — Aurora balançou a cabeça, esfregou o nariz de leve contra a nuca de Sai. Não era sobre romance, mas sobre amor, aquele vínculo profundo que se forma entre dois soldados que dependeram um do outro para sobreviver. Aurora precisava de Sai, e Sai precisava de Aurora e juntos eles conseguiriam sair dali. — Ferris nos fez formar um círculo, e ele começou a falar, como se eles pudessem entendê-lo. Tentando explicar. E ele foi o primeiro a ser atingido.

— Eles foram brutais. — Sai finalmente pareceu firmar as próprias pernas, endireitou os ombros. — Nós não entendíamos, eles lutavam porque era tudo em que acreditavam. Lutar e morrer e ir para o seu paraíso perfeito. Quanto maior o desafio, maior a glória no grande além. Nós fomos tão estúpidos.

— Não, não nós. As pessoas que nos enviaram — Aurora disse.

— Acho que você tem razão. As pessoas que nos enviaram. Assim como aqui.

O Sever tinha sido atacado em massa em Signet Oito. Os lados em guerra fizeram uma trégua espontânea para atacar os invasores, como havia acontecido em todos os outros lugares do planeta. Sai tinha dado a ordem, depois que metade do número deles caiu simplesmente devido à pressão. A armadura energizada poderia protegê-lo de estocadas e facadas, poderia mantê-lo seguro de pedras voadoras, mas não ajudaria a resistir contra cinquenta corpos escamosos, fortes e em carga enquanto o pressionavam contra a terra e o sufocavam.

O bombardeio da DefenseCorp desceu pela atmosfera, direcionado ao redor deles, os lasers e os mísseis das naves acima enegrecendo os céus. Sai tinha arrastado Aurora de volta para dentro de sua queda de meteoro, uma nave em forma de gota, praticamente indestrutível. Um abrigo perfeito para esperar o fim do mundo.

Depois, o Sever descobriu que não eram o único esquadrão que tinha tomado essa decisão. Por todo o mundo, os nativos se mostraram relutantes em negociar. Capazes apenas de guerra homicida e interminável. E assim a DefenseCorp os aniquilou, e as empresas de mineração e extração entraram para reivindicar o prêmio. Aurora nem se lembrava se a DefenseCorp havia expressado algum arrependimento oficial. Aurora sabia que ela não tinha. Os monstros haviam tentado matá-la, tinham matado seus amigos. Eles mereceram o que receberam.

As portas do elevador se abriram com um *tunc* e um lento zunido. Do outro lado, sorrindo como um louco, estava Kashmal.

— Encontrei vocês — disse Kashmal. — Bem na hora.

Aurora queria socar o homem, mas ele tinha chamado o elevador. Tinha os levado embora.

— Eles estão nos perseguindo — disse Aurora. — Temos que continuar nos movendo.

— Ah, não, eu não me preocuparia — respondeu Kashmal. — As coisas mudaram agora. Você tem ele.

Ele apontou um dedo para Sai, e Aurora deu outra olhada. Seu companheiro de equipe ainda parecia cansado, fraco. Respirando com dificuldade e suando. Dificilmente um exemplo de um espécime de sucesso. De alguém digno de ser considerado um prêmio.

— O que você quer dizer? — perguntou Aurora.

— Eu te conto depois — respondeu Kashmal. — Tudo que você precisa saber agora é que suas circunstâncias mudaram. Você ganhou na loteria, Sai. Você e seus genes.

Kashmal os conduziu para fora do elevador, em um andar movimentado que, com o som de motores de foguete sendo ligados e suas linhas agudas, indicava a Aurora que abrigava uma baía de atracação. Caixotes e trabalhadores movendo-os por ali atulhavam o corredor, e assim que saíram do elevador, vários outros empurraram seus contêineres para dentro e ele partiu. Nenhuma menção sobre o massacre lá embaixo, sobre o alerta e o perigo.

Kashmal os direcionou pelo corredor. O amplo corredor tinha o piso preto polido comum em toda a torre, e de vez em quando uma porta se abria para a baía de atracação, apresentando uma nave diferente, uma área diferente. Carregamento de carga, passageiros, combustível, tudo mais. Kashmal os levou até o final, de modo que quando finalmente entraram na baía de atracação, estavam bem perto da saída ampla que dava para a cidade. Um esquife passou por cima, carregando o que parecia ser uma flotilha de guardas.

— Eles estão procurando seus amigos — disse Kashmal. — Pelo que entendi, tem um à solta agora. Aquele que deixamos no meu apartamento. Eles vão pegá-lo e trazê-lo para cá. Que conveniente, não é?

— Eu não entendo — disse Aurora. Sai, por sua vez, olhava ao redor, tendo voltado ao silêncio e quaisquer que fossem as batalhas travando em sua mente. — Eles estavam tentando nos matar há um minuto.

— A doutora mudou de ideia. Na verdade — Kashmal riu. — É meio engraçado, realmente. Ela passou todo esse tempo, todo esse esforço tentando encontrar um sucesso e então sua mão é forçada por algum engenheiro de laboratório aleatório.

— O quê?

— Eu deveria estar triste, porque ele fez o que eu estava tentando fazer. Ele conseguiu sair do planeta com amostras. — Kashmal revirou os olhos para o teto. — Ben, você é uma praga miserável — Kashmal apontou para uma nave maior no centro da baía. A única por perto que parecia realmente capaz de viajar pelo espaço. — Você entende, certo? Tudo o que está acontecendo aqui? É tudo financiado em segredo. Vírus feitos para pessoas dispostas a pagar. Mas se o material cair em mãos erradas? Se alguém conseguir tirá-lo e replicá-lo? Então tudo isso se torna inútil. Agora que existem amostras fora do planeta, Anaskya tem que agir rápido para tentar coletar antes que as outras empresas cancelem tudo.

Aurora tentou acompanhar as afirmações de Kashmal. Ser o primeiro a levar qualquer vírus que estivesse infectando Sai para a galáxia fazia algum sentido, mesmo que seu propósito pretendido, modificar a pessoa e transformá-la em algo diferente, mais eficaz, fosse contra a letra da lei Galáctica. As leis podiam ser reescritas, podiam ser mudadas por aqueles com o poder de fazê-lo. Aurora tinha visto isso muitas vezes, à medida que as missões da DefenseCorp se ampliaram para incluir o tipo de aniquilação como a dos nativos em Signet Oito.

Por que não brincar com a natureza? E por que não lucrar fazendo isso?

— Então por que estamos aqui? — disse Aurora.

— Ela não se importa com você. Ela se importa com ele — disse Kashmal. — Vamos, temos que entrar na nave. Antes que Anaskya mude de ideia.

— E você? Você tentou fazer a mesma coisa que esse outro engenheiro?

— E ela teria me mandado fuzilar, exceto que prometi que pegaria vocês — disse Kashmal. — Eu sei, eu sei, você pode estar com raiva. Mas adivinha? Nós vamos sair deste planeta. Nós três. Agora mesmo. E isso vale qualquer coisa, certo?

Aurora teria estrangulado ele, teria atirado em Kashmal pelo que ele já tinha feito, exceto que ela tinha que manter Sai de pé. Tinha que mantê-los em movimento. Porque ela notou guardas por toda a baía de atracação, observando os três com as mãos em suas armas.

Se Aurora tentasse revidar aqui, sem dúvida ela e Sai morreriam, e rápido. Então ela manteve a boca fechada e caminhou, em direção à nave e subindo a rampa de embarque. A nave era maior, muito maior do que o transporte que a DefenseCorp tinha dado a Sever para saltar para Dynas.

Assim que embarcaram, dois guardas apareceram ao redor da entrada e direcionaram Aurora e Sai para trás, bem para trás, através da nave de aço com acabamentos dourados. Kashmal desapareceu, escapulindo para alguma outra parte enquanto os dois guardas empurravam e apontavam até que Aurora e Sai chegaram ao que parecia ser o compartimento de carga, onde caixas de comida e outras provisões estavam espalhadas.

Não seria uma viagem curta, então.

Uma outra coisa se destacava no compartimento de carga, longa e fina e enfiada em um canto, manchada mas de resto não pior pelo desgaste.

— Sai, adivinha? — disse Aurora. — Eles encontraram sua espada.

VINTE E SETE

UM AMOR POR ESPAÇOS FECHADOS

Junte-se àqueles que te salvam. Foi o que Sai fez, depois que aqueles soldados da DefenseCorp invadiram seu apartamento, depois que limparam seu planeta natal dos rebeldes e sua destruição interminável. Restauraram a ordem com mão de ferro e depois a devolveram aos plutocrátas e corporações que iniciaram tudo.

Dois modos de pensar confrontaram aqueles que permaneceram: lutar contra uma ordem estabelecida corrupta que se provara impossível de derrotar, ou partir. Sai e sua mãe escolheram a última opção. Ela pegou suas economias, seus investimentos e partiu para um mundo menos conturbado, deixando Sai com sua katana para se juntar à vida mais dura, rápida e violenta à qual fora tão rudemente apresentado no telhado, escadas e ruas da cidade enquanto sua casa queimava.

Mas das cinzas frequentemente surge algo melhor. E naquela primeira estação, Sai encontrou sua futura esposa. Teve filhos e construiu uma boa vida para si. Até que a galáxia provou novamente sua selvageria e o planeta de sua família rescindiu o contrato com a DefenseCorp. Sai tinha uma escolha: levar sua família para uma vida espacial com missões imprevisíveis, pulando de mundo em mundo, ou deixá-los para trás e levar seus talentos para a divisão ativa de maior remuneração.

Para Sever, e sua aventura de alto preço.

E onde isso o trouxe? Para este porão de carga, cheio de contrabando ilegal destinado a ser vendido a quem quisesse, incluindo seu próprio empregador. Uma coisa perigosa que poderia remodelar espécies, que agora estava ocupada remodelando-o.

O vírus em seu corpo havia encontrado um equilíbrio, e Sai se sentia mais forte agora, quase claro em seu propósito. Ele ainda derivava de vez em quando para aquelas alucinações, enquanto Kashmal e Aurora o levavam pela baía e para dentro da nave, Sai mal estava presente. Ele passara aqueles preciosos minutos de volta em casa, observando seus filhos aprendendo a brincar, sabendo e entendendo por que ele não estaria lá quando eles ensinassem as mesmas coisas aos seus próprios filhos.

Volte, Sai. Esteja presente, porque se você não estiver, não vamos sair daqui.

Nós?

O tapa veio rápido, forte. O sangue ardendo em sua bochecha fez os olhos de Sai se abrirem e sua respiração acelerar. Aurora ergueu a mão, pronta para fazer de novo, quando Sai levantou o próprio braço para bloquear o dela.

— Estou acordado — disse Sai. — Por enquanto.

— É melhor que seja para sempre — respondeu Aurora. — Você está sentindo isso?

Ele estava. Uma vibração perpassando toda a nave, sacudindo seus pés, joelhos e costas. Sem estar em uma poltrona de impacto, a decolagem de uma nave espacial seria uma aventura. Uma experiência dolorosa.

— Melhor nos prepararmos. — Sai obedeceu às suas próprias instruções, deixando o espaço aberto e se encostando em um canto, tentando posicionar seus ombros e braços para se manter ereto enquanto as vibrações aumentavam. Aurora fez o mesmo, indo para o lado oposto, de modo que ficaram se encarando através das caixas que continham, em suas formas metálicas prateadas, o mesmo vírus que arruinou Sai e tantos outros naquela torre.

— Então, acho que a missão foi cancelada — Aurora gritou do outro lado do compartimento. — Não sei se você percebeu, mas Kashmal se aliou ao inimigo.

— Aurora, eu parei de me importar com a missão quando ela me injetou aquele vírus.

— Prioridades, Sai.

— Minha vida tem precedência, Aurora. Você sabe disso.

Aurora lhe deu um sorriso triste, ela sabia. Todos sabiam. Isso fazia parte do charme da Sever, onde eles cumpriam a missão, sim, mas faziam isso sem o desprezo insensível que frequentemente vinha de exércitos mercenários. O dinheiro reivindicava o maior prêmio, e manter uns aos outros vivos era um bônus agradável. Para Sever, no entanto, essas ordens eram invertidas.

Sai gostava de pensar que era porque Sever amava e se importava tanto com cada um. Nos corredores apertados, frenéticos e cheios de fogo, você não podia evitar se tornar amigo do soldado ao seu lado. Disposto a dar sua vida um pelo outro.

Aurora tinha colocado de uma maneira diferente, várias missões atrás. Manter Sever unificada, viva e continuando da mesma forma de uma missão para a outra, era simplesmente uma estratégia de investimento sólida. Menos tempo de inatividade, maiores retornos.

— Você não sabe onde estão os outros? — disse Sai enquanto a vibração mudava, os motores da nave acelerando e levantando-os do chão da baía de atracação. — Gregor? Eponi?

— Gregor e Rovo estão em algum lugar da cidade — respondeu Aurora. — Pelo menos, é onde eu os deixei.

— Você os deixou?

O estômago de Sai se contraiu quando a nave ganhou velocidade, sem dúvida saindo da baía de atracação e se inclinando em direção às estrelas. Ali, naquele espaço fechado, Sai não podia dizer onde estava, o que a nave estava fazendo. Apenas leves tremores indicavam a Sai que ele estava voando.

Sai teria sentido náusea, talvez até vomitado, como a maioria fazia durante a ascensão quando não se tem visão do exterior. Exceto que ele se sentia normal, calmo. Até sua febre tinha diminuído.

— Nós nos separamos — Aurora estava dizendo. — Tivemos que fazer um acordo. Kashmal tinha material que ele queria tirar do planeta. Eu não podia deixar desprotegido. E Gregor, Gregor desviou a perseguição.

— Você deixou o novato protegendo os bens valiosos?

— Eu não tive exatamente escolha. — Aurora balançou a cabeça, esticou um pouco as pernas para firmar sua posição enquanto a nave começava a tremer, subindo mais na atmosfera onde aqueles ventos e correntes de jato a sacudiriam. — O que eu deveria fazer? Simplesmente deixar lá? Pensei que iríamos voltar para pegá-lo.

Sai percebeu outra nuance na voz de Aurora, em seu tom. Cansada, sim, mas também um pouco triste e frustrada. Não era assim que a missão deveria ter acontecido. Sever não foi criada para se separar, eles não eram agentes isolados treinados para cumprir objetivos sozinhos. Eram um esquadrão e deveriam ser uma unidade. Agora estavam espalhados por todo este planeta e, em breve, acima dele. Será que algum dia voltariam a se reunir?

Sai não sabia e, honestamente, naquele momento, ele tinha preocupações maiores.

Sever definitivamente não se reuniria se Sai e Aurora fossem levados para alguma estrela distante. Vendidos para alguém querendo fazer experimentos com sujeitos humanos.

— Então, como vamos voltar? — disse Aurora. — Alguma ideia?

— Tomar o controle da nave — disse Sai. — Pilotá-la de volta?

— Uau. Eu nunca teria pensado nisso. — Aurora revirou os olhos. A nave sacudiu ainda mais, entrando na parte mais difícil da atmosfera. Pouco antes daquela libertadora liberação. — Como você quer tomar uma nave sem nenhuma arma?

Sai olhou ao redor. A katana estava ali, o que era bom, embora talvez não fosse capaz de cortar nenhuma das portas aqui. E quando tentasse, Sai não tinha dúvidas de que um daqueles guardas apareceria e o explodiria na cara. Então, isso estava fora de questão. Além disso, havia as maletas prateadas, todas cheias de doenças e desastres.

Doenças e desastres.

— Qual é a única coisa que um comprador não arriscaria ao trabalhar com algo assim? — disse Sai, mantendo-se firme, mas inclinando-se ligeiramente para frente para ter uma visão melhor daquelas maletas.

— Infecção — deduziu Aurora. — Você não se expõe a algo que não entende.

— Exatamente — disse Sai. — Temos um monte da doença bem aqui.

— E a única que a entende está a bordo — disse Aurora.

Às vezes, os planos se desdobravam peça por peça, o próximo passo só era revelado quando completavam o anterior. Frequentemente, as missões funcionavam por instinto, com Sever dançando através de tiroteios e objetivos, cada um abrindo caminho para o próximo. Outras vezes, como quando Sai estava preso em um compartimento de carga sem nada para fazer além de contemplar sua própria morte, o planejamento desesperado vinha por completo.

— Estamos em um contêiner selado — disse Sai. — Se você liberar qualquer coisa aqui, não vai a lugar nenhum. A nave será exposta e não há escapatória.

— Você está esquecendo algo — disse Aurora. — Eu não estou infectada.

— Bem, aqui está sua chance — disse Sai. — Com Anaskya na nave, ela pode ter uma cura. Ela terá que trazê-la se for infectada.

De repente, a trepidação cessou. Sai sentiu suas mãos e pés flutuarem ligeiramente da parede e seu estômago deu algumas cambalhotas enquanto a gravidade desaparecia. Estavam no espaço agora, e o vírus não teria para onde ir além dos sistemas fechados de oxigênio reciclado da nave. Uma placa de Petri gigante, cheia de vítimas desprevenidas. Sai se comprimiu, depois chutou, empurrando-se em direção à sua katana. Com um movimento suave, Sai desembainhou a espada enquanto Aurora observava do canto.

— Tem certeza disso? — disse Aurora. — Porque se eu ficar doente e morrer, vou ficar muito puta com você.

— Se você morrer, eu provavelmente seguirei logo atrás — disse Sai. — Além disso, não entramos nesse trabalho para jogar seguro.

Em vez de balançar a espada em golpes violentos contra as maletas, Sai passou a lâmina da katana contra as fechaduras. Trabalhou a espada como uma pequena serra enquanto a nave continuava a voar. A katana era afiada e, a cada movimento, cortava um pouco mais fundo.

Quando a primeira maleta se abriu, Sai viu exatamente o que esperava. Pequenos frascos, comprimidos e selados a vácuo. Prontos para serem despejados em uma saída de ar para que toda a nave pudesse desfrutar.

VINTE E OITO

O MOTIVO

Oficialmente, Gregor não era um refém. Ele simplesmente tinha sido realocado de sua antiga divisão para uma nova. Assimilado da Sever para o ramo mais secreto da Defense-Corp, aquele que borrava as linhas entre o legal e o ilegal, que não distinguia entre objetivos e ética. Lani fez questão de que Gregor sentisse essa linha durante todo o caminho para fora da base, com Wicks carregando o corpo leve e em decomposição de Felix para análises posteriores na cidade.

Lani fazia Gregor ir à frente, e toda vez que ele olhava para trás, ela ainda estava com a arma na mão, pronta para usá-la. Gregor tinha seu martelo e calculava que provavelmente conseguiria dar um golpe se quisesse. Provavelmente poderia quebrar ela e depois Wicks.

E então Sayers fugiria com o esquife e deixaria Gregor aqui para apodrecer com os mortos doentes.

A DefenseCorp não se importaria de qualquer forma. Supondo que a notícia disso chegasse a sair de Dynas. A organização era grande demais, se estendia por muitos planetas e levava muitos anos-luz para que as mensagens chegassem de um lado ao outro para funcionar como um todo coeso.

Gregor tinha visto os efeitos da física na comunicação desde sua primeira missão, quando a DefenseCorp emitia regulamentos e regras para novos recrutas e líderes seguirem. Os recrutas, sem poder de barganha, se apressavam em seguir as regras, enquanto os líderes locais não se ajustavam em nada. Eles abraçavam suas posições corruptas, enviavam quaisquer recrutas de que não gostavam para missões perigosas, e se a DefenseCorp sinalizasse uma auditoria, o tempo de viagem através do vasto espaço dava aos líderes tempo para esconder suas ações.

Em resumo, Lani podia fazer o que bem entendesse porque as consequências estavam a anos-luz de distância.

— Gregor, tu disseste que da última vez que o viste, Felix era um monstro — Lani disse às suas costas enquanto caminhavam, se aproximando da saída da base. — Tu disseste que ele tinha um enxame infectado à sua disposição, toda uma massa de vírus esperando para se espalhar. Não vimos nada disso.

— Tu o ouviste — Gregor respondeu. — Ele se decompôs.

— Ou tu mentiste.

— Por que eu faria isso?

— Não sei — disse Lani. — Não sei por que estou sendo tão desconfiada, Gregor, exceto que são todas mentiras em Dynas, todos apunhalando uns aos outros pelas costas.

— Tu achas que me importo?

Eles saíram pelo mesmo caminho por onde entraram, através do buraco na lateral do prédio onde ficava a porta. De volta pelo elevador até o esquife. Lani ficou quieta, e Gregor não se importou. Ela estava tentando jogar algum tipo de jogo, procurando um significado mais profundo. A

Sever tinha vindo aqui para uma simples extração, entrar, sair e ir embora. Nada mais profundo que isso.

— Quem era o alvo? — Lani perguntou enquanto o elevador subia. — E tu sabes por que eles estão tentando partir?

— Eu disse que eles não nos contaram nada.

— Especula para mim.

— Não.

Wicks até riu disso, — Não acho que tu tenhas feito um amigo, Lani.

— Não estou tentando fazer amigos.

E, no entanto, era assim que Gregor tinha se sentido de volta no apartamento. Camaradas de armas, espíritos afins, ambos tentando garantir que suas missões tivessem sucesso. Lani tinha mudado quando viu o nada em que Felix se tornara.

Gregor pensou que sabia o porquê: todos em Dynas queriam sair do mundo, e essa chance parecia girar em torno do vírus. Se Felix tivesse sido uma mutação viva e saudável, então talvez Lani tivesse o que queria. Talvez ela não estivesse tão irritada com um bilhete para fora de Dynas esperando por ela.

— O que tu terias feito? — Gregor disse quando o elevador chegou ao topo. — Se o tivéssemos encontrado infectado?

— Matado ele, assim como fizemos — disse Lani, mas não havia convicção por trás das palavras.

— Tu não terias levado Felix? — Gregor perguntou.

— Levado para onde? — disse Wicks. — De volta para nossos apartamentos? Deixá-lo apodrecer lá e nos deixar todos doentes?

Gregor manteve os olhos em Lani, e ela correspondeu ao seu olhar duro e ficou quieta.

— Muito dinheiro nesse vírus — disse Gregor. — Não é?

— Apenas entra no esquife, Gregor — disse Lani.

Sayers tinha mantido a nave pronta, e Lani e Wicks tinham se acostumado com suas armaduras potencializadas de modo que nem pareciam tão desajeitados ao subir na nave. Assim que estavam a bordo, com o corpo de Felix seguramente preso na proa, Sayers começou a fazer os motores zumbirem.

Sayers levantou o esquife, virando-o de volta para a cidade. Lani e Wicks foram fazer um relatório com o piloto, deixando Gregor sozinho, livre para vagar pelo convés enquanto a névoa amarela cobria tudo. A umidade de Dynas pesava sobre ele, e tudo em que Gregor conseguia pensar era em o quanto ele queria deixar este planeta. O quanto Lani e os outros deviam querer o mesmo. O suficiente para fazer praticamente qualquer coisa.

Poucos inimigos para esmagar, pouco para olhar, e o maldito pólen ou o que quer que fosse continuava entrando em suas aberturas.

Enquanto Gregor se dirigia para a popa do esquife, com a base condenada de Felix desaparecendo na névoa, ele sentiu um crepitar em seu capacete. Uma transmissão em nível de esquadrão, na frequência da Sever. No início muito estática, muito distante, mas mesmo daqui Gregor podia reconhecer um loop. Uma transmissão repetida colocada por alguém que não tinha tempo para ficar na frequência. Ele se moveu para a frente do esquife, ficando em pé sobre o corpo de Felix.

— O que está acontecendo? — disse Lani, movendo-se para perto dele. — Estou ouvindo alguma coisa.

Porque é claro, as outras armaduras potencializadas já estariam conectadas à frequência da Sever. Lani e Wicks também ouviriam, mas não saberiam quem era. Eles não seriam capazes de reconhecer a voz de Rovo.

— Na estação do bonde, pedindo ajuda a qualquer um. A Helix está chegando, e eles vão nos pegar. O nível superior está livre, as ruas estão marcadas. A armadura se foi. Não vou durar muito tempo.

A voz de Rovo chegou cansada e esticada. Ele precisava de ajuda. Gregor não precisava saber mais do que isso.

— Temos que voltar — disse Gregor. — Para onde encontramos a armadura potencializada. Ele vai morrer se não fizermos isso.

— Quem vai morrer? — perguntou Lani. — Quem está fazendo essa chamada?

— Um dos meus companheiros de equipe.

— Parece que ele está em apuros — disse Wicks. — Mas não devemos nos tornar visíveis. A Helix não sabe oficialmente que estamos aqui. Não oficialmente.

— Wicks tem razão. Se seu amigo está comprometido, não podemos nos aproximar.

Ah sim, era por isso que Gregor odiava tanto esse ramo. Mais preocupados com seus próprios segredos do que com as vidas de outros membros da DefenseCorp. Apenas um bando de covardes.

— Você não me ouviu — disse Gregor, alcançando o martelo e ajustando suas botas para estar pronto para um impulso. — Vamos ajudá-lo. Agora.

VINTE E NOVE

INTERCEPTAÇÃO VALENTE

A questão das descidas, mesmo em um planeta tão isolado e escasso como Dynas, era que você não podia simplesmente pilotar uma nave para dentro da atmosfera e esperar chegar ao lugar certo. Planetas giravam, velocidades eram relativas, arrasto atmosférico, tantas variáveis.

Os computadores da nave realizavam a maioria dos cálculos, mas muitos exigiam que Eponi ao menos revisasse o resultado final. Teoricamente, o controle de tráfego na cidade designaria faixas livres para viajar, garantiria que os espaços estivessem desimpedidos para que, quando Eponi viesse atravessando a atmosfera em alta velocidade, ela não colidisse com alguém subindo através das nuvens.

Mas enquanto Eponi inseria as coordenadas que seu computador cuspiu, enquanto ela direcionava a nave ao redor da órbita até que aquela grande cidade negra girasse para a posição certa para seu retorno, o controle de tráfego não disse uma palavra.

— Controle Helix, novamente, aqui é a nave — Eponi olhou para a placa de identificação, convenientemente colada do lado de fora e nos painéis de controle, porque todos entendiam que os pilotos alternavam entre naves como essa aleatoriamente. Peões não tinham suas próprias naves. — *Valiant*. É, nave *Valiant* solicitando um vetor para pousar na torre. Por favor, designe um.

Valiant. Que nome idiota para uma nave como essa. Transportar carga entre o solo e o espaço não merecia tal nome. Algo como *Caixa* ou *Mula* teria sido mais apropriado. Eponi recostou-se em sua cadeira e esperou. E continuou esperando. Dentro em breve, ela teria que realmente acionar os motores para reorientar a nave ou perderia sua chance. Ridículo.

Mas ei, no espaço, ela não precisava se preocupar em ser infectada. Sem doenças nesta nave. Melhor entediada do que morta.

Havia algumas coisas que ela poderia fazer enquanto estava sentada na cabine da nave esperando a resposta de Helix. Eponi poderia observar as estrelas, mas a nave atualmente estava voltada para o planeta e, do lado oposto da estrela do sistema, Dynas parecia principalmente uma grande mancha negra obscurecendo uma seção transversal do universo.

Sem uma vista, Eponi poderia mexer nos controles, verificar os níveis de oxigênio e garantir que nada parecesse fora do lugar. Eponi já havia feito isso cinco vezes, e as porcentagens nunca se tornavam mais interessantes. E por último, mas não menos importante, Eponi poderia examinar o radar. Ver que outros objetos estranhos poderiam estar flutuando nas proximidades da nave e tentar adivinhar o que eram. Talvez uma antiga estação espacial? Um satélite? Um asteroide em sua descida gradual para a atmosfera do planeta, onde se quebraria e queimaria em pedaços minúsculos?

Ou você poderia olhar para o seu radar e detectar uma

nave se aproximando, uma voando para fora da cidade negra a uma velocidade absurdamente alta. E com um vetor instável, como se o caminho planejado tivesse saído drasticamente do curso. Ou seu piloto estivesse bêbado.

Isso era interessante. Não havia muitos voos em direção ao espaço partindo de Helix que Eponi tinha detectado, embora os scanners da *Valiant* captassem pequenas naves zumbindo por toda a superfície de Dynas, sem dúvida transportando suprimentos e pessoas para vários postos avançados como aquele onde Sever havia pousado. Dadas as poucas partidas, não havia muita competição pelo tráfego, mas um voo selvagem e frenético para fora poderia explicar por que Helix não estava respondendo às suas solicitações. Talvez estivessem ocupados demais lidando com seu próprio desastre.

— Bem, posso muito bem ver se consigo ajudar — disse Eponi.

Ajudar, talvez, não fosse a palavra certa. Descer para Helix significava colocar-se de volta nas correntes de outra pessoa, e adiar isso o máximo possível? Fazia todo o sentido.

Ela acionou o comunicador de curto alcance, designou a nave que se dirigia para cima e para fora - uma nave consideravelmente maior que a sua - e enviou a mensagem: — Aqui é *Valiant*, entrando em contato com *Beaker*. — Essas naves e seus nomes. — Vocês parecem um pouco instáveis aí. Precisam de alguma assistência?

Suas palavras atravessaram o espaço, zunindo em direção à *Beaker*. Eponi não conseguia exatamente ver a nave ainda, ela tinha acabado de sair da atmosfera e não estava dentro do alcance visível. Mesmo assim, Eponi impulsionou seus motores. Reorientou a *Valiant* e começou a se arrastar em direção à *Beaker*. Eponi poderia chamar seu movimento de intuição, poderia chamá-lo de palpite, ou poderia simplesmente chamá-lo de curiosidade. Ou os três.

Assim que Eponi começou a se mover, o comunicador da *Valiant* zumbiu, exigindo atenção, então Eponi bateu no botão. Talvez a *Beaker* tivesse decidido falar.

— Aqui é o controle terrestre de Helix — disse a voz do outro lado. — Você não é uma nave aprovada, e não está em uma missão aprovada. Retorne à base imediatamente. Enviarei o vetor para você. E fique longe da outra nave.

— Por quê? — perguntou Eponi.

— Porque você não está autorizada a se aproximar dela.

— Pode me dar algo mais do que isso? Ela parece danificada. Podemos ajudar.

Eponi incluiu o "podemos" em sua resposta para parecer menos suspeita do que uma piloto solitária saltitando pela atmosfera superior sozinha.

— Negativo. Retorne à base. Agora.

O controle terrestre cortou a comunicação. Hum. Eles não eram muito agradáveis, e Eponi só obedecia pessoas que eram gentis com ela. Ou era isso que ela dizia a si mesma neste momento, enquanto redirecionava sua nave para um curso de colisão com a *Beaker*.

— Chamando *Beaker* novamente — disse Eponi. — Tentando entrar em contato com vocês. Ainda parecem um pouco instáveis. Me avisem se eu puder ajudar.

A *Beaker* estava mais do que um pouco instável, e já desviava bruscamente contra a órbita, jogando-a para fora de qualquer plano de voo que levaria a deixar o sistema. Mais como se alguém estivesse tentando lutar pelo controle. Ou tivesse cometido um erro grave em seus cálculos. Eponi ativou o scanner, tentou ver se havia alguma transmissão vindo da nave que pudesse estar em outra frequência. E captou uma. Um sinal completamente aberto.

Sua boca se abriu quando os sons da *Beaker* ecoaram pela cabine de Eponi.

Gritos, brados. O som duro de objetos metálicos batendo em outras coisas duras, estrondos e pancadas. Maldições e ordens. Por baixo de tudo, alguém próximo ao comunicador só tossia. Gemendo. Sem dizer uma palavra, como se tivesse esquecido que havia aberto a frequência. Que estava transmitindo isso para todos os lugares.

Então Eponi sintonizou o sinal, tentou enviar algo de volta. Repetiu suas palavras de antes, mesmo enquanto a excitação crescia. Porque o *Beaker* era grande o suficiente para lidar com voos interestelares. Se Eponi pudesse atracar, talvez esperar até que o que quer que estivesse acontecendo se resolvesse e então fazer amizade com os vencedores, ela poderia sair.

Ou, e Eponi balançou a cabeça com esse pensamento, voltar para a cidade e levar seu esquadrão para cima e para fora. Na verdade, completar a missão. Ser uma amiga.

Ser uma heroína.

— Eponi? — Uma voz dura, uma mulher. Uma que Eponi reconheceria em qualquer lugar. As palavras de Aurora cortaram os sons do *Beaker* enquanto eles começavam a morrer, diminuindo para soluços distantes. Algumas súplicas. — Onde você está?

— Estou em uma nave se aproximando de vocês. — Eponi não conseguia pensar no que mais dizer. Como Aurora estava na nave? Como ela assumiu o controle? Sozinha? — O que está acontecendo aí?

— Tivemos alguns desentendimentos, então assumi o comando — respondeu Aurora. — Você consegue atracar?

— Posso me encontrar com vocês — disse Eponi. — Podemos tirar você daí.

— Não só eu. Sai também está aqui. Mas perdemos o piloto. Não sei como pilotar essa coisa.

Eponi sorriu. Apenas ouvir a voz de sua líder de esquadrão trouxe de volta sua confiança. Ela não estava sozinha. Não precisava fugir. Um minuto atrás, ela tinha mil opções, nenhuma delas boa. Agora ela tinha uma escolha perfeita: reconectar-se com seu esquadrão.

— Então escute e fale comigo — disse Eponi. — Você precisa encontrar o radar e mirar na minha nave. Assim que fizer isso, podemos estabelecer uma interceptação e os computadores cuidarão do resto.

— Entendi — respondeu Aurora. — É bom ouvir sua voz, Eponi. Não sabíamos o que tinha acontecido com você.

— É uma história. Parece que você também tem uma.

— Você não faz ideia.

TRINTA

CAÇA AO TESOURO

Quando Rovo e Kaia saltaram para o terceiro bondinho, com a mulher os seguindo calmamente o tempo todo, Rovo concluiu que não seria baleado na rua. A Helix não arriscaria tentar eliminá-lo à distância. Eles esperariam para ver em que buraco Rovo decidiria se esconder.

Felizmente, o buraco planejado por Rovo tinha uma armadura forte e muitas armas. A Helix não mandaria um soldado levemente armado para encontrar seu arsenal.

— Aguente firme — disse Rovo a Kaia enquanto desciam do terceiro bondinho, perto da estação de bonde alvo. A dois quarteirões da salvação. — Estamos quase lá.

Kaia tinha se comportado incrivelmente bem. Ela apontava para lojas, pessoas e luzes, rindo e gargalhando o tempo todo. Mantinha aquele pequeno leão de pelúcia na mão esquerda, mostrando-o para cada coisa notável que passavam. Quaisquer preocupações que ela tivesse sobre estar molhada, ou sobre não ter roupas apropriadas para Dynas, haviam desaparecido com a aventura.

No início, Rovo sentiu que a alegria de Kaia estava decididamente em desacordo com a situação perigosa, mas conforme as viagens de bondinho continuavam, ele começou a perceber que ela nunca tinha feito isso antes. Nunca tinha visto essas coisas que, até agora, só eram visíveis em breves vislumbres pela janela. E de certa forma, se estivessem em menor número e prestes a serem capturados, parecia bom proporcionar a Kaia alguns momentos fugazes de alegria. Então, quando ela apontava e ria, Rovo ria também. O soldado oferecia nomes, explicações e piadas, e até arrancava sorrisos de algumas das pessoas mal-humoradas que viajavam com eles.

Rovo quase podia fingir que eles eram uma família. O fato de estarem sendo perseguidos por pessoas que colocariam um laser em sua cabeça não o impedia de imaginar: e se este fosse um dia normal?

Apenas um pai e sua filha explorando a cidade.

Não era um pensamento ruim.

Um pensamento que morria sempre que via a mulher, sempre ocupando posições perto da frente dos bondinhos para que Rovo e a menina tivessem que passar bem ao lado dela toda vez que desembarcavam. Sempre os seguindo com passos leves, mantendo a expressão séria e sem nonsense enquanto comunicava pelo rádio a posição atual deles para todos os outros. Como perseguições iam, esta era metódica, e Rovo respirava fundo a cada inspiração e expiração para manter seus nervos calmos. Para se impedir de colocar Kaia no chão, virar-se e atacar a mulher.

Nocauteá-la, e talvez eles escapassem.

Mas para onde? Se, por algum golpe de sorte, a mulher fosse a única os seguindo, Rovo poderia ganhar alguns minutos. Ele não sabia para onde ir com esse tempo, não tinha para onde escapar, e carregar uma menina e uma grande maleta prateada não era exatamente discreto. Então, durante as viagens de bondinho, Rovo elaborou um plano diferente. Sem sua armadura, Rovo não tinha muitas ferramentas, mas o pequeno computador preso ao seu pulso oferecia uma opção.

Rovo usou primeiro o transpondedor, transmitindo uma mensagem em loop na frequência de Sever, informando seu destino e pedindo ajuda. Ele não sabia onde Sai ou Eponi, Aurora ou Gregor estavam, não sabia se eles poderiam ouvir seu sinal, mas ele se propagaria por alguns quilômetros. Estreito e leve. Talvez, apenas talvez, Rovo pudesse reunir seu esquadrão novamente.

Eles pisaram nas poças a um quarteirão da estação. Rovo mantinha os olhos atentos a pessoas nos telhados empunhando armas, a pessoas andando pelas ruas que paravam e os observavam por muito tempo, mas não conseguia identificar nenhuma. Não necessariamente porque não havia nenhuma - Rovo dificilmente era um espião, hábil em encontrar inimigos disfarçados - mas nenhuma era aberta sobre isso. Ninguém queria iniciar uma briga pública.

— Vamos entrar ali — disse Rovo quando a estação de bonde entrou em vista, com o letreiro *Fechado* evidente sobre a entrada principal. — Você tem que ser muito boa agora, ok?

— Ok — disse Kaia. — O que tem lá dentro?

— Tesouro. Um tesouro que vai nos ajudar.

— Tesouro?

— Você vai ver.

Na última travessia antes da estação de bonde, Rovo se curvou e pegou Kaia no colo, começando a correr. Assim que a Helix percebesse que ele estava indo para a estação de bonde, eles poderiam encurralá-lo. O que significava que eles começariam a convergir, o que significava que Rovo tinha apenas alguns momentos para descer lá, vestir sua armadura e se preparar.

A entrada da estação de bonde estava fechada, assim como quando Rovo, Aurora e Gregor chegaram pela primeira vez. Isso parecia ter acontecido há eras, mesmo que fossem apenas algumas horas. Com Kaia em um braço, Rovo abriu a porta, entrou e a fechou com força. Além do leitor de cartão de identificação, não parecia haver nenhuma outra maneira de selar a porta.

— Para onde estamos indo? — perguntou Kaia.

— Para o tesouro — respondeu Rovo. — Não falta muito agora.

Kaia não parecia acreditar nele, então Rovo a pegou no colo e correu pelas catracas que levavam às plataformas, passando por cima e através de barreiras destinadas a tempos mais felizes. Ele virou à direita, passando por mais placas que indicavam que a plataforma estava fechada. Fechada porque esta plataforma enviava o bonde para a estação mais distante que continha coisas muito piores do que qualquer pessoa em Dynas precisava saber.

Descendo uma rampa com azulejos brancos manchados, as placas ocasionais na parede dizendo às pessoas para terem cuidado, verificarem suas bagagens e terem um bom dia.

Lá estava. O bonde em que Rovo havia chegado, parado ali, inativo. As portas do bonde estavam abertas e esperando, e atrás delas estariam a armadura e as armas de que Rovo tanto precisava.

Sons ecoavam de cima, reverberando pelo interior silencioso da estação; a entrada do bonde sendo bruscamente reaberta. A perseguição estava a caminho.

— Estamos quase lá — disse Rovo para Kaia, que abraçava sua boneca com força e continuava olhando ao redor, encantada.

Rovo e Kaia atravessaram a plataforma e, com um

esforço, Rovo os levou para dentro do bonde. Sem surpresa, o bonde não tinha passageiros. A maior surpresa veio quando Rovo percebeu que o bonde não carecia apenas de pessoas, mas também da armadura.

Sumida. Toda ela.

Rovo simplesmente ficou parado ali enquanto a menina descia de seu braço e corria para cima e para baixo pelo corredor, rindo como se o bonde fosse um parque de diversões cheio de coisas novas e interessantes, o que, para Kaia, Rovo supôs que fosse. Embora, é claro, não por muito mais tempo. Sem a armadura, Rovo não tinha chance. A Helix os pegaria, Rovo seria baleado e Kaia?

Ele não queria pensar no que poderiam fazer com ela.

— Cadê o tesouro, Rovo? — perguntou Kaia, agachando-se e espiando debaixo dos assentos.

— Parece que alguém chegou antes de nós — respondeu Rovo. — Não está mais aqui.

— Espero que estejam aproveitando, então — disse Kaia. — Mas eu ainda estou me divertindo!

Okay. Respire, novato. Ele já tivera momentos de pânico em sua vida, mas estar levemente armado e cercado por inimigos não era algo que Rovo já tinha vivenciado antes. As chances pareciam sombrias, mas Rovo ainda estava livre. Devia haver outra saída.

Rovo olhou ao redor da plataforma e não viu nada além do túnel. Ele poderia correr pelos trilhos para longe da cidade, em direção ao posto avançado de Felix, o que levaria sabe-se lá quanto tempo para chegar e, se Rovo chegasse lá, o que faria? Ser devorado vivo pelo monstro do vírus?

Mas e o outro caminho? Para dentro da cidade?

— Vamos, estamos indo — disse Rovo. — Agora.

— Mas acabamos de chegar!

Rovo ignorou o protesto de Kaia, agarrou a menina e

correu de volta para a porta lateral pela qual haviam entrado. Um laser atingiu o chão aos seus pés, logo antes de pisar na plataforma, deixando um anel preto onde o superaquecimento havia pressionado a cerâmica. Rovo olhou para cima: a mulher, ladeada por dois soldados da Helix, o encarava de volta. Eles tinham rifles levantados.

Prontos para disparar.

— Acho que é hora de parar de correr — disse a mulher. — Solte a menina.

Rovo ergueu a mão esquerda lentamente. Fingir uma rendição e então correr. Se a Helix valorizava tanto Kaia, eles nunca tentariam atirar nele agora, quando ela poderia ser atingida. Então, assim que sua mão ficou acima do ombro, Rovo chutou para a direita e disparou, segurando Kaia na sua frente. Não era exatamente um movimento de herói corajoso usar uma garotinha como escudo humano, mas Kaia não duraria muito sem Rovo, então ele fez o que tinha que fazer.

A mulher gritou uma ordem afiada para suas forças da Helix para conterem o fogo e nenhum laser veio na direção de Rovo enquanto ele corria pela plataforma e desaparecia além da borda distante.

Isso não levou Rovo exatamente a nenhum lugar que precisasse estar. Acontece que os túneis do bonde não tinham muitas coisas úteis. A plataforma se estreitou até um corredor de manutenção estreito, e de resto o túnel liso continuava, a única característica sendo as leves reentrâncias que estariam brilhando se o bonde estivesse operando, pulsando com a eletricidade magnética destinada a manter o veículo flutuando. Agora o túnel estava escuro, a única luz vindo dos globos de manutenção padrão de tom mel acima.

— Para onde estamos indo agora? — disse Kaia. — Estou cansada.

— Você não pode estar cansada ainda — disse Rovo. — A aventura está apenas começando!

À esquerda, eles passaram por outra pequena reentrância, esta ostentando uma placa e uma única porta. Manutenção. Rovo tentou a maçaneta. Trancada. Deu um passo atrás, sacou sua pistola e disparou um tiro na maçaneta, que derreteu. Kaia riu com a luz, e novamente quando Rovo chutou a porta para abri-la enquanto a perseguição da Helix gritava em sua direção da plataforma.

A rota de Rovo não seria difícil de seguir, mas ele estava simplesmente tentando ganhar tempo agora. Encontrar algum lugar onde não morresse tão rápido.

Além da porta de manutenção, Rovo encontrou algumas escadas estreitas, de concreto e claramente não usadas com muita frequência. Com sua arma na mão esquerda, Rovo jogou Kaia em seus ombros, pegou a pasta na mão direita e se moveu. Subiu os degraus de três em três até que, com as coxas queimando, chegou a um patamar que oferecia duas opções: continuar subindo ou voltar para a entrada principal da estação. Esta última potencialmente os levaria à rua, onde poderiam continuar correndo.

Exceto que seus músculos estavam ficando cansados. A Helix poderia continuar rastreando-o e, se Rovo deixasse a estação, qualquer ajuda possível não saberia onde encontrá-lo.

— Eu sou realmente péssimo nisso — disse Rovo, e eles continuaram subindo. Ele passou por várias portas enquanto subia, cada uma trancada, mas os ruídos atrás dele mantiveram Rovo em movimento. Tomar tempo para atirar em outra maçaneta poderia significar ser pego.

Durante todo o tempo, Kaia continuava rindo. Um som tão fofo e encantado. Rovo sentia seu coração se partindo a cada vez.

— Eu vou salvar você — Rovo respirou enquanto continuava subindo os degraus ofegante. — Vai ficar tudo bem. Tudo bem.

Os degraus terminaram em uma porta maior, esta não trancada. Rovo a atacou com o ombro. Irrompeu e se viu no telhado. No topo da estação, onde geradores solares haviam sido instalados ao redor de uma grande plataforma de pouso para esquifes. O vento de Dynas roçou seu rosto, enquanto a neblina da noite começava a descer. O telhado não oferecia escolhas imediatas.

Rovo teria que saltar mais de doze metros para chegar ao prédio mais próximo, uma distância impossível mesmo com a armadura potencializando o salto.

— Não, não, não — sussurrou Rovo, enquanto Kaia continuava apontando para várias coisas perguntando como se chamavam.

Encurralado. Ele tentou correr para o lado da estação, mas quando chegou lá, olhando para a rua muito abaixo, tiros vieram, dedos apontaram, e ele viu mais guardas da Helix com armas levantadas esperando por eles lá embaixo.

Total e completamente encurralado.

Rovo colocou a pasta no chão, sentou Kaia em cima dela. E correu de volta para a porta, dizendo à menina para ficar parada. Para não se mover até que ele dissesse.

Posicionando-se logo do lado de fora da entrada da escada, Rovo esperou. Quando o primeiro guarda saiu correndo, Rovo atirou em suas costas. Mandou-o estatelado no concreto. O segundo guarda e a mulher não seguiram seu amigo para fora.

— Agora você tornou as coisas muito mais difíceis — a mulher gritou de dentro da escadaria. — Eu poderia ter tentado defender sua vida. Não mais.

— Acho que eu teria perdido esse caso — respondeu

Rovo. — Estou sem lugares para correr, mas vocês vão ter que vir me pegar.

— Não se preocupe, nós vamos.

Mas eles não se precipitaram para a porta. Em vez disso, Rovo ouviu o zumbido característico que, graças a este planeta, ele odiaria para sempre. Motores de baixa potência, pequenas naves flutuando de cima. Rovo não precisava se virar para saber que a Helix as tinha carregado de soldados e que seu tempo havia acabado.

TRINTA E UM

ESCOLHAS DESESPERADAS

Aurora tinha que admitir, era bom ter reféns. Normalmente, Sever estava do lado errado das armas. Encurralada, em menor número e sozinha. Forçada a escapar com sua própria habilidade e sorte. Exceto que agora Aurora, com as armas em punho, vigiava quatro guardas da Helix, Kashmal e Anaskya, enquanto Sai balançava de um lado para o outro, ofegante e mal conseguindo manter sua katana fora do chão. Ele tivera algum tipo de ressurgimento da doença; Sai havia lutado com todas as suas forças apenas para começar a desabar no final, com golpes descontrolados e passos cambaleantes.

Aurora não pôde deixar de notar que Anaskya nunca tirava os olhos de Sai, mesmo depois que Aurora mencionou a chegada iminente da nave de Eponi e como Sever voltaria para Dynas, deixando o resto deles aqui em cima para apodrecer sozinhos.

— Ele está regredindo — disse Anaskya pela terceira vez. — Isso é tão lamentável.

— Você continua dizendo isso — disse Aurora.

— Porque é tudo o que eu não queria — respondeu

Anaskya. E ela realmente parecia abatida, seus olhos quase se enchendo de lágrimas. — Eu pensei que ele fosse o escolhido. Que finalmente tínhamos encontrado tanto o espécime quanto uma estrutura molecular que pudesse ser suficiente.

— Encontramos um dos seus há não muito tempo — disse Aurora. — Ele se chamava Felix. Ele dominou um posto avançado inteiro.

Anaskya balançou a cabeça enquanto os guardas da Helix olhavam para o chão e Kashmal, de alguma forma, se mantinha quieto e a observava.

— Ele estará morto em breve, se já não estiver — respondeu Anaskya. — A versão dele era mais destrutiva, de ação mais rápida e mais poderosa. Fortalecia o hospedeiro apenas para eventualmente destruí-lo quando o hospedeiro não pudesse mais alimentar o vírus. Era uma ideia, uma solução de curto prazo. Equipes de choque que subjugariam o alvo, antes de sucumbirem elas mesmas. Mas nossos investidores tinham pouco gosto por isso.

— Não me diga — respondeu Aurora. Então ela olhou para Sai, franzindo a testa. — Então, qual é a cura?

— Cura? — disse Anaskya. Então riu, uma risada sem coração. — Não fomos pagos para desenvolver uma cura. A mudança é permanente.

— É melhor você esperar que não seja, porque todos nós estamos contaminados agora. Você viu o que fizemos com a sua carga — disse Aurora. Com essas palavras, os guardas ficaram pálidos, e Kashmal parecia que ia vomitar. Anaskya apenas riu novamente.

— Então você matou todos nós — respondeu Anaskya. — Parabéns. Você impediu nossa fuga e condenou a si mesma no processo. Que sucesso. Que jogada forte das suas mentes mercenárias.

Admitidamente, Aurora e Sai não tinham considerado o fato de que não havia cura. Que Anaskya estaria trilhando um caminho sem volta. Quando eles liberaram a doença na nave, a ideia era escapar da sala de carga, provocar pânico e usar esse pânico para dominar o inimigo. Isso funcionou, mas talvez a um custo maior. Ao olhar para Sai, Aurora não estava particularmente animada com o que estava por vir. Ela já sentia a coceira nos pulmões, o vírus se propagando.

— Então você acha que todos nós vamos seguir o caminho dele? — disse Kashmal, apontando para Sai. — Você acha que todos nós vamos morrer agora, seguir a rota dele? Suar como ele, ficar tão doentes? E então simplesmente caímos mortos?

— Parece provável — disse Anaskya. — O aerossol não foi extensivamente testado. Há uma chance de que possa não funcionar, uma chance de que possa falhar em atingir o limiar crítico para transformá-los no que está acontecendo com ele. Usamos injeções na superfície.

— Que chance?

— Uma chance pequena.

O plano, Anaskya continuou a explicar, enquanto Aurora andava de um lado para o outro e passava ideias pela cabeça, era que os compradores pudessem usar a versão em aerossol para simplesmente pulverizar um exército inteiro. Infectá-los todos de uma só vez, e em alguns casos sem nem mesmo dizer que o processo estava em andamento. Simples e eficaz, e muito menos traumatizante do que injeções em massa.

Havia também a ideia de que a versão inalada poderia ser menos difícil de lidar do que a injeção mais forte. Poderia ser mais fácil para o corpo, causar menos danos e ainda assim acabar com o super soldado que todos queriam.

— Um super soldado por um dia, você quer dizer — disse Aurora. — Depois nada.

Ela voltou para a cabine, deixou Sai encarregado dos reféns, embora na verdade parecesse que nenhum deles tinha planos de se mover. De se rebelar. O que eles ganhariam? O relógio estava correndo e continuaria a fazê-lo, não importa para onde a nave fosse, não importa quem a pilotasse.

O radar indicava que Eponi estava se aproximando, Aurora abriu novamente a comunicação com ela.

— Más notícias — disse Aurora. — Acho que você não vai querer atracar conosco afinal.

O comunicador crepitou por um momento enquanto Eponi respirava de volta no microfone, aparentemente processando as palavras de Aurora, o que não era surpreendente. Quando sua comandante a posicionou para uma tentativa de resgate e então, depois que você fez todo o trabalho para alinhar duas naves em órbita ativa, disse que tal tentativa era desnecessária, Eponi tinha todo o direito de se perguntar se sua comandante havia perdido o juízo.

— Acredite em mim, Eponi — disse Aurora. — Espalhamos o vírus por toda a nave. Todos a bordo estão infectados, e pode passar pela comporta de ar para a sua nave. Anaskya está dizendo que não há cura.

— Quem é Anaskya? — respondeu Eponi.

— O responsável por tudo isso. O cientista louco no centro do experimento. Aquele que vou pessoalmente atirar bem entre os olhos antes que esse vírus me leve.

— O quê? Você vai morrer?

Aurora olhou pelas janelas da cabine para a massa negra e giratória de Dynas no céu. A morte não estava exatamente distante de sua vida há muito tempo, sempre seguindo seus passos e sussurrando em seus ouvidos a cada missão. Aurora deveria ter morrido uma dúzia de vezes até agora, mantida viva apenas por pura sorte, preparações intermináveis e as habilidades de seus companheiros de equipe. Agora parecia ter superado tudo isso. Preparando-se para a última dança.

— Eu disse que não há cura — disse Aurora. — Nenhuma que conheçamos. Podemos viver alguns dias, depois vamos queimar. Exatamente como Sai está fazendo agora.

Eponi não disse nada. O que havia para dizer?

— Então o que quero que você faça é descer até a superfície — disse Aurora. — Encontre Gregor e Rovo. Saia deste sistema. E Eponi, a DefenseCorp sabia disso. Pelo menos alguns deles sabiam. Então eu não confiaria em voltar para eles também. Pegue o que puder, venda a armadura e fuja.

Mais silêncio, então um suspiro sombrio:

— Aurora, minha nave não pode deixar o sistema. É só para curtas distâncias. Mesmo se eu quisesse abandonar você, não poderia.

— Você não quer sequestrar outra?

— Sozinha? Não sou uma lutadora como Gregor. Como você.

— Eponi, você é tão lutadora quanto eu. Você não estaria na Sever se não fosse.

Silêncio novamente. Aurora continuou observando as estrelas. Olhou de volta para o corredor, em direção aos sons de uma discussão crescente nos fundos. A voz de Kashmal ficava cada vez mais alta. Talvez ele estivesse sentindo os efeitos do vírus agora. Percebendo que não receberia seu grande pagamento. Seu grandioso plano, um fracasso total.

— Não vou descer — disse Eponi. — Não vou fazer isso.

— Como é que é?

— Você é uma lutadora, está dizendo que eu sou uma lutadora — disse Eponi. — Então vamos lutar. Estou prestes a acoplar com você, e vamos encontrar uma maneira de vencer essa coisa. Juntas, ou não venceremos.

— Não estamos enfrentando algum exército — disse Aurora, forçando a dureza em sua voz. Aquela postura de comandante que ela tinha que adotar sempre que alguém em seu esquadrão, sempre teimoso, decidia ir contra as ordens. — Não vamos vencer essa com força superior. Siga as ordens, Eponi. Volte para a superfície e nos deixe em paz.

— E o que você vai fazer se eu desobedecer?

Aurora não tinha uma resposta para isso. Ela poderia, no entanto, pegar a nave de Anaskya e afastá-la da de Eponi. Empurrá-la para um mergulho louco que tornaria impossível acoplar a nave. Aurora olhou para os controles de voo, para os comandos da cabine. Um labirinto de botões, acoplado a telas que faziam referência a coordenadas matemáticas que Aurora mal entendia. Mas se ela continuasse apertando botões, talvez pudesse encontrar algo que funcionasse. Algo que salvaria a vida de Eponi.

A comandante da Sever começou a apertar os botões aleatoriamente. Batendo nas telas e nas teclas como uma criatura que tivesse perdido completamente o juízo. Parecia estúpido, parecia incrível. Toda essa frustração descarregada em um painel de controle que não merecia, mas que tinha que suportar mesmo assim.

Como ousa uma vida que foi vivida com tanto vigor, com tanto treinamento árduo, chegar a isso? Chegar a uma doença contra a qual Aurora não tinha como se defender? Não era justo, não estava certo.

Enquanto ela batia no painel de controle, enquanto Aurora apertava um interruptor piscante após o outro, ela sentiu a nave tremer e sacudir. Em um momento, Aurora agarrou um manche e tentou virar, mas nada mudou. Aparentemente, ela havia desligado os motores, deixando a nave à deriva. Aurora tentou descobrir como ligá-los novamente, mas, estupidamente, não havia instruções para neófitos como ela.

Algo havia mudado. Um assobio tinha começado por toda a nave, uma brisa. E um alarme suave começou a soar na cabine, embora Aurora não pudesse rastrear exatamente o que o alarme estava tentando lhe dizer.

Como alguém aprendia a pilotar uma dessas coisas?

— Aurora? — a voz veio de trás dela, firme e divertida. Anaskya. — Você está bem?

Quando Aurora se virou, ela tinha uma pistola na mão, pronta para destruir a doutora. — Onde está Sai?

— Na área de passageiros com os outros. Sobrevivendo, apesar dos seus melhores esforços.

Aurora balançou a cabeça, gesticulou para o painel de controle:

— Estou tentando nos matar antes que o vírus o faça.

— Você pode muito bem conseguir — Anaskya abriu as mãos, mostrando que não tinha nada escondido no traje esportivo que vestia. — Mas parece que você pode ter encontrado uma direção para seguirmos.

— O que você quer dizer?

— Você esvaziou o vácuo da câmara de carga. — Anaskya deixou escapar um sorriso triste. — Todas as amostras do vírus que eu estava planejando entregar agora estão flutuando sobre um planeta que eu desprezo.

— Ótimo.

— No entanto, você também expôs essa mesma câmara ao frio extremo. — Anaskya levou a mão ao queixo. — Não tenho certeza, porque nunca pudemos testar essas condições em Dynas, mas o vírus pode não sobreviver em tais situações.

— Não sobreviver? Pensei que o objetivo fosse fazer soldados lidarem com ambientes extremos?

— Mas vácuo? — Anaskya balançou a cabeça. — Não. A pressão negativa e o frio são demais. Mataria qualquer um, mas também mataria o vírus. A doença é uma coisa desenfreada e devastadora, como vimos. Pare essa devastação com o frio extremo, e ela pode nunca mais começar.

— Eu não- — Aurora parou quando a nave estremeceu novamente, um tremor mais longo e profundo que antes. Uma rápida olhada no radar confirmou o motivo: Eponi havia acoplado. Parece que suas tentativas de dissuadir a pilota de kart haviam falhado. Mais uma na série de falhas que Aurora havia acumulado nesta missão. — Então, você está dizendo que poderíamos nos libertar congelando?

— Sim. Para curar o vírus, tudo o que precisamos fazer é nos jogar no espaço.

TRINTA E DOIS

UMA CURA FRIA

Sai já havia ficado doente antes, tinha sentido o progresso perigoso de febres, calafrios e outras doenças intergalácticas queimando seu corpo. A maioria, no entanto, tinha tratamentos prescritos e, apesar de todas as suas falhas, a DefenseCorp investia em curar seus soldados para devolvê-los ao campo o mais rápido possível. Então, embora Sai já tivesse ficado mal antes, nunca tinha ficado completamente fora de ação.

Isso era algo completamente diferente. Enquanto outro vírus poderia parecer um invasor, este enxameava seus sistemas e os tornava seus. Sai não se sentia como se estivesse sob ataque, mas sim como se tivesse sido transformado. O vírus o havia transformado de um humano, um pai e um especialista em demolição surfando as estrelas para uma empresa mercenária em... o quê, exatamente? Alguém sofrendo de alucinações, alguém que cambaleava de um lado para o outro e buscava o aperto em sua espada como seu único elo com a realidade?

Sim, isso.

Mas também alguém com lágrimas pairando em seus

olhos, secura preenchendo sua boca e uma rouquidão permanente em seus pulmões. No entanto, os músculos ao longo de seus braços e pernas pareciam mais duros, mais fortes. O sangue de Sai corria quente em suas veias, cumprindo o desejo de Anaskya por um ser resistente ao inverno.

Bem e mal, misturando-se e entrelaçando-se com abandono deletério.

— Você está carregando uma espada — disse Kashmal, o VIP que eles vieram resgatar e que agora estava sentado sob a vigilância embaçada de Sai. O homem recostou-se em um assento de emergência, ao lado de dois dos guardas que sobreviveram à rápida tomada da nave por Sai e Aurora. — Você sabe disso, certo?

— É minha — disse Sai, forçando sua cabeça para cima para encontrar o olhar nivelado de Kashmal.

O VIP já parecia corado, o vírus progredindo rapidamente pelos sistemas do homem. Não era surpreendente, considerando o quão flácido e frágil o homem parecia. Como se tivesse bebido demais por muitos anos. Os guardas ao lado dele, embora suando, ainda não pareciam estar sucumbindo à doença.

— Percebi — disse Kashmal, então tentou rir. — O que estou tentando entender é por quê? A DefenseCorp distribui essas agora?

— Da minha família — disse Sai, então se perguntou por que se incomodava em dizer qualquer coisa a esse homem.

— Acha que eles vão recuperá-la? — disse Kashmal. — Depois que todos nós morrermos aqui? Algum sucateador vai encontrar a espada quando descobrir esta nave e dizer "ah, é desse cara, melhor levá-la de volta para onde quer que você chame de lar"?

Sai piscou para Kashmal. Não, não havia uma boa

maneira de a katana voltar para sua esposa, seus filhos, e embora o pensamento irritasse Sai um pouco, não era uma preocupação urgente. Ele não havia ensinado sua filha, seu filho a usar a arma, não havia ensinado sua esposa. Eles estavam destinados a coisas diferentes, provavelmente já as estavam fazendo.

Sai nunca conseguia entender direito a dilatação do tempo. Viajar por tanto tempo na velocidade da luz e além significava simplesmente não envelhecer, enquanto a massa gravitacional do mundo de seus filhos...

Não importava. Se os encontrasse novamente, Sai os amaria como eles fossem, e esperava que eles o tratassem da mesma maneira.

— Você pode calar a boca? — disse um dos guardas. — Eu já estou com dor de cabeça e você está piorando.

— Falar é meu mecanismo de enfrentamento — respondeu Kashmal.

— Socar você pode ser o meu — disse o guarda. — Vamos descobrir.

Sai ergueu a katana muito levemente, tentando não mostrar o quanto mesmo esse pequeno movimento sobrecarregava seu pulso. Não os músculos, mas sua mente. Enviar movimento pelos seus nervos parecia como tentar nadar através de cimento molhado; possível, difícil e sujo.

A nave parecia responder à lâmina erguida de Sai, estremecendo como se algo maior a tivesse atingido. Sai só se virou quando seus reféns começaram a olhar ao seu redor, para a escotilha situada na lateral da área de passageiros.

Uma porta circular ali havia sido cercada por luzes vermelhas finas, indicando sem sombra de dúvida que esta porta estava fechada por uma razão. A saber, que abri-la uma vez que a nave estivesse em movimento significava o tipo de morte rápida e brutal que se preferiria evitar.

Agora essas luzes ficaram amarelas, e além da pequena janela na escotilha - Sai não podia dizer se a janela era realmente isso, ou uma tela ligada a uma câmera externa, esta última sendo menos arriscada e o modelo preferido em naves mais novas, mas por que ele estava preocupado com isso? A maldita febre o tinha levado a outro devaneio.

Com o que ele estava se perguntando?

Ah. As luzes amarelas. Agora estavam verdes. Algo havia acontecido. Acoplagem. Era isso que significava. Uma câmara de ar havia sido acoplada. O que significava que outra nave estava acima de Dynas, esperando por eles.

Os amigos de Anaskya?

Sai mudou seu aperto, colocou ambas as mãos na katana e a ergueu, de frente para a porta. Ele respirou fundo uma vez após a outra, forçando seus músculos a se tensionarem, a ficarem prontos para agir. Todo mundo sempre subestimava a velocidade da espada neste universo de armas e lasers. Sai teria seu meio segundo para lançar o ataque e o usaria.

Até que um rosto que Sai não esperava ver apareceu: olhos curiosos, cabelo amarrado em faixas improvisadas, e então uma mão acenando através da tela.

— Eponi? — disse Sai. A febre tinha produzido outra alucinação? Esta parecia tão real. — Não pode ser você.

— Definitivamente é alguém — disse Kashmal atrás dele.

— Sai! — a voz de Eponi veio através do alto-falante da escotilha, metálica, mas soando como ela. — Estou aqui para te resgatar!

Sai não sabia como Eponi havia se encontrado no espaço acima de Dynas. Nem se importava realmente - apenas ver outro rosto amigável ajudava a aliviar a sensação de destruição iminente. Sai, no entanto, não fez nenhum movimento para abrir a porta. Se Eponi não estivesse infectada, expô-la ao ar da nave seria assassinato.

— Não abra — disse Aurora, voltando do cockpit para os aposentos dos passageiros, seus olhos naquele estágio vítreo pré-infecção, mas de resto parecendo a mesma comandante confiante de sempre. — Eponi vai nos ajudar, mas não agora. Não até limparmos este lugar.

— Limpar este lugar? — Kashmal riu. — Como você planeja fazer isso? Não somos uma equipe de descontaminação.

Aurora se virou, apontando para a pessoa que a seguia, outra refém e a fonte da raiva latente de Sai: Anaskya. Ela exibia outro daqueles malditos sorrisos sutis que diziam que ela sabia mais do que você, que era melhor do que você, e que você tinha o privilégio de compartilhar o espaço com sua genialidade.

— Vamos aspirar a nave — Anaskya cruzou os braços e deixou seu sorriso se alargar enquanto as palavras eram absorvidas.

Parecer arrogante após tal frase parecia apropriado, porque Sai mal podia acreditar no que ouvira. Aspirar uma nave significava expô-la ao espaço, deixando todo o ar ser sugado, junto com qualquer coisa que não estivesse presa. Sai já ouvira a expressão usada em ataques - como em, abrir um buraco no casco e aspirar a nave - nunca em uma conversa casual como um método.

Uma estratégia.

— Você está louca — Kashmal, pela primeira vez, disse o que o resto da sala estava pensando. — Todos nós morreríamos?

— Não exatamente — disse Anaskya. — Mas antes que você faça saltos ridículos para o pânico, deixe-me explicar.

— Ela é boa nisso — acrescentou Aurora. — Eu estava prestes a atirar nela, mas ela me convenceu. Por enquanto.

— Obrigada? — Anaskya arqueou uma sobrancelha. — Agora, eis o que podemos fazer. Devido às ações desses dois, acredito que estamos todos infectados. Eu projetei o vírus para permitir uma dispersão controlada, seja por injeção ou, com menos sucesso, por proliferação aérea.

— No entanto, não o projetamos para se espalhar de forma descontrolada. Nossos investidores não queriam criar uma praga, mas um método aplicado para aprimorar seus funcionários. Assim sendo, você e eu estarmos na mesma sala não representa risco. Só se o vírus fresco for liberado no ar, podemos contraí-lo.

Encolher de ombros e olhares inexpressivos abundavam. Sai incluído.

— Vá direto ao ponto — disse Aurora.

— Tudo bem. Eu sempre prefiro entender o raciocínio por trás das ações de alguém, mas se você prefere apenas o objetivo — Anaskya respirou, como Sai faria antes de dar uma lição óbvia a seus filhos. — Se matarmos o vírus flutuando no ar ao redor da nave, não haverá perigo para os outros. Se o matarmos em nossos próprios corpos, então sobreviveremos.

— Mas o vácuo nos matará — disse Kashmal. — Pensei que você soubesse disso.

— Para nós, só precisamos do frio — disse Anaskya. — Nos resfriando o suficiente, o vírus deve morrer. O corpo, tão congelado, pode ser trazido de volta com danos mínimos se o fizermos rápido o suficiente.

Aspirar toda a nave e depois congelar e descongelar cada um deles por sua vez? Todo o plano soava ridículo. Perigoso e potencialmente mortal.

Sai deixou cair a katana e ela atingiu o chão com um

estrondo metálico. Ele olhou para sua mão direita, tão coberta de suor que não conseguia mais segurar nada. Sua dor de cabeça havia aumentado, uma dor pulsante que embaçava sua visão a cada batida.

Ele não podia ser exigente. Não podia ser difícil. Ele precisava de uma cura, e precisava agora.

— Estou dentro — disse Sai. — Quando podemos começar?

— Não vejo momento melhor do que agora — disse Anaskya. — Primeiro, esterilizamos a nave. E depois, congelamos.

Kashmal, finalmente, não tinha nada a dizer.

TRINTA E TRÊS

CHOQUE E ESPANTO

Equações de ameaça tendiam a envolver apostas. Pesar os benefícios potenciais contra o dano de se lançar contra os inimigos apresentados a você. Gregor, em uma pequena embarcação com três potenciais inimigos, dois dos quais vestiam armaduras da DefenseCorp como a dele, calculou a ameaça de forçá-los a resgatar seu companheiro de esquadrão Sever assim:

Benefício: salvar Rovo.

Dano de Lani, Wicks e Sayers? Nenhum.

Não que eles não pudessem machucar Gregor, não que Lani não pudesse acertar um tiro potencialmente fatal através de alguma fenda na armadura de Gregor e derrubar o grandalhão de uma vez por todas. Não, Gregor simplesmente não registrava isso como *dano*. Pelo menos, não comparado à lealdade.

Você nunca virava as costas para seu esquadrão. Não importa o quê.

— Acho que você não está entendendo — disse Lani enquanto Sayers lançava a embarcação de volta à cidade. — Você não nos comanda, e seu martelo não vai te ajudar.

— Ele já me ajudou bastante antes — respondeu Gregor.

— O que você vai fazer? — Lani ergueu seu rifle, inspecionando-o sem nenhuma preocupação aparente. — Nos esmagar? Digamos que você consiga, você sequer sabe pilotar uma embarcação?

— Eu daria um jeito.

Lani riu enquanto a névoa amarela envolvia seu rosto. Todos os rostos deles. A embarcação atravessava as névoas espessas, com a porcaria novamente se infiltrando em qualquer pequeno recanto que pudesse encontrar na armadura. Sayers, na cabine da embarcação, tinha Wicks posicionado perto do para-brisa, limpando-o constantemente.

Além dos gemidos do motor da embarcação, além de suas vozes, Dynas permanecia quieto. Gregor achava que essa era uma das coisas mais estranhas sobre o planeta: o barulho não tinha lugar aqui. Mesmo na cidade, o único som constante vinha de respingos. Nenhuma indústria em chamas, nenhum vento forte soprando ou gritos de animais nativos.

Silencioso o suficiente para ouvir seus próprios dentes batendo uns contra os outros enquanto Lani continuava explicando o quão encurralado Gregor estava, — Porque, sem dúvida você está vendo agora, a DefenseCorp e tantos outros têm muito investido aqui para deixar que um pequeno pedido VIP atrapalhe. E eles vão nos pagar também. Dinheiro que você poderia pôr as mãos, se decidir se juntar a nós.

— Eu não me torno traidor.

— Essa é uma palavra forte — disse Lani. — Seu amigo provavelmente já está morto. Assim como o resto do seu esquadrão. Você, no entanto, nos encontrou, e eu sou capaz de proteger você. Poderíamos usar a força muscular, honestamente, porque isso pode se transformar em um ataque relâmpago em breve se a Helix continuar fazendo besteira.

Por que todo mundo achava que Gregor podia ser comprado? Porque ele carregava um martelo e parecia tanto com os durões de um filme de ação estereotipado? Aqueles que podiam ser descartados com um soco, um chute ou um olhar sem entusiasmo do herói da história?

— Nós vamos para a estação do bonde — disse Gregor. — E é o fim da história.

Lani deu de ombros, não deu nenhuma ordem desse tipo a Sayers. Gregor deixou a embarcação zumbir por mais alguns minutos, observando a névoa e esperando que Lani voltasse à razão. Para perceber que um soldado da Defense-Corp significava mais do que uma missão que já tinha sido obviamente comprometida.

O que eles iam salvar? Um vírus que massacrava seus hospedeiros? A DefenseCorp não poderia estar interessada em algo que transformaria seus soldados em cópias do Felix. Homens virais derretidos e loucos.

A cidade negra surgiu da névoa instantaneamente. Em um momento, a embarcação não tinha passado por sua rede nano, e todo o mundo era névoa amarela, e no seguinte estava uma metrópole encharcada, céus zumbindo com embarcações e ruas movimentadas com os passageiros do final da tarde voltando para casa.

E bem ali, logo depois do muro externo da cidade que mantinha as águas do pântano de Dynas afastadas, estava a estação do bonde. Uma massa cinzenta em decomposição entre os blocos residenciais. E nela, Gregor podia ver várias figuras, viu um clarão de laser.

— Ele ainda está vivo — Gregor rosnou para Lani, os dois compartilhando a proa da embarcação. — Desça agora.

— O que nos últimos minutos te fez pensar que eu mudei de ideia?

Gregor olhou para ela. O bom humor de Lani com o massacre bem-sucedido de Felix tinha se transformado em uma expressão séria. Seu blefe sobre a morte de Rovo tinha sido desmentido pelas circunstâncias, e agora ela tinha uma escolha a fazer.

— Você está abandonando os seus — disse Gregor.

— Estou salvando eles — respondeu Lani. — Sayers e Wicks, eles são minha equipe. Não você. Não seu esquadrão. Se entrarmos lá, a Helix vai cancelar nossa licença. Seremos assassinados quando você for embora.

— Então venha conosco.

— Isso mata nossa missão.

— Assim que chegarmos ao espaço, meu comandante vai dizer à DefenseCorp para explodir este lugar — disse Gregor. — Você não terá uma missão.

A embarcação deslizou sobre o muro. Ou descia agora, em direção àquelas figuras correndo no telhado, ou...

Lani estava balançando a cabeça, — A DefenseCorp não vai fazer isso. Eles estariam admitindo seu próprio papel. E você não sabe se seu comandante ainda está-

Gregor se virou, ergueu e bateu seu martelo carregado na proa da embarcação. O golpe entortou e rachou o metal, fazendo a nave mergulhar imediatamente. As botas de Gregor se encaixaram, travando-o na superfície inclinada. Lani e Wicks se salvaram da mesma maneira, e Sayers se plantou firme contra o para-brisa resistente da embarcação enquanto a nave mergulhava.

Lani xingou, gritou e de resto se segurou enquanto a embarcação descia. Gregor não podia ver o que Wicks estava fazendo. Também não se importava. Ele firmou as pernas, agachou-se e esperou pelo segundo certo.

A estação do bonde se erguia rapidamente diante deles, e com ela veio uma visão melhor dos jogadores correndo em seu telhado. Um deles, Rovo, disparou um tiro bem colocado que derrubou outra figura que emergia da porta do telhado. Outra, uma mulher, correu logo atrás da figura caída, mirando sua arma na direção de Rovo.

E outros três escalaram o telhado pelo lado oposto, perto de onde alguém, alguém pequeno, parecia estar sentado.

Rovo não viu os que vinham por trás. Ele se concentrou na mulher, parecia estar dizendo algo para ela. Mais um segundo e ele levaria um tiro nas costas.

— Boa sorte! — gritou Gregor para Lani, e saltou.

Seu salto impulsionado fez Gregor se sentir, por um breve momento, como um super-herói. Planando pelo ar, bem acima de seu ponto de aterrissagem, martelo sobre a cabeça como um guerreiro viking de milênios atrás, de um planeta que Gregor nunca vira e provavelmente nunca veria.

O trio que escalava o telhado, todos guardas da Helix naquele uniforme preto que vestiam tão bem, notou o esquife. Deve ter sido difícil não perceber, descendo do céu com sua proa toda fumaça e fogo enquanto suas baterias elétricas derretiam. Sayers parecia estar tentando manter a coisa no ar, retardando sua queda com quaisquer jatos espasmódicos que pudesse fazer funcionar.

Todo aquele barulho e desastre tornaram difícil ver Gregor despencando, pelo menos até ele se chocar contra o guarda do meio, enterrando o homem da Helix no telhado, enquanto o martelo de Gregor esmagava o primeiro e enviava o homem arruinado pelos ares.

A armadura de Gregor absorveu o choque da aterrissagem, convertendo a energia cinética que deveria ter esmagado seus joelhos e estourado sua coluna em poder. Gregor girou em direção ao terceiro guarda, que ainda parecia atordoado pela desgraça que acabara de cair do céu.

O dia ruim do guarda continuou quando Gregor o derrubou do telhado com um balanço lateral.

— Gregor! — gritou Rovo do lado oposto, onde parecia estar em um tiroteio com a mulher e outro guarda que emergia. — Pegue a garota!

A garota? Os instintos de Gregor juntaram as peças mais rápido que sua mente, virando-o em direção à pequena figura que agarrava algo perto do canto da estação do bonde.

Que diabos uma garota estava fazendo aqui?

Gregor guardou seu martelo e saltou, usando aquele poder cinético impulsionado para se lançar pelo telhado enquanto o esquife se chocava contra ele, uma explosão ondulante se lançando na esteira de Gregor. Os olhos arregalados da garota se abriram ainda mais quando Gregor voou em sua direção, agarrou-a em seus braços e a envolveu enquanto caíam do lado do edifício.

Girar no ar não era fácil, mas Gregor tinha feito quedas suficientes com Sever e outras missões da DefenseCorp para poder se lançar para frente, envolvendo a garota em uma concha protetora de armadura potente enquanto eles se chocavam contra a rua molhada abaixo, com destroços em chamas caindo atrás deles.

CAMINHADA ESPACIAL

Ela deixou a câmara de despressurização para os infectados. Eponi chamou a atenção deles e então recuou para sua nave, selou as portas e observou.

O plano todo parecia insano. Expor a nave de Anaskya ao vácuo e esperar que isso pudesse limpar a embarcação? Depois congelar individualmente cada um deles para fazer o mesmo?

Eponi guardou as dúvidas para si mesma enquanto observava a meia dúzia de membros entrar na câmara de despressurização, o tubo cinza elástico conectando sua pequena nave à nave maior. A membrana se inflava onde as pessoas pisavam, possivelmente muitas para a passagem suportar de uma só vez, mas em gravidade zero, limites de peso e vento não eram um grande risco.

— Estamos prontos — disse Aurora, sua voz vindo através do cockpit da nave. — Abra, Eponi.

— Desde que você entenda que não sou responsável pelo que acontecer a seguir.

— Se isso não funcionar, morreremos, então não há muito a perder.

Bem. Eponi poderia morrer se algo desse errado. Isso era algo a perder. Mas ela manteve a boca fechada.

Antes de deixar a nave de Anaskya pela câmara de despressurização, Eponi e Aurora haviam trabalhado para escravizar os controles da nave maior para que Eponi pudesse operá-la remotamente. Feito mais para guiar naves em situações difíceis de acoplagem do que para realizar experimentos científicos drásticos, o método permitia que Eponi visse todas as várias opções que a nave de Anaskya tinha disponíveis.

E eram muitas. Anaskya tinha se dado uma embarcação capaz, apta a atingir velocidades pós-luz para verdadeiras jornadas interestelares. Torres de defesa rudimentares aninhadas sob placas de armadura, escondidas até serem necessárias, reforçadas por extensa pintura refletiva que desviaria a energia de um laser.

Em resumo, esta nave não foi feita para ficar na doca de um mundo como Dynas. Ela pertencia ao combate, mergulhando em território contestado e saindo vitoriosa.

Eponi não pôde suprimir um pouco de empolgação enquanto vasculhava as configurações, o potencial. Seria tão divertido pilotar essa coisa e, se tudo corresse bem, Eponi *iria*. Aurora não tinha dito explicitamente, mas se Sever planejava completar a missão, a nave de Anaskya fazia mais sentido para levar. Largar seus reféns na superfície e disparar para a noite estrelada.

— Eponi? Está aí? — Aurora voltou pelo comunicador.

— Está frio, e ainda estamos morrendo nesta câmara de despressurização. Então, a qualquer momento. Com isso quero dizer, agora.

— Certo.

Expor uma nave ao vácuo significava desligar qualquer

blindagem magnética, depois abrir um compartimento. Eponi tinha que fazer isso com cuidado, tinha que manter a integridade estrutural da nave. Abrir toda a embarcação de uma vez e as puras forças sugando em todos os lugares poderiam despedaçar os suportes da nave.

— Então, um de cada vez — disse Eponi. O compartimento de carga parecia um ponto de partida lógico, nem que fosse porque já tinha sido aberto sem grandes danos. — Aqui vamos nós.

Eponi acionou vários interruptores, ajustando a visão de seu próprio cockpit para uma das várias câmeras do casco da nave - procedimento padrão para que um piloto pudesse ver o que estava acontecendo do lado de fora - e orientou a visão para mostrar a nave de Anaskya, pairando ali ao lado com o enorme globo de Dynas atrás.

O próximo interruptor reabriu o compartimento de carga sobre o protesto do computador. Eponi observou as pequenas abas se abrirem no vidro do cockpit, sem emitir um único som. Nada flutuou para fora também, embora a força naquele compartimento tivesse que ser tremenda.

— Podemos ouvir — disse Aurora. — Está rugindo alto.

— Só vai ficar mais alto — respondeu Eponi. — Vou selar e abrir o resto da nave um por um agora. Me avise se algo der errado.

Naves como a de Anaskya eram construídas com paradas por toda parte. Portas grossas que podiam isolar seções inteiras para evitar exatamente o que Eponi pretendia forçar: despressurizar a nave inteira. Se surgisse um vazamento, você poderia esperar fechar uma seção e sobreviver até a chegada de ajuda.

Eponi forçou esse vazamento e, um por um, sugou todos os cômodos da nave. Detritos flutuaram para fora através do compartimento de carga enquanto ela prosseguia, tudo que não estava pregado ou amarrado se deslocando e sendo ejetado. Aurora relatou alguns estrondos grandes, sem dúvida objetos não exatamente capazes de sair de seus cômodos, mas ainda assim fazendo tentativas.

A dança terminou sem nenhuma morte, sem nenhuma explosão. Eponi refez seus passos de fechamento, finalmente selando o compartimento de carga. Agora vinha outro truque.

O vácuo havia sugado todo o oxigênio da nave de Anaskya. Ninguém poderia respirar lá dentro, então Eponi teria que transferir o ar de sua própria nave. O que significava que ela precisava colocar um respirador, se equipar.

— Indo para o estágio dois — disse Eponi. — Aguenta aí.

Respiradores eram equipamento padrão, e algo com o qual Eponi tinha muita experiência. A maioria dos pilotos de kart tinha, colocando máscaras de oxigênio sobre seus rostos enquanto realizavam corridas mais intensas, onde atingir forças G altas o suficiente para deixar as pessoas inconscientes era uma causa frequente de acidentes. Esperançosamente Eponi não estaria envolvida em nenhuma dessas manobras aqui, mas enquanto ela deslizava a máscara sobre o rosto, sentiu o primeiro toque puro do ar, aquela emocionante fisgada veio com ele.

Ela tinha que voltar a correr. E logo.

— Inundando a câmara de despressurização agora — disse Eponi. — Preparem-se para abrir a passagem de volta para a nave.

— Já estávamos prontos.

Claro que estavam. Aurora provavelmente os tinha posicionado na porta, esperando seu comando desde o segundo em que entraram na câmara de despressurização. Que comandante rigorosa.

Rigorosa demais, às vezes, se Eponi fosse honesta.

Eponi acionou alguns interruptores na nave, ajustando suas bombas de reciclagem para redirecionar cem por cento de sua energia para a câmara de despressurização, em vez dos habituais dez ou menos. Lentamente, o ar da nave seria drenado para aquele tubo, e quando Aurora abrisse a porta de volta para a nave de Anaskya, a pressão resultante sugaria o oxigênio junto.

— Então, você está feliz por termos aceitado a missão? — Eponi perguntou a Aurora, observando a porcentagem de oxigênio da nave diminuir. — Por termos vindo aqui?

— De jeito nenhum — respondeu Aurora. — Vou pedir um bônus ao Comandante Deepak por toda essa merda que passamos.

— Acha que vamos conseguir?

— Depende se eu conseguir me controlar para não socá-lo.

— Por favor, se controle.

— Veremos.

Aurora não continuou a conversa e Eponi deixou o assunto morrer. Observou o medidor cair cada vez mais. Era estranho matar uma nave assim. A pequena nave não tinha feito nada de errado, na verdade, tinha feito tudo certo. Ainda assim, agora iam deixá-la à deriva aqui em cima, em órbita. Talvez alguns sucateiros a resgatassem, devolvendo-a ao serviço.

— Você mereceria — disse Eponi, e então deu uma palmadinha no console.

Ela fazia o mesmo com seus karts depois de cada corrida, como se as máquinas pudessem sentir. Pudessem entender que Eponi se importava com elas, mais do que se importava com a maioria das pessoas em sua vida.

— Vá — disse Eponi quando o medidor atingiu

cinquenta. Metade do oxigênio da nave tinha inundado a câmara de ar, mais do que suficiente para iniciar os esforços de recuperação de Aurora.

A marcha de volta pela nave de Anaskya, de alguma forma, funcionou exatamente como planejado. Aurora abriu a porta da câmara de ar e todo o grupo entrou, colocou seus próprios respiradores por segurança e começou a resetar os sistemas da nave maior. A única preocupação veio de Sai, que, uma vez equipado com seu respirador, desmaiou no assento de impacto.

Eponi quase havia esquecido que todos estavam infectados, todos morrendo.

— Hora de vir para cá — anunciou Aurora alguns minutos depois, de volta em sua própria cabine. — A câmara de ar ainda está mostrando como segura.

— Estou a caminho.

Como se caminhasse por uma casa pela última vez, Eponi, com o respirador e o tanque de oxigênio pendurados nas costas, atravessou a nave até sua própria câmara de ar. Digitou a combinação, deu uma última olhada no metal sem graça que havia sido seu lar nas últimas horas no espaço, e pisou na membrana elástica que se estendia pelo vácuo puro.

Sem gravidade, seguir pela membrana parecia mais flutuar do que andar. Saltando com os pés e as mãos, Eponi seguiu em frente, em direção à porta selada que marcava a nave de Anaskya.

Quase lá.

— Continue vindo — disse Aurora. — Estamos todos esperando por você.

Será que sua comandante podia sentir o medo de Eponi? Provavelmente. Eponi podia sentir seu próprio suor se acumulando em todos os lugares, sentia sua respiração acelerada enquanto sugava ar do tanque.

Mas ela conseguiu. Suas mãos bateram na porta da câmara de ar da nave de Anaskya e Eponi digitou o mesmo código que Aurora havia usado momentos antes para abrir a porta. Só que desta vez, os números voltaram vermelhos. Trancada.

— Não está abrindo — disse Eponi, forçando calma em sua voz. — Aurora?

— Verificando.

Eponi olhou ao redor. Tudo cinza, pressionando. Ela não podia ver as estrelas, não podia ver Dynas. Uma porta fechada à sua frente e, ao longo da membrana, a porta de sua antiga nave. Nada mais. Sem cheiros. Nada para sentir. O único som era o de seus pulmões sugando e expelindo ar.

— A nave está dizendo que não pode abrir a trava porque não há ar suficiente na membrana — disse Aurora. — Temos que bombear um pouco de ar de volta.

— Estou esperando.

A membrana, no entanto, não estava interessada. Um som estranho surgiu do lado distante, de volta à nave de Eponi. Levou um segundo para ela entender o gorgolejo ruidoso, a frustração rangente vinda de sua antiga nave.

As peças. Elas ainda estavam funcionando, mas sem ar, as coisas estavam quebrando. Eponi deveria ter desligado a nave inteira. Deveria ter, mas quando você está distraída, quando você nunca prepara naves para estase orbital, bem, você não pensa no que não está fazendo.

Não se lembra do que as bombas fariam sem nada para bombear. Que elas iriam forçar e quebrar e-

A membrana sacudiu quando a nave de Anaskya começou a enviar ar em sua direção e a antiga nave de Eponi captou o retorno do oxigênio. A pressão enviou o ar uivando através da membrana em direção à antiga nave de Eponi, indo contra aquelas mesmas bombas forçando que ainda tentavam empurrar o ar inexistente de volta. Essa força se encontrou na conexão da membrana e a fez inchar para fora, como um balão crescendo lentamente.

E quando estourasse, Eponi estaria muito, muito morta.

TRINTA E CINCO

NOVOS AMIGOS

Rovo viu a luta no telhado se desenrolar de várias maneiras diferentes, a maioria terminando com ele sendo frito enquanto as esmagadoras forças Helix se aproximavam. Kaia seria capturada, a maleta roubada. A missão fracassada.

Naqueles breves momentos em que Rovo vislumbrava um possível sucesso, como depois de ter atropelado o primeiro guarda a chegar ao telhado, ou quando atraiu a mulher que o seguira o tempo todo para o espaço aberto e a desarmou com um movimento rápido, Rovo imaginou que poderia chegar a um impasse. Negociar sua saída e pelo menos sobreviver.

Nunca, nem uma vez, ele apostou que uma aeronave bateria no telhado como uma faca gigante e flamejante, cortando e queimando seu caminho pelo topo.

Nem esperava que Gregor, o louco empunhando o martelo, caísse do céu e desferisse golpes mortais em um trio de guardas, salvando a pele de Rovo.

Mas era preciso reagir rápido para se manter vivo, para manter os outros vivos, então quando Rovo viu a aeronave queimando, viu seu próprio caminho até Kaia bloqueado por uma chuva de fogo metálico, ele gritou. Viu aquele corte de uma fração de segundo quando Gregor saltou impulsionado em direção à garota.

Então fumaça, estilhaços e coisas piores explodiram tudo. Rovo sentiu uma onda pesada atingi-lo, puxando-o para o chão. Talvez a aeronave o tivesse atingido com um grande pedaço do convés, ou sua blindagem?

— Para de lutar comigo — alguém disse, bem ao lado dele, e Rovo percebeu que estavam empurrando de volta enquanto ele tentava se levantar. — Você não está blindado. Eu estou.

Blindado? Rovo ainda não conseguia ver muito com a fumaça, não podia mover os braços porque estavam presos, então tentou perguntar quem diabos estava em cima dele.

Má ideia.

Assim que Rovo abriu a boca, fumaça, poeira e sujeira entraram e o fizeram tossir, cuspindo diretamente no que a fumaça que se dissipava revelou ser um visor.

— Todos vocês são tão burros assim? — disse a pessoa, uma mulher? — Mantenha essa maldita boca fechada e talvez a gente saia vivo dessa.

Talvez saíssem mesmo. Rovo sabia que estavam perto das escadas que levavam de volta à estação do trem, e de alguma forma o telhado inteiro não havia desabado, embora parecesse que a aeronave havia se transformado em uma parede entre as duas metades ao colidir.

Do lado de Rovo, ele podia ver alguns corpos - a mulher que o estava seguindo havia desaparecido - e escombros, mas pouco mais. Nenhuma perseguição vinha correndo pelas paredes agora, e além de algumas sirenes se aproximando e o estalar dos pequenos incêndios elétricos, Dynas parecia quieta. Recuperando o fôlego entre os estouros.

— Você pode sair de cima agora — disse Rovo. — Quem quer que você seja.

— Estou tentando descobrir como fazer isso — respondeu a mulher. — Acho que a armadura está danificada. Não consigo mover as pernas.

— Então role.

Rovo ajudou, empurrando a armadura - ele reconheceu o traje agora, o de Aurora - para fora dele. Assim que teve espaço, Rovo se levantou, então alcançou e puxou a arma do coldre da mulher blindada. Ergueu-a, olhou para o cano rachado e a jogou fora.

Acho que teria que usar sua voz assustadora.

— Quem diabos é você e por que está usando essa armadura? — disse Rovo, em pé sobre a mulher enquanto mantinha os olhos atentos a reforços.

— Me chamo Lani, e não é importante por que estou usando a armadura — disse a mulher. — O que importa é que você me levante antes que a Helix decida que você ainda pode estar vivo.

— Não até eu saber o que você está fazendo no traje da minha capitã — respondeu Rovo.

Lani bateu um punho blindado no telhado em frustração. Rovo não conseguia ver bem o rosto dela através do visor empoeirado, coberto com o pólen amarelo de Dynas. Talvez tivessem saído da cidade?

— Não é hora disso! — disse Lani. — Eu também trabalho para a DefenseCorp, seu imbecil, e salvei sua maldita vida. O que mais você quer?

Bastante, na verdade. Rovo gostaria que muita coisa fosse explicada sobre essa missão fracassada, mas dadas as circunstâncias, supôs que poderia esperar.

Um olhar para as pernas de Lani mostrou alguns danos por estilhaços, mas nada que impedisse as pernas de se moverem completamente. O que impediria, no entanto, seria o modo de proteção da armadura. Sugava toda a energia para os escudos de energia e difusão de partículas da armadura em uma tentativa de sobreviver a um cataclismo como o que acabara de acontecer.

— Certo, isso é o que você vai fazer — disse Rovo, então lançou uma série de comandos vocais que Lani teve que repetir para a armadura desbloquear.

Quando Lani terminou, a armadura passou de um bloco rígido para algo como um boneco de pano, pressionando seu peso sobre os membros de Lani e deixando-os desajeitados enquanto Lani se viu capaz de se mover.

— Podia ter me avisado — retrucou Lani.

— Podia — disse Rovo. — Vamos.

Embora parecesse um pouco instável, Lani conseguiu se levantar sem muito esforço. Rovo a viu olhar para a aeronave destruída por um longo momento, procurando algo, mas fosse o que fosse, ela não viu ou desistiu, porque veio batendo os pés na direção de Rovo assim que ele chegou às escadas.

Não que as escadas fossem ajudar muito.

O acidente da aeronave havia quebrado a estrutura da estação do trem, estilhaçado vigas e suportes e pior, e agora as escadas que levavam de volta à estação haviam desmoronado. Onde havia degraus e luzes, agora reinavam escombros e restos faiscantes.

— Adivinhe, esse era nosso caminho para baixo? — disse Lani.

— Era meu caminho para cima — respondeu Rovo. — Agora precisamos de uma alternativa.

A estação do trem não estava isolada, mas dado seu propósito, outros edifícios não estavam aninhados bem perto. Sem possibilidade de pular de telhado em telhado.

Pior, enquanto Rovo e Lani olhavam ao redor, as sirenes ficavam mais altas e se juntavam a um zumbido familiar: mais aeronaves, o que significava mais soldados Helix.

— O tempo está acabando — disse Lani. — Me tira desta armadura.

— O quê?

— Eles não vão saber quem somos — disse Lani. — Pelo menos não eu. Posso dizer que ficamos encalhados, tentar nos tirar dessa conversando.

— Não vamos deixar a armadura da Aurora para trás. Ela vai me matar — disse Rovo, perguntando-se o quão verdadeira era essa afirmação. Provavelmente bem próxima. — E, agora que penso nisso, onde está minha armadura?

— De novo, não é hora — disse Lani. — Se não podemos descer as escadas, então temos que escolher um caminho diferente.

— Tipo? — Rovo gesticulou para o lado. — Eu não vou sobreviver a um salto do telhado.

— Não, vamos descer pelo meio.

O deslizador que caiu tinha aberto um buraco na estação do trem, e imediatamente o preencheu com metal quebrado, baterias em chamas e coisas piores. Ainda assim, de toda a lista de opções horríveis que Rovo tinha para trabalhar, abrir caminho pelos destroços parecia a menos ruim.

— Tudo bem, mas você vai primeiro — disse Rovo.

Lani não discutiu, e a mulher usou a armadura de Aurora para rasgar um buraco na lateral fumegante do deslizador. Eles entraram devagar, testando cada passo antes de colocar o peso. Dentro, o deslizador estava negro como piche, com cheiros acres que queimavam o nariz de Rovo sempre que ele respirava. Grades e fios soltos pendiam por toda parte, e Rovo cortou as mãos meia dúzia de vezes tentando se agarrar a pedaços de metal cortados.

A proa do deslizador tinha feito o estrago mais profundo, quebrando o teto e ficando pendurada no espaço acima do trem fechado abaixo. Em vez da ponta estreita que Rovo esperaria ver em qualquer outro deslizador, o metal marrom aqui se quebrava em um buraco aberto, como se alguém tivesse pegado a frente do deslizador e arrancado.

— É por isso que vocês bateram? — disse Rovo.

Ele presumiu que Lani estava no deslizador, tanto porque tinha visto Gregor em sua armadura quanto porque se Lani não estivesse no deslizador, então de onde ela tinha vindo?

— Nós batemos porque seu amigo é insano. — Lani fez seu caminho até a borda, olhou para baixo. — Isto é mais baixo que o telhado. O trem está apenas a alguns metros abaixo.

— Eu sei que Gregor é insano, mas você estava deixando ele pilotar? — disse Rovo, juntando-se a Lani na borda. — Porque isso definitivamente explicaria a batida.

— Ele acertou o deslizador com seu martelo e o quebrou. — Lani pulou, aterrissando no trem com um estrondo alto.

— Ah. — Rovo seguiu o exemplo, pendurando-se primeiro na borda do deslizador - e adicionando mais um corte à sua coleção - antes de cair.

O teto do trem maltratou os joelhos de Rovo, mas um pouco de dor não era nada com toda essa bagunça. Ele se apoiou com as mãos, levantou-se e limpou a roupa de mergulho, uma roupa de mergulho agora tão coberta de sujeira e poeira que Rovo imaginou que se parecia mais com um fantasma do que com uma pessoa.

Não que Lani estivesse muito melhor. Aurora não

ficaria nada feliz em encontrar sua armadura tão manchada, enegrecida e marcada como Lani a deixou. O branco que costumava proporcionar um contraste tão intenso tinha se tornado um cinza empoeirado, deixando a armadura parecendo mais uma relíquia surrada do que uma ferramenta mortal.

Relíquia ou não, Lani não esperou que Rovo continuasse se movendo. Assim que ele se recompôs no trem, ela pisou forte até a borda e pulou para o chão da pista. Então continuou correndo.

— Aonde você está indo? — disse Rovo enquanto Lani descia pelo túnel.

— Não sei se você notou — Lani gritou de volta. — Mas nossos amigos não estão esperando lá fora.

— Os meus estão — disse Rovo. — E você não vai embora sem eles.

— Diz quem?

— Se eu for capturado, adivinha quem eu vou entregar?

Lani parou, curvada, o que na armadura parecia um robô que tinha ficado sem energia. As luzes restantes da estação de trem salpicavam um brilho branco quebrado sobre tudo, o que dava à exasperação de Lani a aparência de uma sola derrotada.

— Você não é o único que perdeu amigos hoje — disse Lani, mas ela voltou. — Como você sabe que eles ainda estão vivos?

— Gregor não morreria com uma batida dessas — disse Rovo, descendo do trem com dificuldade.

Rovo não tinha certeza do que *poderia* matar Gregor. Nada, provavelmente.

Lani não discutiu essa afirmação, e embora ela murmurasse maldições, suspirasse e parecesse totalmente contra o curso de Rovo, ela o seguiu enquanto ele atravessava a plataforma até a rampa que subia da estação. Ao contrário das escadas do telhado, a rampa ainda estava de pé, com partes cobertas por azulejos caídos do teto ou pedaços de parede. Rovo passou por cima deles, continuou subindo, esperando contra todas as esperanças que Gregor, e talvez a garota, tivessem sobrevivido.

No topo, além do portão fechado, a entrada da estação de trem estava inclinada. Além, a rua movimentada filtrava através de fendas e rachaduras. Os sons, no entanto, chegavam alto: aquelas sirenes intermináveis, os zumbidos dos deslizadores, e agora alguém gritando ordens em voz alta. Ameaças.

— Algo ainda está acontecendo — disse Rovo enquanto ele e Lani se aproximavam da entrada destruída, mantendo-se abaixados.

— Vou lembrar você que nenhum de nós tem uma arma — disse Lani. — Então não comece uma briga.

— Farei o meu melhor.

Conforme Rovo se aproximava, conseguiu ter uma visão melhor, ele viu por que as sirenes continuavam soando, por que as ordens estavam chegando em voz alta.

No centro da rua, agachado com o braço esquerdo em volta de Kaia e o direito segurando o martelo, estava Gregor, enfrentando forças da Helix de todos os ângulos. Guardas, deslizadores e atiradores de elite o observando dos telhados.

O chamado veio alto e claro. Solte a garota, ou ambos morreriam.

— Lani — disse Rovo. — Acho que vou começar uma briga.

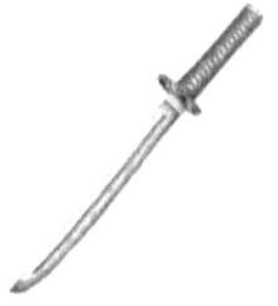

TRINTA E SEIS

ENTRADA NA ATMOSFERA

Na torre, Sai havia enfrentado os infectados. Aquelas caricaturas cambaleantes de homens e mulheres que tinham tropeçado em sua direção, prontos para serem fatiados por sua katana. Naquele momento, Sai se sentira forte — mesmo após o acidente com o esquife — e capaz de lidar com qualquer coisa que surgisse em seu caminho. Ele nunca seria como essas pessoas, quebradas e em decomposição.

Depois que Anaskya injetou o vírus, Sai não conseguia lidar com a ideia de que isso poderia ser o que o derrubaria. Ele seria forte o suficiente para derrotá-lo. Poderia superar as febres, as alucinações, as mudanças repentinas à medida que seus braços e pernas ficavam mais fortes enquanto sua cabeça ficava mais leve. O vírus o transformando em uma bomba agressiva que detonaria em breve.

Mas seu pavio ainda não havia se esgotado.

O iminente colapso da câmara de ar disparou alarmes por toda a nave de Anaskya. Aurora e Anaskya, na cabine, não tinham tempo. Kashmal e os guardas, sentados no sofá de impacto parecendo confusos, não tinham motivação.

Apenas Sai, sentado na ponta com sua lâmina equilibrada nos joelhos, tinha ambos.

Ele fez uma corrida cambaleante em direção à porta da câmara de ar, a katana tilintando no chão. Não que agarrar a porta ajudasse; o potencial vácuo havia selado a câmara de ar firmemente. Sai procurou pela liberação manual enquanto Aurora gritava para fazer o mesmo pelo comunicador.

Era difícil encontrar uma alavanca quando sua visão estava girando, quando sua febre constante transformava o que estava em cima em baixo, o longo em curto, e o fazia flutuar entre o passado e o presente.

Felizmente, a alavanca se destacava no lado esquerdo da câmara de ar, grande e vermelha e coberta com advertências terríveis caso alguém fosse estúpido o suficiente para puxá-la.

Sai não estava em condições mentais de considerar as consequências de suas ações, então ele puxou a maldita alavanca com a força de um louco alterado pelo vírus. Atrás dele, no sofá, Kashmal gargalhava com um tom sombrio de que todos iriam morrer.

A câmara de ar se recusou a abrir. Mesmo com a alavanca puxada, Sai não conseguia superar a sucção da pressão do vácuo.

— Me ajudem! — Sai gritou, ou tentou. Suas palavras saíram distorcidas. Sílabas quebradas e molhadas com sua boca pastosa. — Por favor!

Às vezes você não precisa de palavras para se fazer entender. Kashmal e os guardas, talvez movidos pelo desespero de Sai, talvez por alguma percepção de que suas vidas poderiam ter um último uso, se arrastaram pelos aposentos dos passageiros e agarraram a câmara de ar, pressionando e puxando.

A porta se moveu. Girou com um rangido e, quando o selo estourou, um rugido familiar preencheu a nave. Ar sendo sugado, frio invadindo.

— Segurem — disse Sai, contornando seus ajudantes recrutados e em luta até a borda da câmara de ar, sentindo a força puxando seus pés, seu cabelo.

Seus ouvidos estouraram, explodiram, e Sai sentiu como se seus olhos estivessem sendo espremidos para fora de sua cabeça, mas a pequena abertura da câmara de ar manteve o pior sob controle. Por enquanto.

Sai olhou em volta da esquina da câmara de ar, mantendo seu aperto firme. Eponi se agarrava ao outro lado, dobrada quase ao meio. Ela havia enlaçado seus braços através da válvula externa da câmara de ar, e embora seus ombros parecessem deslocados e seus olhos tivessem o olhar vítreo de alguém semiconsciente, Eponi ainda estava lá. Atrás dela, a membrana oscilava violentamente enquanto a fenda entre ela e a nave de Eponi continuava vazando ar.

Palavras seriam inúteis sobre o rugido, então Sai tocou o guarda ao seu lado, fez o homem se segurar nele com uma mão e na câmara de ar com a outra. Apenas segurança suficiente para Sai manter o equilíbrio enquanto alcançava Eponi com ambas as mãos.

Ele tocou os braços de Eponi, agarrou-os e começou a puxá-los para libertá-los. Atrás dele, Kashmal gritava algo sobre a pressão, sobre como se eles não fechassem a câmara de ar logo, seus pulmões explodiriam. O homem começou a rir novamente.

Sai desbloqueou o braço esquerdo de Eponi, segurando-o firmemente com sua esquerda, e foi para o direito de Eponi, agora inclinando-se quase totalmente para fora da câmara de ar, a membrana mais abaixo dele do que a nave.

O vácuo puxava seus pés, fazendo-os deslizar levemente no chão.

O braço direito de Eponi se soltou mais rápido que o primeiro, mas quando Sai o desengatou da válvula circular da câmara de ar, Eponi se sacudiu para trás. Sai se lançou para agarrá-la e sentiu seus próprios pés deixarem o chão da nave.

Apenas para ser puxado de volta. Plantado no chão.

— Eu te peguei — Aurora gritou atrás dele. — Puxe-a para dentro!

Sai sentiu um puxão, sentiu-se sendo puxado para trás até que seus pés pudessem tocar o interior novamente. Depois dele veio Eponi, e assim que ela passou, Kashmal e os guardas soltaram a porta da câmara de ar, que bateu fechando e travou com um clique final. Sai, Eponi, Aurora e Anaskya — o último elo na corrente de puxar — desabaram no chão.

Vivos. Pelo menos isso.

— Não podemos ficar aqui em cima — disse Aurora alguns minutos depois, da cabine. — O oxigênio está muito baixo.

Eponi, fraca e apoiada em Sai, assentiu. — Temos que voltar à superfície. Bombear um pouco de ar fresco aqui dentro.

Sua voz soava fraca, seus braços — apesar de Aurora ter colocado os ombros de Eponi de volta no lugar — pendiam inertes ao lado de seu corpo. Mas seus olhos brilhavam e Sai podia sentir seu coração batendo através de seus trajes.

—Você pode pilotar? — Aurora perguntou a ela.

—Não, mas posso dizer a vocês dois como.

Sai não achava que estava em condições de pilotar uma nave, mas ninguém confiava em Anaskya, Kashmal ou nos guardas para lidar com isso. Em vez disso, o trio Sever selou a porta da cabine e colocou a nave em uma reentrada acentuada, indo direto de volta para a Cidade Negra.

A nave de Anaskya tinha velocidade onde importava, e eles desceram através da atmosfera, balançando e sacolejando o caminho todo.

Dynas os recebeu com a mesma névoa amarela espessa que Sai havia aprendido a detestar desde que a nave de desembarque os havia feito cair através da atmosfera apenas alguns dias antes, um tempo que já parecia eras atrás. Aquela névoa amarela agitou-se e se dividiu enquanto eles voavam para dentro da rede nano da cidade, com todo o círculo urbano espalhado abaixo deles.

O rádio crepitou. Começou a tocar uma curta frase, com uma voz familiar.

— É o Rovo? — perguntou Eponi.

— Pedindo ajuda — disse Sai, interpretando as palavras.

— Sintonizei o comunicador na frequência do esquadrão assim que pegamos a nave — disse Aurora. — Só por precaução.

A chamada de Rovo dizia que ele precisava de assistência, dizia que estava em alguma estação de bonde. Aurora parecia saber onde era, e mesmo enquanto Eponi a instruía a abrir as vias aéreas para que a nave pudesse reabastecer, a capitã inclinou a nave de Anaskya em uma descida mais acentuada.

A cidade se aproximava rapidamente, sua superfície úmida cintilando vista de cima, como olhar para um espelho reluzente. Lindo, ofuscante. Ou talvez fosse o vírus. Era difícil para Sai dizer o que era real.

Os xingamentos de Aurora, no entanto, não podiam ser contestados. Nem o alvo das imprecações da comandante: vários esquifes, uma série do que pareciam ser veículos de emergência da Helix, e sabe-se lá quantos funcionários cercavam a estação de bonde em chamas e em ruínas. E, mais diretamente, um canto dela, onde uma figura familiar erguia um martelo.

— Aquele é...? — perguntou Eponi.

— Pode apostar que é — disse Aurora. — Sai, descubra como ativar as armas desta nave. Talvez ainda não tenhamos terminado.

As armas? Isso, pelo menos, Sai sabia como lidar. A nave de Anaskya não era exatamente de nível militar, mas ela havia colocado alguns dentes na embarcação. Os dedos de Sai dançaram sobre o console à sua frente, desviando energia para as armas da nave e ativando-as. Indicando seus alvos deslizando os dedos sobre as imagens que vinham de baixo.

Mas Sai não disparou o primeiro tiro.

Gregor baixou seu martelo à sua frente, o golpe estilhaçando o concreto e lançando uma cortina de terra e poeira enquanto o homenzarrão recuava. As forças da Helix ao redor começaram a disparar lasers, mirando em seu alvo enquanto Gregor virava as costas para eles, parecendo tentar proteger algo apertado contra o peito.

Em menor número, em desvantagem.

Não mais.

O console da nave emitiu um sinal sonoro quando entraram no alcance, e Sai não esperou pelo comando de Aurora para ativar o programa, enviando dezenas de lasers em direção à cidade, em direção às forças agrupadas.

Contra um monte de esquifes, a nave de Anaskya fez o trabalho: os raios cortaram os veículos flutuantes, destruindo-os e fazendo os atiradores de elite nos telhados correrem enquanto seus postos se transformavam em cinzas derretidas. Conforme os tiros atingiam baterias e células de combustível, explosões se seguiram, lançando vapor e fumaça, o ruído ondulante chegando até a nave enquanto eles se aproximavam rapidamente.

— Kashmal, abra a escotilha — disse Aurora. — E se eu tiver que ir até aí, vou esmagar sua cabeça.

A ameaça de Aurora, ou talvez a pura insanidade da situação, funcionou: Sai viu a luz indicando uma porta aberta acender quando Aurora fez a nave descer para o cruzamento agora limpo e largamente destruído.

A porta estava aberta, o resgate havia chegado. Agora, enquanto Sai tentava focar seus olhos febris nos arredores, procurando alvos, havia apenas uma pergunta:

Eles tinham chegado a tempo?

SALVE A MENINA

Gregor não conhecia a menina. Não a tinha encontrado e não tinha nenhuma conexão emocional com ela, exceto que no segundo antes de alcançá-la com aquele salto impulsionado, voando pelo telhado, com o visor de seu capacete identificando o alvo e destacando-a para uma coleta perfeita, ela sorriu. Soltou uma risadinha.

Então eles despencaram quinze metros e se chocaram contra o concreto.

E ela continuou rindo, aninhada nos braços de Gregor.

Que criança.

Gregor teve que lutar pela própria consciência após o impacto, sua mente e músculos abalados lutando para identificar o que a armadura havia protegido e o que, agora, havia sido machucado até virar gelatina. Quebrado em pedaços.

Seu braço esquerdo, envolto ao redor da menina, parecia não conseguir se desenrolar. Gregor não o sentia, então emitiu o comando necessário para sua armadura, ordenando que congelasse aquele membro no lugar. Uma opção que existia para momentos como estes; Sever tinha o hábito de quebrar ossos no meio das missões.

Suas pernas ainda funcionavam, seu braço direito doía, mas se movia. Seus dedos tinham sensibilidade. Gregor ainda não estava fora de combate.

— Não se mova! — a ordem veio de algum alto-falante que Gregor não conseguia ver - ainda de costas, observando a poeira da queda da nave cair ao seu redor, Gregor não havia avaliado seus arredores. — Não se mova ou atiraremos.

A menina riu novamente. Disse algo que Gregor perdeu em um espasmo de dor de cabeça. Ele piscou afastando a dor. Focou. Então se sentou.

— Eu disse para não se mover! — A ordem veio novamente, e desta vez Gregor viu quem falava, um homem em pé na frente de um caminhão de polícia com esteiras, gritando em um megafone de estilo antigo.

Gregor se mexeu, certificando-se de que seu braço esquerdo preso revelava a menina ainda rindo contra seu peito. Certificou-se de que todos pudessem ver que disparar contra Gregor significaria machucar a criança.

Ele não tinha uma saída para essa situação, não tinha uma resposta para a frota que se reunia diante dele - várias naves, também, se aproximaram e adicionaram seu arsenal - então a única opção de Gregor era ganhar tempo.

Talvez Lani, Wicks e Sayers viessem em seu socorro, se não estivessem mortos. Talvez Rovo pudesse fazer algo, se a nave em queda não tivesse caído sobre ele.

Ou talvez Gregor tivesse que encontrar suas próprias respostas.

— Solte a criança! — A voz tentou novamente.

— Não posso — Gregor respondeu, baixo demais para alguém ouvir, mas os pulmões de Gregor pareciam um pouco sem fôlego, um pouco incapazes de respirar normalmente.

Através de seu visor, a armadura de Gregor mostrou seus sinais vitais, junto com o estado da própria armadura. Danos por toda parte, e a armadura suspeitava que Gregor pudesse ter algum dano interno além do braço esquerdo. Em resumo, ele precisava de um médico e a armadura precisava de um técnico.

— Você está bem? — A menina perguntou, com um pequeno pio, e seus olhos o encararam com súbita preocupação. — Você é um homem mau?

Empatia, suspeita. Dois pedidos opostos no mesmo fôlego. As coisas que as crianças podiam fazer.

— Estou bem, pequena — disse Gregor. — Não se preocupe.

A armadura dizia que ele deveria ser capaz de ficar de pé, e Gregor preferia não morrer sentado, então ele se levantou, lentamente e com lascas caindo de seu traje metálico. Seus ossos doíam, seus nervos gritavam que isso era uma má ideia, mas quando Gregor alcançou sua altura total, quando se virou para a multidão, a dor se dissipou.

Enfrentando tantos, protegendo uma criança? Esta era uma morte de herói. Este era um destino que ele poderia amar.

— Não queremos machucar a criança, mas se você fizer qualquer outro movimento, abriremos fogo! — disse o locutor.

Quantos blefes Gregor poderia desafiar? Ele havia se movido, não havia soltado a criança, e agora havia se levantado. Claramente eles queriam a menina, e a queriam viva.

Gregor sorriu, não que alguém pudesse ver o sorriso atrás de seu capacete. Hora de testar isso ainda mais.

— Pequena, não tenha medo — disse Gregor, alcançando com o braço atrás das costas onde seu martelo estava preso.

Onde, sem dúvida, havia tornado sua aterrissagem muito menos confortável. Tais eram os preços pagos por carregar armas gigantescas.

O aperto de Gregor parecia firme, e ele puxou o martelo para cima e para fora do coldre enquanto o locutor gritava novamente. Ameaçava novamente.

Gregor tentou inalar, forçou seus pulmões contra suas costelas - contundidas? Rachadas? Quebradas? - e disse à armadura para amplificar suas próximas palavras. Ele ergueu o martelo bem alto, sua cabeça brilhando na luz do fim da tarde, coberta com o orvalho onipresente de Dynas.

— Vocês a querem? — Gregor anunciou. — Venham buscá-la!

Talvez não fosse material de lenda, mas Gregor não era um poeta. Ele era um guerreiro, e lutaria até seu maldito último suspiro.

A queda havia carregado a energia cinética do martelo ao seu máximo, e Gregor a usou agora, batendo a arma no chão à sua frente, espirrando água, terra, concreto e mais sob ela. O gêiser de detritos deu a Gregor tempo suficiente para se virar, para se curvar sobre a menina enquanto os primeiros tiros começavam a chover.

Eles queriam a menina viva, mas não o suficiente para segurar o fogo para sempre.

À frente, Gregor viu a entrada desmoronando da estação de bonde, viu pessoas se movendo além de suas vigas emaranhadas e fios pendurados. Sua armadura destacou suas formas, identificando-as como aliados. O rosto de Rovo, a armadura de Aurora.

Mas eles não atiravam. Não saíam para ajudar. Gregor moveu-se em direção a eles de qualquer maneira, dando um passo e depois outro enquanto os tiros começavam a atingir o alvo, começavam a queimar através do escudo de sua armadura e superaquecer sua pele.

A menina começou a gritar, e não de alegria desta vez.

— Shh, pequena — disse Gregor enquanto dava outro passo, sentiu suas costas superiores ficarem vermelhas quando um tiro as atravessou. — Você ficará bem, eu prometo.

Ele continuou repetindo as palavras enquanto cruzava os metros, chegou à entrada da estação de bonde, antes que sua perna esquerda cedesse. Antes que Gregor não pudesse mais ficar de pé. Ele se ajoelhou rapidamente, enterrando a menina sob sua massa em chamas.

Ela viveria. A pequena menina devia sobreviver.

Um estrondo ondulante rasgou o ar atrás dele. Então outro e mais outro, e agora gritos que não eram da menina, nem dele, ecoavam ao redor da interseção. Mais estrondos se seguiram, e até mesmo os pulmões torturados de Gregor captaram o cheiro de ozônio do ar queimado por laser.

— Você consegue ficar de pé? — A voz de Rovo, agora ao lado de Gregor. — Temos que nos mover, Gregor.

— Não consigo — respondeu Gregor.

Ele sentiu, então viu Rovo movendo seu braço esquerdo. Estremeceu com a dor aguda como gelo que veio com isso, mas a menina estava livre. Lani, na armadura de Aurora, pegou a criança e correu passando por Gregor, em direção ao inimigo.

Ele tentou dizer algo, tentou contar a Rovo, mas Gregor não conseguiu encontrar energia.

— Não se preocupe — disse Rovo. — Ela está levando Kaia para a nave. Para onde eu estou levando você.

Que nave?

Rovo se posicionou sob o braço esquerdo de Gregor e

levantou. A dor atravessou seu corpo, mas Gregor conseguiu ficar de pé, conseguiu se virar com Rovo para ver uma nave gigante pairando sobre a interseção, disparando raios laser contra os inimigos em dispersão. Os edifícios ao redor estavam em ruínas, deslizadores haviam colidido com as ruas, e veículos queimavam.

Destruição selvagem e desenfreada. O estilo de Sever.

Enquanto Rovo começava a conduzir Gregor em direção ao centro da interseção, a nave desceu, sua escotilha se abrindo e uma pequena rampa deslizando para fora. Lani saltou, subiu a rampa com a menina nos braços. Depois que ela desapareceu lá dentro, com o rosto olhando para fora e as mãos acenando para que eles continuassem, estava Eponi.

Milagres sobre milagres.

— Deve haver uma boa história por trás disso — disse Rovo enquanto caminhavam com dificuldade em direção à rampa, e então começaram a subir sua superfície metálica dura.

— Vou ouvi-la — murmurou Gregor, sua armadura ainda amplificando suas palavras. — Depois, talvez, de um cochilo.

— E de um médico.

— Sim. Isso seria bom.

Em seu braço direito, raspando contra a rampa, Gregor ainda segurava seu martelo, e o segurava com força.

TRINTA E OITO

ORDENS DO CAPITÃO

Um soldado na enfermaria improvisada com ossos quebrados e queimaduras de laser. Outro sofrendo de um ombro deslocado e o trauma de quase ter sido sugado para o espaço. Aurora e Sai se revezando no congelador a vácuo improvisado no porão da nave, apenas o tempo suficiente para matar o vírus sem matar a si mesmos.

O novato era o único que havia saído da luta sem ferimentos graves. E mesmo ele estava ocupado cuidando de uma garotinha que, de alguma forma, havia se tornado responsabilidade deles.

Sem mencionar Lani, Kashmal, Anaskya, ou os dois guardas que ainda estavam a bordo. Nenhum deles queria voltar para Dynas, embora por razões diferentes.

Lani achava que seus companheiros haviam morrido, sua missão fracassado, e que a DefenseCorp não estaria mais interessada em seus serviços, ou em sua vida. Ela queria ser deixada no próximo planeta.

Kashmal e Anaskya brigavam pelo mesmo objetivo: como vender o vírus ou suas aplicações sem nenhuma amostra, apenas com sua palavra. Aurora contemplou deixá-los congelar até a morte no porão de carga, mas Anaskya *era* uma médica, e sua ajuda era melhor que nada com os ferimentos de Gregor.

Kashmal, bem, Kashmal poderia comprar passagem para fora da *Nautilus*. Isso, tecnicamente, daria a Sever a missão completa. Eles haviam salvado o VIP, saído do planeta.

Os guardas da Helix tiraram seus logos e perguntaram se a DefenseCorp estava contratando.

A DefenseCorp estava sempre contratando.

— Aurora, o que você está pensando? — Eponi perguntou enquanto a nave se afastava cada vez mais de Dynas, ganhando velocidade. Logo alcançaria e eventualmente deslizaria para aquela misteriosa anomalia física que era a viagem mais rápida que a luz. — Encontrar a *Nautilus*?

A nave-mãe de Sever não deveria estar muito longe. Eles poderiam passar por um mundo periférico, deixar sua carga humana e voar para encontrá-la. Coletar sua recompensa, receber sua próxima missão e seguir com suas vidas.

— É isso que você quer? — Aurora perguntou, mais para ganhar tempo para pensar do que qualquer outra coisa.

Ela e Eponi eram as únicas na cabine de comando, embora os pensamentos de Aurora a fizessem parecer lotada.

— O que eu quero, só dinheiro pode conseguir — disse Eponi. — Mas eu preferiria nunca mais ir a um planeta como aquele.

— Sim. Estou cansada deles também. Cansada de tudo, na verdade — disse Aurora.

Ela havia planejado, no final disso tudo, apelar para a autoridade galáctica da DefenseCorp. Pedir que fossem a Dynas e forçassem o encerramento das experiências do planeta. Mas com Anaskya fugindo nesta mesma nave, e toda a cidade aparentemente à beira do colapso, qual era o ponto?

Empurrar uma torre que já está caindo?

Melhor coletar o dinheiro por outra missão bem-sucedida e depois reavaliar suas finanças. Fazer aquela mudança para a aposentadoria. Encontrar um lugar calmo, pacífico.

— Tudo bem — disse Aurora. — Vamos atrás do dinheiro então. Defina o curso para a *Nautilus*.

Com Eponi trabalhando na navegação astral, Aurora foi contar aos outros. Kashmal, Lani e Rovo estavam com a menina, com o novato mantendo Kashmal à distância e lançando um olhar firme para o VIP da missão.

— Ela está assustada porque você a manteve trancada em um armário, seu monstro — disse Rovo.

— Eu a mantive lá para protegê-la! — Kashmal agitou os braços. — O que eu deveria fazer? Deixar o único sucesso real que Dynas já produziu andar por aí?

— Um sucesso real? — Lani perguntou, afastando-se de Kaia e seu brinquedo de leão empoeirado. — O que você quer dizer?

Kashmal pareceu um pouco enjoado com as palavras de Lani, sentou-se de volta no sofá de impacto e então passou as mãos pelos cabelos pretos curtos.

— Ela é a única. Infectada desde o nascimento e não mostrou nenhum sinal negativo. Dentro do sangue dela está a resposta que Anaskya está procurando.

— Espere — disse Lani. — Você, de todas as pessoas, tem a única prova viva de que esse conceito poderia funcionar?

— Tenho — disse Kashmal —, porque ela é minha própria filha.

Aurora se colocou entre Rovo e Kashmal, porque o novato parecia que poderia largar Kaia e partir para um ataque assassino a qualquer segundo. E se ele começasse, Aurora não tinha certeza se o impediria. Ela tinha Kashmal como um idiota, mas isso ia além.

— Por favor — disse Kashmal. — Não é, eu não sou assim. Você sentiu o vírus — ele disse para Aurora. — Está quebrado, sim, mas te deixa mais forte. Mais resiliente. Ela não nasceu bem. Precisava de ajuda, mas você viu Dynas. Não é exatamente de ponta. O vírus a salvou.

Para o crédito de Kashmal, o homem começou a chorar na metade da explicação, que se transformou em uma história mais longa. Ele havia roubado um pouco do vírus, reduzido a dose o suficiente para que não matasse uma criança imediatamente. Os médicos afirmaram que a menina não viveria muito, então Kashmal usou a desculpa de levá-la para casa, deixá-la partir com sua família.

Mas ela não partiu. Kaia sobreviveu, prosperou. E ninguém podia saber disso.

— E quanto à mãe? — disse Rovo. — Onde ela está? Ou você a infectou também?

Kashmal balançou a cabeça. — Ela está em algum lugar na cidade, lá embaixo. Ela não pôde suportar o prognóstico e foi embora. Não pôde aceitar quando eu disse o que tinha feito, também. Eu a perdoei por isso.

Lani olhou para a menina, ainda aparentemente alheia a tudo o que havia sido dito. — Ela me parece normal o suficiente.

Como comandante de esquadrão, Aurora tinha que estar pronta para lidar com muitas coisas diferentes. Tinha que estar preparada para o que quer que surgisse. Disputas familiares, no entanto, até agora haviam escapado de sua lista. O que quer que ela sentisse sobre as escolhas parentais de Kashmal não importava, na realidade. O trabalho de Aurora era o esquadrão, seu objetivo era o dinheiro.

— Vamos voltar para a *Nautilus*. Kashmal, você fornecerá a outra metade do seu pagamento quando chegarmos lá. Então tenho certeza de que a DefenseCorp ficará feliz em deixar que todos vocês comprem passagem para outro lugar — Aurora entregou o bloco sem respirar, em uma voz firme e nivelada destinada a não permitir oposição.

Quando viu Kashmal inspirando, jogando um sorriso doentio no rosto, Aurora soube que havia falhado.

— Seu novato não salvou minha mala — disse Kashmal. — Sem ela, eu não tenho exatamente dinheiro algum. — Ele olhou para sua filha. — Ela é a única coisa que me resta que tem algum valor.

— Valor? — Rovo retrucou. — Que jeito infernal de falar da sua filha.

— Ele quer dizer o vírus — disse Lani. — O que está dentro dela.

Os olhos de Aurora desviaram-se para a garotinha. A DefenseCorp cobraria seu pagamento, a empresa não se importava como. Se houvesse alguma maneira de extrair dinheiro de Kaia, eles encontrariam.

— Você não tem mais nada? — perguntou Aurora. — Nenhuma economia guardada?

Kashmal balançou a cabeça. — Você está olhando para tudo o que sou. E eu sou tudo o que ela tem.

Aurora convocou a votação uma hora depois. O esquadrão Sever se aglomerou ao redor da cama de Gregor, onde o grandalhão olhava para eles com um sorriso drogado no rosto.

— Essas são as apostas — disse Aurora depois de terminar de explicar a situação. — Voltamos para a *Nautilus*, Deepak vai levar Kaia como pagamento de Kashmal. Não sei o que farão com ela, mas aposto que ela não se divertirá enquanto tentam tirar o vírus do sangue dela. Descobrir por que funciona nela.

— Então você está nos perguntando se queremos, o quê? — disse Eponi. — Simplesmente não voltar? Esconder Kaia? Não receber nossa recompensa?

— Essa é a votação — disse Aurora. — Não tenho certeza para onde mais iríamos, o que faríamos. Mas não poderíamos voltar para a DefenseCorp. Uma missão fracassada levantaria muitas perguntas. E eu não confiaria em Anaskya ou nos outros para não contar a verdade.

— Entregar a garota ou desistir de nossas vidas? — disse Gregor, então riu com sua risada quebrada. — Posso lutar e morrer em qualquer lugar, por qualquer um. Deixe-a viver.

Aurora assentiu, olhou para Sai, ainda fraco do congelamento no vácuo e apoiado contra a parede. Ele teve uma exposição mais longa, necessária para lidar com sua carga viral mais alta, e parecia seco, encolhido.

— Eu tenho filhos — disse Sai. — Eu nunca os entregaria, não por nada.

— Uma missão dentro, não tenho muito a perder — acrescentou Rovo. — Não quero ter Kaia na minha consciência.

De volta a Eponi, que mordeu o lábio, balançou a cabeça e suspirou: — Você sabe que sou a única pilotando essa coisa. Eu poderia nos levar para a *Nautilus* e vocês nem saberiam.

— Mas você não vai fazer isso — disse Sai. — Você não é esse tipo de pessoa, Eponi.

O olhar desviado de Eponi mostrou que ela poderia não estar tão certa disso, mas ela assentiu: — Okay. Estou dentro. Mas o que isso significa? Estamos nos tornando traidores? Somos foras da lei?

— Não — disse Aurora. — Estamos mortos. Para a Defense-Corp, para qualquer oficial, somos baixas. Agora somos apenas um grupo, trabalhando por dinheiro. Como sempre fomos.

— Menos ordens, mais diversão — disse Gregor. — Gosto disso.

— Está resolvido, então — disse Aurora, surpreendendo-se com a sensação de liberdade ao se livrar dos grilhões apertados da DefenseCorp. — Vamos em direção ao mundo mais próximo, deixaremos nossos passageiros e descobriremos o que vem a seguir.

Ela olhou ao redor da sala, captou os acenos de todos os outros. Cinco lutadores, habilidosos e prontos. Não é um mau começo, pelo menos até que a DefenseCorp descubra que eles vivem, e então, bem, então as coisas ficarão interessantes.

Mas isso seria depois. Por enquanto?

— Podemos estar formando um novo grupo — disse Aurora. — Alguém se importa se mantivermos o nome antigo?

Ninguém se opôs, e o Esquadrão Sever, livre e autônomo, disparou em direção às estrelas.

PARA ALGUNS, seu passado os assombra. Para o Esquadrão Sever, seu passado se vinga.

Depois de deixar Dynas com segredos e suspeitas, o Esquadrão Sever abandona seu empregador e parte para um mundo de mineração isolado para descobrir o que vem a seguir.

Continue a aventura do Esquadrão Sever em *O Preço Da Esperança*:

AGRADECIMENTOS E NOTA DO AUTOR

Ataque Helicoidal começou como uma sequência direta de *Zona de Lançamento*. Aurora, Rovo e os outros continuariam exatamente de onde pararam, atirando para todos os lados. No entanto, como frequentemente acontece, tramas mais complexas surgiram durante a narrativa. Kaia, por exemplo, nem sequer existia no início. Em vez disso, quando Kashmal se mostrou um pouco mais complicado do que um covarde ganancioso, Kaia apareceu como o motivo, escondida em um armário, uma fonte de vergonha e, potencialmente, de salvação.

Dar a uma organização gigantesca como a DefenseCorp uma sensação de amplitude galáctica é difícil, então quando Gregor encontra Lani, temos uma noção melhor das muitas partes da DefenseCorp que funcionam separadamente. É um tema que continuará surgindo, de que em uma galáxia tão vasta e limitada (pelo menos em parte) por leis físicas, nenhuma empresa pode manter todas as suas partes funcionando em sincronia.

Esquadrão Sever continuará, e estou ansioso pelas aventuras deles tanto quanto vocês.

Livros como estes, livros de qualquer tamanho, na verdade, são produtos de equipes. Embora eu faça a maior parte da produção real, minha esposa, família e amigos tornam minha escrita possível. Meu novo filho também fornece inspiração que eu não tinha antes.

Matt, um amigo de infância a quem este livro é dedicado, abriu mundos para o meu eu jovem que eu nunca imaginei. Seja através de jogos de computador, imaginação sem fim enquanto vagávamos pelos bairros, ou noites mais tarde em Madison, Matt sempre tinha uma piada pronta e um impulso para buscar o que viria a seguir, temas que permeiam muitas das minhas histórias hoje.

Obrigado por mergulharem nestas aventuras comigo, e espero que vocês gostem de lê-las tanto quanto eu gosto de escrevê-las!

SOBRE O AUTOR

A.R. Knight tece histórias em uma casa gelada em Madison, WI, principalmente comandada por dois gatos. Após ser sugado pela rotina de trabalho durante a crise econômica de 2008, ele se viu passando reuniões tediosas voando pelo espaço e embarcando em grandes aventuras.

Eventualmente, dedicando-se a podcasts, roteiros, contos e outros romances, ele encontrou uma história na qual poderia se perder e um elenco de personagens tanto divertidos quanto repletos de alma.

A.R. Knight planeja saltar para outros mundos e encontrar novas histórias para contar nas fronteiras ilimitadas de nossa imaginação.

Obrigado, como sempre, por ler!

Para Matt